弥栄《いやさか》の烏《からす》

阿部智里

文藝春秋

もくじ

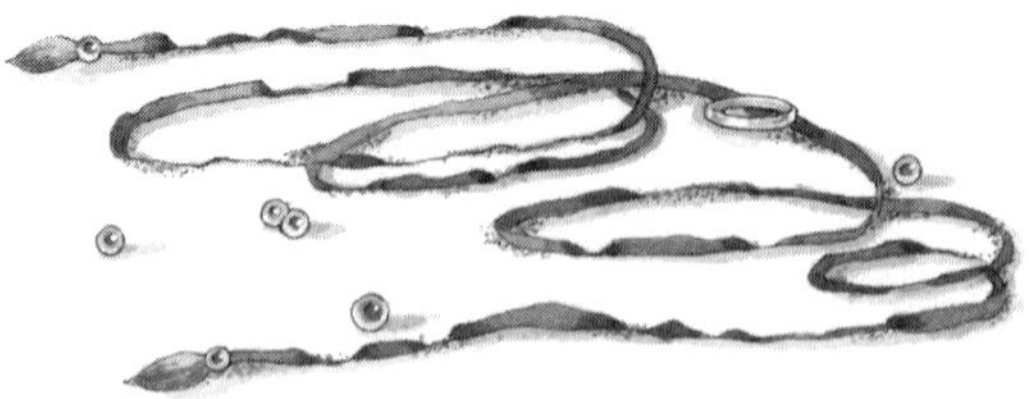

用　語　解　説

山　内（やまうち）

山神さまによって開かれたと伝えられる世界。この地をつかさどる族長一家が「**宗家**（そうけ）」、その長が「**金烏**（きんう）」である。東・西・南・北の有力貴族の四家によって東領、西領、南領、北領がそれぞれ治められている。

八咫烏（やたがらす）

山内の世界の住人たち。卵で生まれ鳥の姿に転身もできるが、通常は人間と同じ姿で生活を営む。貴族階級（特に中央に住まう）を指して「**宮烏**（みやがらす）」、町中に住み商業などを営む者を「**里烏**（さとがらす）」、地方で農産業などに従事する庶民を「**山烏**（やまがらす）」という。

禁　門（きんもん）

山神の住まう「**神域**」へと通じる門。広間には歴代の金烏の棺が並ぶ。

招陽宮（しょうようぐう）

族長一家の皇太子、次の金烏となる「**日嗣の御子**（ひつぎのみこ）」若宮の住まいだったが、朝廷の移管後は兵達の詰所として利用されている。

桜花宮（おうかぐう）

日嗣の御子の后たちが住まう後宮に準じる宮殿。有力貴族の娘たちが入内前に后候補としてここへ移り住むことを「**登殿**（とうでん）」という。ここで妻として見初められた者がその後「**桜の君**（さくらのきみ）」として桜花宮を統括する。

凌雲宮（りょううんぐう）

もとは出家した宮烏が移り住む寺社が林立する静かな場所だったが、二度目の猿の出現以来、朝廷の機能が移され多くの八咫烏が中央山から移って来た。

谷　間（たにあい）

遊郭や賭場なども認められた裏社会。表社会とは異なる独自のルールによって自治されている。

山内衆（やまうちしゅう）

宗家の近衛隊。養成所で上級武官候補として厳しい訓練がほどこされ、優秀な成績を収めた者だけが護衛の資格を与えられる。

勁草院（けいそういん）

山内衆の養成所。15 歳から 17 歳の男子に「**入峰**（にゅうぶ）」が認められ、「**荳兒**（とうじ）」「**草牙**（そうが）」「**貞木**（ていぼく）」と進級していく。

羽林天軍（うりんてんぐん）

北家当主が大将軍として君臨する、中央鎮護のために編まれた軍。別名「**羽の林**（はねのはやし）」とも呼ばれる。

人　物　紹　介

奈月彦（なづきひこ）【若宮・日嗣の御子】

宗家に生まれた金烏として、八咫烏一族を統べる。

雪　哉（ゆきや）

かつては若宮の近習をつとめ、勁草院を首席で卒業し山内衆となる。北家当主・羽林天軍大将軍・玄哉の孫。

真赭の薄（ますほのすすき）

西家の姫、絶世の美女。かつては若宮の正室の座を望んでいたが自ら出家して、浜木綿付の筆頭女房となる。

浜木綿（はまゆう）【桜の君】

若宮の正室。南家の姫で背が高く、男勝り。幼少の一時期、山烏として寺で暮らしていた。

長　束（なつか）

若宮の腹違いの兄で、明鏡院院主。日嗣の御子の座を若宮に譲るが、復位を画策する母と周囲が若宮を暗殺しようとした過去がある。

路　近（ろこん）

長束の護衛であり、明鏡院所属の神官。

澄　尾（すみお）

若宮の護衛筆頭を務める山内衆。山烏の生まれながら、文武に優れた秀才。

茂　丸（しげまる）

山内衆。雪哉の勁草院時代からの親友。体が大きく優しい性格で皆に慕われている。

明　留（あける）

若宮の側近。真赭の薄の弟。中退するまで、勁草院で雪哉たちと同窓だった。

千　早（ちはや）

山内衆。無口で無愛想。勁草院時代、同期の明留達に妹ともども苦境を救われた。

市　柳（いちりゅう）

雪哉の先輩である山内衆。勁草院時代は、雪哉、茂丸、千早と同室だった。

治　真（はるま）

雪哉の後輩である山内衆。勁草院時代、猿に誘拐されたが救い出された。

或るとき、長く雨が降り続いて、田んぼも、畑も、駄目になつてしまひました。村人たちはたいそう困つて、なんとか太陽が出て来てくれないかしらと話しあつてゐると、いつぴきのカラスが話しかけて来ました。
「ヤア〳〵。何やらお困りのやうだね。もし、おいらに食べ物をくださるのなら、山の神さまにお願ひをして、晴れにしてやらう」
藁にもすがる思ひで、村の人たちが自分のごはんを差し出すと、あれ不思議、雨雲がスウと晴れました。
それから村の人は晴れにして欲しいと、カラスに頼むやうになりましたが、
腹いつぱいになつたカラスは太り過ぎて、うつかり沼に落ちてしまひました。それを見てゐたサルは、大笑ひ。
「ドレ〳〵。カラスではなく、おいらに食べ物をくださるのなら、
山の神さまにお願ひして、晴れにしてやらうぢやないか」
やつぱり、言はれた通りにすると晴れたので、今度は、サルに頼むやうになりましたが、
サルもまた太り過ぎて、木から落ちてしまひました。それを見てゐたカラスは、大笑ひ。
欲張るのは良くないことだと反省し、お互ひに、お役目を半々に引き受けました。
其れ以来、山の神さまにお願ひをするときは、カラスとサルに、
ちやうど半分づつお供へ物をするやうになつたといふことです。

「山神さまのお使ひのカラスとサルのはなし」『聞き書き　郷土の伝説』より

弥栄の烏

弥栄（いやさか） いよいよ栄えること。繁栄を祈って言う語。

『大辞林』（三省堂）より

第一章　開門

春先の淡い光が、文机に広げた教本の上に白い影を落としている。

雪雉《ゆきち》は顔を上げると、うんと唸って伸びをした。ずっと小さな文字を追っていたので、目がちかちかする。ふと思い立ち、手を伸ばして障子戸を開けば、ひんやりとした風が頬を撫でていった。

裏庭には桜が咲いている。

陽光を受けた花はまばゆく輝き、そのひとひら隔てた裏側は、薄紅色の陰影がひそやかだった。

故郷の山桜は自由に枝を伸ばし、奔放に咲き誇るものだったが、ここで庭師が手を入れた桜は、散る花びらですら計算されているかのように繊細だ。風の涼味を口に含めば、中央の貴婦人のおしろいを思わせる香りがして、美しく好ましいのに、どこかつんと澄まして近寄りがたい感じがした。

もう少しすれば、勁草院《けいそういん》への峰入《みねい》りである。

勁草院は、宗家《そうけ》の近衛《このえ》たる山内衆《やまうちしゅう》の養成所であり、雪雉の叔父や兄は、優秀な成績をおさめて卒院している。

雪雉は合格が決まって以来、中央にある北家《ほっけ》の朝宅で世話になっていた。武人に混じって体を動かし、相手をしてくれる者がいない時間は、かつて兄が使用していた教本を借りて予習をする日々だ。

三年間使ったはずの教本は手ずれた感もなく、新しいものとほとんど遜色《そんしょく》がない。

一度読めば大体頭に入るから、と特に誇るでもなく教本を渡して来た兄を思い出して溜息をついていると、ふと、遠くで人の気配を感じた。

「雪雉！」

ちょっと来なさい、と呼ぶ声は、雪雉を朝宅に招いた張本人である、北家の喜栄《きえい》のものだ。

急いで出て行くと、正面門からすぐ入ったあたりで、何やらわいわいと盛り上がっている。そこでは喜栄と、先ほどまで雪雉が思い浮かべていた人物が立ち話をしていた。

「雪哉《ゆきや》兄《にい》！」

「チー坊。峰入りの支度は順調か」

そう言って笑ったのは、雪雉の五つ上の兄、雪哉である。

以前は、おっとりとした印象ばかりが先立っていたが、ぐっと背が伸びてからは、すっかりただの好青年となってしまった。たっぷりとした黒茶の髪は一本に括られ、漆黒の羽衣《うえ》に、赤い佩緒《はきお》と金の装飾の見事な太刀を佩《は》いている。故郷、垂氷郷《たるひごう》にいた頃に小柄であったのが、信じられないような立派な姿である。

その背後から、「よ！」と愛想よく声をかけてくれたのは、兄の親友、茂丸《しげまる》だ。

もともと熊のような大男で、数年前までは雪哉と並ぶと親子ほどに体格差があったものだったが、雪哉が大きくなったせいで、今では普通に友人同士に見えた。愛嬌のある団子鼻と、くりくりとした黒目が優しい感じで、初めて会った時から雪雉は好感を抱いていた。

その茂丸が、何とも誇らしげに言う。

「ようやく、笙澪会《しょうれいかい》の推挙が認められたんだ。お前の兄ちゃんは、正式に勁草院の戦術指南役《しなんやく》となるぞ」

「本当ですか！」

山内《やまうち》において軍師とは、山内衆所属の作戦参謀、中央鎮護の軍である羽林天軍《うりんてんぐん》所属の参謀の他に、身分や所属を問わず、参謀会議に招聘《しょうへい》される在野の兵法家などが存在している。このうち、最も用兵に長《た》けた者が、勁草院で兵術を教える院士《いんし》となる慣例になっているのだ。

有事となれば、全軍の参謀役として任命され、山内衆と羽林天軍、双方の軍師を統括し、指揮を執ることになる。過去には、所属の異なる軍師の間で意見が対立し、指揮系統が混乱した事例もあるようだが、今、羽林天軍の頂点に立つ大将軍玄哉公《たいしょうぐんげんやこう》は、雪哉の実の祖父だった。

山内衆と羽林天軍の軋轢《あつれき》を取り除く上で、雪哉の参謀役就任は双方にとって都合が良かったのだろう。

改めておめでとうと言わせてくれ、と喜栄が満足げに雪哉を寿《ことほ》いだ。

「最近は、我々が指示を仰ぐには生まれに難がある者が参謀役となっていたからな。雪哉が参謀役となってくれて、嘴《くちばし》が高い」

「恐れ入ります」

嬉しそうな喜栄に対し、いささかのてらいもなく笑みを返す兄の姿に、雪雉はなんとも言えない気分になった。

雪哉と雪雉は、母親が違う。

雪哉を産んですぐに亡くなったのは北家の姫であり、喜栄と雪哉は従兄弟の関係に当たる。雪雉の母は、もともとその姫に仕える立場にあった。

生まれをめぐって色々あったせいで、以前は北家との続柄を言われると嫌悪の表情すら見せていたのに、いつからか兄は、北家の者として扱われることに抵抗感を覚えなくなったようだった。

「勁草院で、雪雉は兄ちゃんに教えてもらうことになるんだな」

茂丸の言葉に、ぼんやりしていた雪雉はハッとした。

「やっぱり、自分の兄ちゃんが教官ってのは、やりにくいか」

気遣わしげな言葉に、咄嗟《とっさ》に「いえ」と返す。

「雪哉兄が優秀なのは、とっくに分かっていたことでしたから」

教えを請うのに何も抵抗はなかったし、そうでなくとも、勁草院で兄と顔を合わせる機会はきっと多かっただろう。

現在、勁草院は山内衆の詰め所として利用されるようになっている。

中央山《ちゅうおうざん》の奥から、八咫烏《やたがらす》の天敵である人喰い猿が、侵入して来る恐れがあると分かったためだ。朝廷の機能は中央山から離宮、凌雲宮《りょううんぐう》へと移管し、勁草院と若宮《わかみや》の御所である招陽宮《しょうようぐう》は、兵達の拠点とされるようになっていた。

凌雲宮の頂点に君臨しているのは、『真の金烏《きんう》』にして日嗣《ひつぎ》の御子《みこ》の座にある若宮、奈月彦《なづきひこ》である。

山内に住まう八咫烏の頂点に立つ宗家の者は、金烏と呼ばれる。

特に、何代かに一度生まれる真の金烏は特別で、統治のために必要な力を全て持って生まれてくるという。真の金烏が不在の間、その穴埋めを代わって行うのが金烏代《きんうだい》であり、現在では、若宮が真の金烏で、その父親が金烏代に当たるとされている。

凌雲宮への移管に際して陣頭指揮を執った若宮は、混乱に乗じるようにして、朝廷の実権を一気に掌握してしまった。

今では、若宮によって禁門《きんもん》が開かれたこと、今上《きんじょう》金烏代が表舞台に決して出ようとしないことを踏まえ、神官達からも正式に即位を認めようとする声も聞こえるようになっていた。

そして、その懐《ふところ》刀《がたな》として頭角を現したのが他でもない、雪雉の兄、雪哉なのである。

「お前達、今日は非番なのだろう。この後はどうするのだ」

何も用事がないなら上がって行くといいと言う喜栄に、雪哉はすみません、と謝った。

「ここには、頼んでいたものを取りに来たのです」

雪哉が視線を向けた先には、下女が一抱えもある風呂敷を抱えて立っていた。

「垂氷から薬酒を取り寄せました。体力をつけるのにいいので」

その言葉にはたと気付いた顔をして、喜栄は呟《つぶや》く。

「桜《さくら》の君《きみ》か」

「ええ。これからお見舞いに」

十日ほど前から、若宮の正室、桜の君は臥せっていた。

最初にその一報を聞いた時はいよいよ懐妊かと色めき立ったものだったが、どうやら単に体調を崩しただけらしい。

朝廷の移管に伴い、桜の君が統括する桜花宮《おうかぐう》も、そっくりそのまま隣の山に移動していた。現在は、以前よりもはるかに小規模な寺院に暮らしていると聞いている。

「高貴な姫君が山寺暮らしでは、何かとご苦労も多いだろう。我々に出来ることがあるなら、遠慮なく言ってくれ」

喜栄が、何やら思うところがある様子で言うと、雪哉は真顔で頷いた。

「桜の君も、きっとお喜びになるでしょう」

それではこのあたりで、と一礼する。

「若宮殿下によろしくお伝えしてくれ。君の祝いの席は改めて設けよう。よく励まれよ」

「はい。じゃあな、雪雉」

「勉強、頑張れよ!」

気安く手を振ってくれた茂丸と連れ立って、兄は門を出て行った。

昔は高貴な方々と触れ合うなんてとんでもない話だったのに、今の雪哉にとっては普通のことなのだ。

故郷にいた頃、ぼんくら扱いされていたことが、今では嘘のように感じられる。兄の実力が認められて嬉しく誇らしい一方で、どことなく寂しい気持ちもした。

＊　＊　＊

門のところでこちらを見送る雪雉の姿を認め、茂丸はしみじみと呟いた。

「さすが兄弟だな。やっぱりお前ら似ているよ」

その言葉に、雪哉は弾《はじ》かれたように親友の顔を振り仰いだ。

「嘘つけ！　そう言うの、茂《しげ》さんだけだよ」

三兄弟の中で、明らかに自分だけ顔の系統が違うのだ。

母親が違うのだから当然といえば当然なのだが、似てないね、と言われることはあっても、その逆は今までなかった。

しかし茂丸は、雪哉の剣幕にきょとんとした。

「いやいや。前に会った時はそんなに感じなかったけど、今の弟くん、初めて会った頃のお前にそっくりだぞ」

「そうかなぁ」

「声とか、雰囲気とかさ。これからどんどん似てくるんじゃねえの」

一体、何をそんなに気にしているのかと不思議そうな茂丸に、唇がむずむずする。他意なくこういうことをするものだから、自分はめっぽう茂丸に弱いのだ。

「……さ、そろそろ行こうか」

誤魔化《ごまか》すように咳払いし、しゅるりと佩緒を解く。

太刀と懸帯《かけおび》を首から下げ直すと、雪哉はその場で回転するようにして鳥形《ちようけい》に転身《てんしん》した。風呂敷を真ん中の足で摑むと、残った二本の足で跳ねるようにして地面を蹴り上げて飛び立つ。同じく、鳥形となった茂丸と並び、雪哉は懸け造りの邸宅が並ぶ山の断崖を滑るようにして西へと向かった。

山頂付近では雪が降っているのか、風は冷たく、ちらほらと風花が舞っている。すれ違う見回りの兵は、こちらの太刀と懸帯を認めると、大烏《うま》の上から礼をして去っていった。しかし、それ以外に人影は見えない。

ちょっと前ならば、この辺りは華やかな着物を身につけた住人や、用聞きに出向いた商人の姿が見えたものだったが、随分と様変わりしてしまった。

貴族の邸宅や中央花街を眼下に通り過ぎると、手付かずの山林となる。その緑を越えたところ、中央山と向かい合うように聳《そび》え立つ山の峰に、無数の寺院が見え始めた。

凌雲宮《りようううんぐう》である。

朝廷を構える中央山の頂上付近――神域から人喰い猿がやって来るということが分かって後、さしあたり朝廷の機能を移管させる先として選ばれたのが、中央山の北西に位置する凌雲山の峰にある、この離宮であった。

この山にはもともと、譲位を行った金烏代のために設けられた後院として凌雲院《りょううんいん》が存在していた。隣には、出家した女宮のための紫雲院《しうんいん》が建てられ、そこを中心にして寺社が林立するようになった。中央山には貴族の邸宅が並ぶのに比して、こちらは出家した貴族の住む場所として認識されるようになり、いつしか凌雲院、紫雲院の敷地を、合わせて凌雲宮と呼ぶようになったのである。

一年前までは閑静な場所だったが、現在では整然とした参道の両脇に、多くの露店や天幕が並んでいる。

当初、中央山に猿が出ると知った貴族の中には、中央から離れて地方に逃れようとする者も多かった。だが、宮烏《みやがらす》――中央に住む貴族――の頂点に立つ金烏代とその妻が離宮に居を移すと、ほとんどの宮烏はそれに倣《なら》い、自分の縁者を頼って、凌雲山の寺社へと居を移すことに決めたのだ。そこに新たな商機を見出した者などが集まって、今や中央城下の町並みをそっくりこちらに移してきたかのような様相を呈している。

朝廷移管の話が持ち上がった当初、雪哉を始め、若宮陣営に与する者は、揃って凌雲宮への移管に反対をした。

猿の侵入経路と、あまりにも近過ぎるためだ。

本気で猿の被害を避けたいならば、いっそ中央を捨て、地方に避難するのが望ましい。そう主張した若宮達に対し、宮烏の反応は、芳《かんば》しいものではなかった。

山内の地方は、初代金烏の四人の子どもを起源に持つ、四家によって分治されている。東家《とうけ》の東領、南家《なんけ》の南領、西家《さいけ》の西領、北家の北領。

朝廷の官人もほとんどが四家の出身者であり、朝廷の部署によって、家の牛耳る派閥が存在している。地方に逃れるということは、自然と四領のうちのいずれかを選択しなければならないということであり、彼らは、朝廷の機能をそれぞれ自領に移管すべきと主張して譲らなかったのだ。

こうなってしまった一番の原因は、宮烏と若宮陣営との間に、大きな危機感の差があったためと考えられる。

五年前、猿の襲撃を受けたのは北領の辺境、それも、中央政府とは最も距離のある山の端《はた》であった。血の匂いと転がる骨の数々、塩漬けにされた同族の姿を見て戦慄したのは一部の武人だけであり、一年前、勁草院の院生が猿に誘拐されるという大事件が起こった時も、院生を取り返すため神域に赴いたのは、若宮とその護衛にあたった数名のみであった。

当然、防衛意識の高い武人達と、若宮陣営は猿を脅威として実感している。しかし、身に迫った危機の実感に乏しい貴族達の反応は、呆れるほど鈍重だった。

特に、金烏代の正室たる大紫《おおむらさき》の御前《おまえ》が、地方に逃れることに難色を示した。

目下、若宮陣営の台頭に、最も反発しているのが皇后である。これ以上、若宮の言いなりになって堪るかと反若宮派の足並みを揃えたのも彼女であり、金烏代が中央を離れることは良くないと主張し、共に残ると宣言したのだった。また、自身が中央を留守にしてしまえば、若宮に朝廷を我が物とされてしまうと危惧しているものと思われた。

そうしてもめにもめた挙句、とりあえず隣山の凌雲宮に避難しよう、という中途半端な解決策に至ったのだ。

その頃から雪哉は参謀役の候補として、地方への避難を呼びかけていた。

それが無駄に終わったと知った時は、そうなるだろうと予想していたのにもかかわらず、やはり拭いがたい失望感を覚えた。とはいえ、決まってしまったものはどうしようもない。こうなれば、現状において可能な形で、最悪の事態に備えるほかなかった。

軍事関係者によって、秘密裏に開かれた作戦会議の結果、凌雲山そのものを、一つの要塞化することが大々的に告知された。

凌雲宮に武器と食料を大量に備蓄し、人を集めて周囲を整備する。朝廷の移管に際して不利益を被った者を人足として雇い、羽林も動員して防塁を築く、と。

それを受けての、凌雲山のこのありさまである。

これが、吉と出るか凶と出るかは、その時が来てみないと分からない。だが、分かる日など永遠に来なければ良いと、雪哉は心から思っている。

頂上付近、凌雲宮の敷地は、立派な白壁に囲まれている。

正面の門からはまっすぐに大路が伸び、それを挟むようにして、凌雲院よりも規模の小さな寺院が並んでいた。大路の突き当たりは、猿の侵入を防ぐための防壁が築かれている最中である。

そして、桜花宮の機能を引き継いだ紫苑寺《しおんじ》は、凌雲宮の裏手、整備された大路付近から大きく離れた所にあった。

紫苑寺は、数代前の内親王が、山内における医薬の発展を願って建立した寺である。

一通りの伽藍《がらん》は揃っているものの、いたる所に壮麗な装飾彫刻のされた凌雲院や紫雲院と異なり、見た目はずっと質素だった。

敷地を取り巻く壁もなく、代わりに、よく手入れのされた薬草畑に囲まれている。

こちらに気付いた見張りの誘導に従い、雪哉と茂丸は中庭に降り立ち、人形《じんけい》へと戻る。そうして丁重に案内された室内には、よく見知った顔が二つ並んでいた。

「よお、来たな」

「薬酒はちゃんと手に入ったのか」

軽く手を上げたのは、護衛としては最古参の澄尾《すみお》であり、わざわざ立ち上がったのは、若宮の側近を務める明留《あける》である。

澄尾は、浅黒い肌の上に小柄なので、パッと見、悪戯な少年のような印象を見る者に与える。しかしその実、平民――宮烏に比して山烏《やまがらす》と揶揄される階級の出身ながら、勁草院を首席で卒業した文武に優れた秀才であり、外見と裏腹に落ち着いた内面を持つ青年であった。

一方の明留は、四大貴族の西家、しかもその本家出身という生粋《きっすい》の宮烏である。目は大きく唇は小さく、珍しい赤みを帯びた髪をしている。まるで美少女のごとき風貌をしているが、彼は勁草院に峰入りして山内衆を志し、途中で挫折した後に若宮の側近となったのだ。当然、山烏だからと澄尾を侮《あなど》るようなことは決してなく、若宮の側近になってからも、良い関係を築いているようだった。

彼らよりも早く到着する予定となっていたのだが、思っていたよりも出遅れてしまったようだ。

雪哉は包みを掲げて見せた。

「薬酒はほら、この通り」

「もうお見舞いは済ませちゃったか。俺も桜の君にお会いしたかったな」

残念そうに茂丸が言う。

若宮の妻は、深窓の姫とは思えぬほど、身分の低い者に対しても非常に気安く、思いやり深い御仁《ごじん》である。御簾《みす》越しでも一言お大事にと伝えたかったんだけど、と頭を掻く茂丸に、澄尾と明留は顔を見合わせた。

「いや。それが、姉上が通してくれなくて……」

「何だ。そんなにお加減が悪いのか」

雪哉が思わず低い声を出すと、明留が答える前に、戸口に人影が現れた。

「心配なさるほどではありませんわ」

波打つ髪は美しい赤色に透けて、いつ見てもその輝く美貌には感嘆を漏らさずにはいられない。

明留の姉にして、桜の君の女房筆頭である、真赭《ますほ》の薄《すすき》がそこに立っていた。

女房という立場を弁《わきま》えてか、以前より派手な色味ではないものの、相変わらず垢抜けた装いをしている。よくよく見れば小袿《こうちき》は綾織りで、薄紅に白を重ねた逸品である。

「少しお疲れが出ただけですわ。これを機に、ゆっくりお休み頂こうとわたくし達が考えたのです」

きびきびとした足取りで控えの間に押し入られ、くつろいでいた男達は慌てて姿勢を正す。

「じゃあ、どうして……」

「い、い、」

「どうして」

困惑した風の茂丸を、真赭の薄はキッと睨む。

「普段、桜の君に親しくして頂いているからと言って、何か勘違いなさっているのではなくて。妙齢の婦人、しかも主《あるじ》の妻の寝室に、普通に通してもらえると思っているなんて！　まったく、揃いも揃って、どういう了見なのかしら」

そう言った真赭の薄は、何故か蔑《さげす》むような眼差しで澄尾を見た。鋭い眼光を受けた本人は、弱々しい声で弁明を試みる。

「それについては、悪かったと先ほども申し上げました。でも、桜の君は身分の差を気にするなと――」

「身分云々ではなく、これは、男女間の礼儀の問題です！」

妙にぴりぴりとしている真緒の薄を前にして、澄尾は完全に沈黙してしまった。茂丸も気圧《けお》された風で、「ご、ごめんなさい」と、ひたすら謝るしかない。すでに同じ叱責を受けた後と見えて、明留は塩の塊《かたまり》を口いっぱいに放り込まれたような顔になっている。

うろたえている連中に内心で溜息をつきながら、雪哉はさりげなく真緒の薄の前に進み出た。

「何から何まで、真緒の薄さまのおっしゃる通りです。大変、失礼をいたしました」

素直に頭を下げてから、小脇に抱えていた風呂敷をほどく。

「ですが、我々も桜の君を心配しているのです。どうか、その気持ちだけは誤解なさらないで下さい」

にこりと笑い、瓶酒と、紅の紙包みを真緒の薄へと差し出した。

「桜の君に、垂氷の豊滋酒《ほうじしゅ》です。それと、これも」

包みの中には、雪哉が先日注文しておいた一口大の砂糖菓子が入っていた。桜の形をしたそれの横には、品よく小ぶりな金平糖《こんぺいとう》が添えてある。

「これは――」

「女房の皆様にお怒りを買ってしまったように、我々男では分からないことが多い中、色々とお気遣い頂き、本当に感謝しているのです」

立て板に水のごとくしゃべる雪哉と砂糖菓子を見比べて、真緒の薄は、どう反応したら良いのか分からなくなったようだった。

「いつも、ありがとうございます。こちらの生活は大変かと思いますが、入用のことがございましたら、何なりとおっしゃってください」

駄目押しとばかりに微笑めば、真赭の薄は戸惑いを隠しきれないまま、曖昧に頭を下げた。

「……恐れ入ります」

「酒瓶は重いですから、厨《くりや》までお持ちしますよ」

さりげなく申し出れば、真赭の薄は「では、頼みます」と頷いた。

「貴方達は、若宮殿下が出て来られるまで、ここでお待ちになって下さい」

最後に、冷ややかな視線を澄尾に向けてから、真赭の薄は雪哉を先導して歩き出したのだった。


二人分の足音が遠ざかってから、澄尾は疲れ切ったように嘆息した。

妙な緊張感が漂う澄尾と雪哉の様子に、明留は息が詰まりそうだった。しかし、それをぽかんと見守っていた茂丸は、特に斟酌《しんしやく》せずに澄尾を見た。

「澄尾さん。真赭の薄さま相手に、一体何をやらかしたんです?」

うっ、と詰まった澄尾よりも先に、明留は「馬鹿!」と叫んで茂丸の肩を叩いた。

「ちょっと、こっちに来いっ」

腕を引きずるようにして、廊下へと茂丸を連れ出す。

間違っても澄尾に声の届かない場所まで来てから、はあぁ、と明留は深く息を吐いた。

「頼むから、そのあたりのことはあまり突っ込まないでくれ。聞いているこちらの心臓がもたない」

「悪い。何か、ワケありなんだな？」

明留は、ちらりと自分達の出て来た部屋を見てから、「内緒にしてくれよ」と声を低めた。

「実はな。一度、姉上と雪哉の間に、縁談が持ち上がったことがあって……」

ええっ、と茂丸は目を見開いた。

「初耳だぞ。そりゃ本当かよ、おい」

「悪夢みたいな話だが、本当だ」

真赭の薄の方が少し年上だが、気になるほどの差でもなし、北家当主の孫と西家の姫なら、家格が釣り合っていると言えなくも無いのだ。

「すぐに破談となったから、あまり知られてはいないのだがな」

「いつの話？」

「もう、随分前のことになる。私が勁草院にいた頃だから」

知らなかったと呟きつつ、茂丸は首をかしげた。

「しかし、それでどうして姉ちゃんが、澄尾さんに怒ることになるんだ？」

「雪哉を姉上の伴侶にどうかと、推薦したのが澄尾殿だったのだ」

山内一番の美姫と名高い真赭の薄に対し、還俗《げんぞく》して欲しいという声は当時から多くあった。

若宮と桜の君も、真赭の薄には幸せになって欲しいと考えていたようで、澄尾の提案を聞いた際に、悪くない、と思ったらしい。

しかし、真緒の薄にどう思うか尋ねたところ、彼女は「誰がこんな馬鹿なことを言い出したのか」と、怒髪天《どはつてん》を衝《つ》く勢いで拒絶したのだった。

結局、怒り狂った真緒の薄が澄尾に対し大いなる不信を抱いただけで、雪哉に打診されることのないまま、縁談は立ち消えとなってしまった。

若宮夫婦は雪哉を高く評価しているが、明留からすれば、あんな冷血漢が義兄にならなくて心底安堵したと言うしかない。本当に、各方面に不幸を振りまいただけで、呪われた縁談だったとしみじみ思う。

ところが、雪哉と仲のよい茂丸には、それがいまいちピンと来ないらしい。

「女の子の考えていることはよく分からねえなぁ。なんで、姉ちゃんはそんなに怒ったんだろ」

呑気な言葉に、明留は顔をしかめた。

「姉上の意志を無視して、あの雪哉を夫にしろと言われたのだぞ！」

怒るに決まっている、と言うも、茂丸はしきりと首を捻っている。

「でも、姉ちゃんは雪哉のことが好きなんだろう？」

「えっ」

「好きな人との縁談を持ってこられたら、普通、嬉しいもんじゃないのかな」

「はぁあ？」

思わず、素っ頓狂な声が出た。

「馬鹿な！　一体、どうしたらそんな考えに行き着くんだ」

「いや、だから澄尾さんもわざわざ雪哉を薦めたんだろ？」

なんだ、違うのか、と問われても、明留はあんぐりと口を開いたまま、絶句するしかなかったのだった。

＊　＊　＊

「それで、本当のところはどうなんです？」

低い声に、どきりと心の臓が跳ねた。

弾かれたように隣を見上げれば、雪哉はわずかに微笑みながらも、目だけはしっかりと真赭の薄の様子を窺っていた。

「本当のところ、とは」

「桜の君のあれは、ただの体調不良ではないのでは？」

穏かな物言いの中にも、誤魔化しを許さない鋭さがあった。何を言うのかと笑い飛ばさなければならなかったのに、真赭の薄はうっかり口ごもってしまった。

「わたくしの……わたくしの口から、言えることではありませんわ」

「なるほど。そうですか」

深くは追及せず、雪哉はあっさりと引き下がる。

「立ち入ったことを訊いて、すみません」

桜の君、はやく良くなるとよいですね、とそう言う言葉には、もう先ほど感じた鋭さはなかった。

厨に着き、厨番に酒瓶を渡すと、雪哉はすぐに澄尾達のもとに帰ろうとした。それを、「待って」と呼び止める。

「訊きたいことならば、わたくしにもありますわ」

「おや。自分にお答え出来ることであれば、何なりと」

「どうして、あなた達はあの噂を放置なさっているの」

「噂とは？」

軽く首を捻った雪哉に、真赭の薄は小さく唾を飲む。

「猿の侵入箇所が中央山であるという発表が、嘘なのではないか、という噂です」

ここ最近、宮烏の間で、実際に猿がやって来るのは中央ではなく、地方であるという話が、まことしやかに流れているのである。

実際、猿の被害があったのは山の端だし、禁門の向こうにいるという猿を見たのは、若宮と、そのわずかな配下だけだ。本当は、猿がやって来るのは地方であるのに、それを正直に発表すれば、地方の住民は中央に押し寄せて来てしまう。そういった混乱を避けるために、朝廷の一部の高官達が、あえて間違った情報を公表したのではないかと、疑う声があるのだった。

しかしそれを聞いた雪哉は、馬鹿なことを、と苦笑した。

「それが真実ではないことくらい、真赭の薄さまはよくご存知でしょうに」

「だからこそ、どうしてあの噂をあなた達が放置しているのかが分からないのです」

おそらくは噂を真に受けて、中央に留まることにした宮烏も少なくはないだろう。

真赭の薄自身、最初に凌雲宮への移管の話を聞いた時、どうしてそんなに近くなのかと驚いたくらいなのだ。しかも、一番に守らなければならないはずの金烏代や皇后が、地方に逃れるのではなく中央に留まっている事実を踏まえれば、無責任な噂にも信憑性《しんぴょうせい》が増すというものだ。

「まるで、上の者が自分の身可愛さに、民をたばかっているかのような言い草ですのに」

このまま噂を放置しては、若宮殿下の評判も落ちるばかりだ。早急に訂正した方がいいのではないだろうかと言うと、雪哉の笑みがわずかに歪んだ。

「確かに、ごもっともです」

流石《さすが》は真赭の薄さま、慧眼《けいがん》ですねと、そう言う雪哉の口調は妙に乾いている。

「ご忠告、感謝いたします。でも、発表に偽りはありませんし、真赭の薄さまは、どうかそれを信じて、行動なさってください」

その返答を不審に思ったが、聞き返す間もなく、では、と会釈《えしゃく》して雪哉は背を向けてしまった。

＊　＊　＊

「澄尾の奴、また真赭の薄に怒られたのかい」

怒鳴り声が聞こえていたぞ、と開口一番、桜の君――浜木綿《はまゆう》は横になったまま、いつもの調子で笑う。

見舞いに来いと、わざわざ言って来るくらいなので覚悟していたのだが、少なくとも笑える状態なのだと奈月彦はほっとした。

浜木綿の寝室は、がらんとしていた。

もとから物持ちの少ない女ではあるが、到底、日嗣の御子の正室の部屋とは思えない簡素さである。布団の延べられた御帳台《みちょうだい》だけが取って付けたようで、何となく不釣合いな感じがした。

「お前の寝所にまで来る気かと、明留もまとめて一喝されていた」

穏《おだや》かに応じれば、可哀想に、と笑いながら浜木綿は体を起こす。

咄嗟に妻の体を支えてやろうと手を伸ばしたが、「いらん」とそっけなく断られたので、奈月彦はそのまま布団の脇に腰を下ろした。

思ったよりましなようではあったが、やはり浜木綿は随分と痩せて、顔色も悪いように見える。

きりりと整った顔立ちをしているものの、もともと奈月彦と変わらない程に背が高く、わざと男っぽい口調で話すような、姫らしからぬ姫である。普段、そんな彼女から元気を貰うことが多い分、弱った姿を見せられると、どうしても動揺してしまう。

「もう起きて大丈夫なのか」

「ああ。わざわざ来てもらって悪かったな」

何やかやと忙しく、彼女が紫苑寺に居を移してからは、会いに来る機会にも恵まれなかったから、こうして話すのも久しぶりである。

「あまり無理はするな。お前に何かあっては困る」

すると、浜木綿は常になく嬉しそうな笑顔を見せた。

「そう言ってもらえるだけで、私は随分と果報者だ」

ふと笑みをおさめると、浜木綿は真剣な眼差しで奈月彦の目を見返した。

「朝廷は今、どうなっている」

「あちらは、いつも通りだ」

――いつも通り問題だらけではあるが、特筆するような事件が起こったわけでもない。

一言で全てを理解したらしい浜木綿は、そうかと頷いた。

「時に奈月彦。お前、誰ぞを側室《そくしつ》に迎えるとしたら、時機はいつがいい？」

奈月彦はゆっくりと瞬く。

浜木綿の目の中には、さざなみ一つ見えなかった。

「……出来れば、即位の後が望ましい」

「猿の件が片付くまで待つのか？　いつになるか分からんだろう」

「参謀達に考えがあるようだ。あまりに長引くようなら、また考えるつもりだが」

「ならば早急に考えて、どうするか、出来るだけ早く私に知らせてくれ」

力のこもった言い方に、奈月彦は口をつぐむ。

これまで、側室の件は幾度となく話し合って来た。

側室を迎えるべきだ、と主張する浜木綿と、今は必要ないと突っぱねる奈月彦の間で、この話題はいつも平行線をたどったまま終わることが多かった。しかし、それをこんな風に持ち出されたことは、今まで一度たりともなかった。

何やら察するものがあって、奈月彦はほとんど無意識に妻の手を握った。

浜木綿は苦く笑う。

「すまん、奈月彦。私では、駄目だった」

言葉少なだったが、それだけで、体調不良の原因はおのずと知れた。

「……胎《はら》にいたのか」

「ああ」

――浜木綿が若宮の子を宿していたことが分かったのは、皮肉にも、その子が流れてしまった後であった。

八咫烏は、子を宿してしばらくすると、体の中で殻が形成され始める。そうすると、産卵に備えて自然と体が鳥形に戻ろうとするため、妊娠していることが分かるのである。

だが稀に、命が兆《きざ》しても、それを守る殻が形成されない場合があるのだと言う。

「やけに月のものが重いと思っていたら、あれは、子どものなりそこないだったそうだ……」

深く息を吐き、浜木綿はゆっくりと己の額を撫でる。奈月彦は、もう片方の手をぎゅっと握りしめた。

「桜花宮からの移動が、負担になったせいか」

「いいや。残念ながら、体質だそうだ」

浜木綿よりも、真赭の薄がやっきとなって、典医だけでなく中央で有名な産婆なども呼び寄せたが、答えは全て同じであった。

薬も鍼《はり》も、治療する術《すべ》は何もない、と。

過去に同じ症状が表れ、その後に健康な卵を産めた事例はひとつもないのだと、彼らは口を揃えた。

病気でも、怪我でもない。

ただ、浜木綿の体には、子どもを守るための力が、生まれつき備わってはいなかったのだ。

「私自身は、今は血が足りていないというだけで、至って健康だ。だが、お前の子を生んでやることは出来ない。側室を迎える必要がある」

嘆くでもなく、ただ淡々とした妻の態度に、奈月彦はぐっと言いたいことを飲み込んだ。

「……分かった。そういうことならば、私は私で真剣に考えよう」

「そうしてもらえると助かる」

来て貰いたかったのは、それを直接伝える必要があったからだ、と浜木綿は言う。

「だが、久しぶりにお前の顔が見られて良かった」

そう言って、浜木綿は心から嬉しそうに笑った。

それから、真赭の薄が時間になったと呼びに来るまで、他愛無いことを話し続けた。

「奈月彦」

外に出ようとした時、わずかに力のない声で呼び止められる。

振り返った夫に向けて、浜木綿は静かな口調で告げた。

「すまない」

再度の謝罪に、奈月彦は強く首を横に振った。

「お前が謝ることは、何一つない。こちらこそ、大変な時に何もしてやれず、すまなかった」

今はただ、ゆっくり養生してくれと言うと、浜木綿は黙って頷いたのだった。

＊　＊　＊

千早《ちはや》は、顔だけは真顔を装いながらも、内心ではぼんやりと禁門を眺めていた。

かつて禁門前の空間は、荘厳な空気に満ちていた。

歴代の金烏の棺《ひつぎ》が立ち並び、石と化した棺からは、こんこんと清い水が湧き出ているのだ。

貴族連中から山烏として蔑《さげす》まれて育った千早は、宮廷の仰々しい建築には毛ほども感銘を受けたことがないが、禁門前の空気だけは、背筋を正すほかない何かが存在しているように感じられた。

だが、現在では禁門に向かい合うようにして無骨な防塁が築かれ、もし猿が侵入して来れば、狭間《さま》から矢衾《やぶすま》で迎え討てるように櫓《やぐら》まで組まれている。

静謐《せいひつ》と言うにはものものしく、荘厳と言うには物騒に過ぎる様相である。

随分と様変わりしちまったものだと考えていると、広間の入り口に、見知った顔が現れた。

「山内衆市柳《いちりゅう》、神祇大副《じんぎたいふ》、交替に参った！」

はっきりと宣言して目の前にやって来た男へ、軽く返礼する。

「こちら、異常なし。引継ぎの事項も特にない」

隣に立っていた神祇官の男も、「同じく」と言って神祇大副に役目を交替する。

神祇大副は、神祇官の頂点に立つ白烏《はくう》が体調を崩したことを受け、禁門に関する問題を、神祇官を代表して取り仕切る立場となっていた。

四十過ぎの痩せた男で、いつも難しい顔をしている。若くから神祇官に入り、白烏にも信頼されている出来物《できぶつ》との噂であるが、千早からすると、えりぬきの上に挫折を知らない宮烏といった印象で、緊急時に頼りにするには心もとないと思っていた。

――禁門の向こう側に、八咫烏を好んで喰らう猿がいることが判明したのは、ちょうど一年前のことである。

八咫烏の真の長《おさ》たる金烏は、代々、始祖から続く記憶を継承することになっているという。

今の金烏である若宮は、その記憶の継承がうまくいっていないらしく、それを重く見た神祇官からは即位に反対されていた。しかし、今から一年前の勁草院生の誘拐事件の際、百年前の金烏だった那律彦《なりつひこ》が、身を挺《てい》してこの禁門を封印した時の記憶をかすかに取り戻した。

若宮は、那律彦は禁門の向こう、神域にいる何かに酷《ひど》く怯えていたと言っていた。その証言と一年前に神域で目撃したものとを照らし合わせれば、何かとは、おそらく猿のことだと思われた。千早も、猿に誘拐された後輩を取り戻すため、神域へと入ったのだ。

後輩を誘拐した猿は、小猿《こざる》と名乗っていた。

小猿の目的は、若宮を呼び出し、禁門の封印《ふういん》を解かせることにあった。まんまと策にはまった自分達は、命からがら帰還したものの、山内と神域をつなぐ禁門の封印を解《と》いてしまった。以来、禁門は一時も休まぬ見張りがつき、猿が侵入して来た際に迎え撃てるよう、万全の態勢が整えられている。

もともとの禁門の管理は神祇官の管轄であったが、今では防衛上の責任者として、山内衆が同時に配備されるようになっていた。山内衆と神祇官が共同で禁門を見張ることになり、神祇官から代表者が一人、山内衆からも若宮の信任を得た者が常駐し、その場を取り仕切る決まりとなったのである。

この交替後は、七日ぶりの休みである。ひそかに息をついていると、すれ違いざまに「ご苦労さん」と市柳が気安く肩を叩いて来た。

勁草院時代、一年上級であった男である。

面倒見はいいし、実力に問題があるわけでもない。幼馴染だという雪哉からは「掘りたての里芋みたいな面しやがって」と毒づかれていたが、多少目つきが悪いくらいで、言うほど顔が悪いというわけでもない。

ただ、格好つけのくせに、私服の趣味がすこぶる悪かった。

しかも、ここぞという時にいまいち決まらない星の下に生まれていると見えて、後輩一同からは「素直に敬う気になれない先輩」という称号を得ている。

千早自身、市柳を先輩として敬った記憶はひとつとしてないのだが、こうして自分を後輩扱いすることを止めない辺り、中々に頑固な男であった。

「雪哉達は桜の君のお見舞いに行っているらしいが、お前はどうすんだ？」

「別に」

実際は西領にいる妹に会いに行く約束があるのだが、そこまで説明してやる義理はない。

そっけなく市柳に背中を向けて、歩き出そうとした瞬間だった。

――物理的な重さを伴うかのような、凄まじい轟音《ごうおん》が響き渡った。

＊　　＊　　＊

大烏《うま》の背から、奈月彦はぼんやりと山内の風景を眺めていた。

紫苑寺から、招陽宮へと向かう道すがらである。

その心は、妻と話した紫苑寺の一室に留まったままであった。

風花が舞っている。

なんとも、不思議な感覚だった。

八咫烏の長として、真の金烏の本能として、守るべき一族の命が儚《はかな》くなってしまったのが猛烈に悲しいのは、いつものことである。だが、今回はそれが初めての自分の子だったわけで——しかも、喜ぶ間もなく、失われてしまった。

我が子の喪失が、他の八咫烏の死と何ら変わりなく感じられることが、まるで紙でも嚙んでいるかのように味気ない。

それが悔しいのか、腹立たしいのかすら、奈月彦には判断がつかない。

真の金烏なのだから仕方がない、と諦めを囁《ささや》く己がいる一方で、そう感じることが異常なのだと、はっきり認識している己もいる。

父親がこんな風だと知ったら、儚くなった我が子は嘆くであろうか。

そんな、益体《やくたい》もないことを考えていた時だった。


遠くで、赤ん坊の泣き声が聞こえた。


考えていた内容が内容だけに、一瞬、自分の気のせいかと思った。

だが、顔を上げた瞬間、ぞくん、と、全身に嫌な予感が激痛のように走り、それが、真の金烏にもたらされた「何か」であることを知った。

「殿下……？」

どうされましたか、と併翔していた明留が怪訝そうな顔を向けるのとほぼ同時に、不意に、それは本物の音となって山内を襲った。

それは、絶叫によく似た轟音だった。

誰の声かは分からない。どこから聞こえるといった類の音でもない。

ただ、体を貫かれた断末魔《だんまつま》のような悲鳴が、その瞬間、空に、地面に、湖に、谷に、一人一人の八咫烏の耳の中に、一切の慈悲もなく響き渡った。

たまらず、飛んでいた馬は混乱してその場に止まってはばたき、明留も澄尾も耳を押さえる。

大気がたわみ、どろりと濁った空気が攪拌《かくはん》されるような、おかしな風が吹き荒れる。

そして、音に呼応するようにして――大地が震え始めた。

正体不明の音は、いつしか地鳴りに変わっていた。

ごおん、ごおんと、下で巨大な何かがのた打ち回っているかのごとくに地面が波打ち、巨大な見えない手でむちゃくちゃに揺さぶられ、こじ開けられたかのように地割れが起こる。

真っ黒な地割れの奥からは土煙が上がり、泥の焼けたような焦げ臭い匂いが立ち上り始めた。

山は揺れ、崖が崩れ、建物が、まるで紙で出来ているかのように簡単に倒壊していく。

懸け造りの貴族の邸宅と、その間をつなぐ透廊《すきろう》がまるで子どもの玩具のように崩れ、逃げ出そうとした人影が、綺麗な着物を着たまま、花びらのように断崖の底へと吸い込まれていく姿が遠くに見えた。

「やめろ！」

わけも分からず、奈月彦は悲鳴を上げていた。

そして——まるでその声が聞こえたかのように、轟音は唐突に消えた。

不自然なまでの静寂が落ちる。

人の悲鳴や怒声はかすかに聞こえるが、大きな音はせず、もう、地面も揺れていないようだった。

「……止まった？」

かすれた声で、明留が呟く。だがすぐに、「上だ！」と澄尾が叫んだ。

亀裂は大地だけではなく、空にまで広がっていた。

薄曇りの空に、どうあっても「罅《ひび》」としか表現し得ない、黒い線が無数に走っている。

——何だ、これは。一体、何が起こっている！

混乱する一方、身に覚えのある強烈な酩酊感と、嗅ぎ慣れた外界の匂いに、奈月彦は戦慄《せんりつ》した。

山内を守る結界《けっかい》に、ほころびが入ったのだ。

だが、これは今までの比ではない。このままでは、山内そのものが壊れてしまう。

「澄尾、弓を寄越せ！」

奈月彦は声を張り上げた。

「私は出来る限りほころびを繕《つくろ》う。矢と、替えの弓も持って来させろ。羽林天軍を出して城下の救援に当たれ。明留は山内衆のもとへ。神官どもに手伝わせて、亀裂の付近を閉鎖しろ。地割れに人を近付けるな。ほころびに落ちたら、戻れなくなるぞ！」

急げ、と叫ぶと、澄尾と明留は無駄口を一切叩くことなく即座に馬首をめぐらせる。馬上で投げ渡された弓につるを張っていると、指示を仰ぐように、鳥形の雪哉と茂丸が傍を旋回した。

「供をしろ！」

奈月彦は箙《えびら》を背負い直すと、今度は全力で、馬を上空へ向かって走らせた。

亀裂が集中している場所は、まるで黒い糸で出来た蜘蛛の巣が張っているかのようだった。

不穏な黒い影は、今も、じわじわと空を侵食し続けている。

空に出来たほころびを繕ったことはないが、いちか、ばちか。

祈るようにして、渾身の力を込めて天上へと矢を放つ。

矢は、すぐに肉眼では追えなくなった。だが、すぐに水晶を穿《うが》つようなキン、と高く澄んだ音がして、黒い影に沿って薄紫の光が走るのが分かった。

それに伴って、全身から、すっと血が引く感覚がする。

一瞬くらりとしたが、紫の光は罅を埋めるようにして広がり、見る見るうちに、黒い隙間は見えなくなっていった。

――上手くいった！

空の影が全て消えるのを待たずに、今度は下へと向かう。

地崩れはあちこちで起こっており、土の色の赤い断層は、今も音を立てて崩れつつあった。

しかし恐ろしいのは、亀裂の奥に、底知れない暗闇を湛えた場所だ。あれは、ただの地割れではない。

目についた場所に、片っ端から矢を射込む。

放たれた矢は、闇の中心に突き刺さると、そこから浄《きよ》い緑の藤蔓を猛烈な勢いで伸ばしていった。

鮮やかな藤蔓は、まるで投網《とあみ》が広がるかのように地割れを覆い、広がりきると、わっと藤の花を咲かせる。

そうすると、外界の匂いがわずかに薄らいでいく気がしたが、薄紫の花が開く度に、体温を奪われるような感じがした。

手綱に体を巻きつけるようにしてなんとか馬に縋《すが》るが、体はガクガクと震え、手に力が入らない。

素手だったせいか、持っていた矢が尽きる頃には、左手は血まみれになっていた。

だが、まだだ。まだ、ほころびはあちこちにあるのに。

「殿下！」

遠くからの声に顔を上げると、箙を担いだ山内衆が、こちらに向かって飛んで来るところだった。

「被害は！」

「中央門の橋が落ちました。山の手と城下町はほぼ、全滅です！」

「羽林が倒壊した家屋の下敷きになった者の救援を行っていますが、地割れのせいで難航しています」

感覚のない手で、弓をぎゅっと握る。

「地割れが酷い所を優先して回る。急ぎ案内しろ」

「はっ」

ひとまずは中央門へ向かおうと、馬首をめぐらせた時だった。

カア、と鋭い声が聞こえた。

すさまじい勢いで、鳥形の八咫烏が朝廷の方から飛び込んで来る。懸帯で山内衆と認識出来たそいつは、支えるように背中を差し出した鳥形の仲間につかまるようにして転身する。

人形になった山内衆は、青い顔で「報告！」と叫んで続けた。

禁門に変事あり、と。

＊　＊　＊

禁門前は、まるで絶叫に反応するかのように、床も、剥き出しになった岩肌の壁も、尋常でなく揺れた。

防塁が崩れ、櫓の一部が倒れる。慌てた兵達が頭を隠して飛び退《の》いたところに、防塁の一部だった石がガラガラと音を立てて落ちていった。

なんとか揺れがおさまり、音が聞こえなくなった後も、地面がぐらぐらしているような錯覚に陥った。

「今のは、何だったんだ……」

神祇大副は床に膝を着いたまま呆然と呟いたが、千早も市柳も、それに答えている暇はない。

「禁門に変事あり！　若宮殿下を呼んで来い」

市柳の怒鳴り声に応えて、新入りの山内衆がさっと走り出て行く。

「怪我人は下がれ。無事な者は武器から手を離すな」

動揺する兵士を市柳が立て直そうとしている一方で、千早は防塁の状態を確認する。

「市柳」

これを見ろ、と指をさす。

両側の壁際、水を流す棺に接した防塁の一部が、大きく崩れていた。

「ひでえな。このままにはしておけねえぞ」

駆け寄って来て顔をしかめた市柳に、顎《あご》で禁門の方を指す。

「それに、神域も」

恐ろしいことに、音は、禁門の向こうから聞こえたのだ。

「どうする」

「どうするったって、おまえぇ」

それを俺に訊くのか、と市柳は狼狽《ろうばい》しつつ、ちらりと防塁を見た。

「……補修は石工を呼ぶしかねえし、禁門の封印については、殿下に何とかしてもらうしかねえだろうよ」

動揺してはいるが、言っていることはまともだ。

今、自分達に出来ることは少ない。せいぜい、兵たちの動きを阻害しないよう、崩れた防塁を脇に寄せて足元を整え、崩れかけた櫓を組み直すことくらいである。

軽く頷いて、それぞれに兵達へと指示を飛ばす。

「弓隊は武装を解かず、引き続き警戒に当たれ。禁門から注意をそらすな」

「武器を使えねえ怪我人は離脱しろ！　軽傷の奴、ついでに外の様子を確認して来い。弓持ってなくて手が空いている奴は石をどかせ。せめて狭間が使えるようにするんだ」

竹で組んだ骨組みを建て直そうと四苦八苦していると、報告に行った後輩の山内衆が駆け戻って来た。

「若宮殿下のおいでです！」

その言葉が響いてすぐに、雪哉と茂丸をはじめ、数名の山内衆を引き連れた若宮が足早にやって来た。

「禁門はどうだ」

「地震の時、中からすげえ音がしました。でも今のところは」

特に動きはありませんと市柳が言いかけた時――がぁん、と、重い金属のぶつかる音がした。

禁門の向こう側からだ。

すぐさま防塁の崩れた場所に駆け寄った千早が目にしたものは、ひとりでに解錠され、動き出した門だった。

鈍く軋むような音と共に、ゆっくりと、禁門が開いていく。

そしてその向こうには――黒く、大きな影があった。

二本の足で立ってはいるが、人の姿ではありえないほどに巨大だ。

全身は毛むくじゃらで、皺《しわ》だらけの顔の中、炯々《けいけい》と光る金色の目玉。

「猿だ！」

千早の声に、一瞬にして、禁門前は緊迫した。

「弓隊、弩《いしゆみ》隊、位置につき、構えィ！」

雪哉が指示を出し、兵達が、慌てて自分の持ち場に戻る。

そんな兵の誰よりも素早く、若宮は崩れた防塁を駆け上がり、猿に向かって弓を構えた。

大猿も、それにはすぐに気付いた。

完全に開ききった扉を無感動に見ていた大猿は、防塁の上に立つ若宮へと目を向けると、わずかに両目を細める。

まるで笑うかのようなその顔に向けて、若宮は容赦なく矢を放つ。

一直線に飛んでいった矢は――しかし、大猿に届くことはなかった。

それはまるで、透明な壁にでも突き当たったかのようだった。

――矢は、大猿よりも半間《はんけん》手前の空中で静止してしまったのだ。

しかも一拍後、空中の矢は――めらめらと燃え上がった。

「殿下！　ご指示を」

隣に駆け寄って来た雪哉が叫んだが、若宮は矢を放った姿勢のまま硬直し、大きく眼を見開いて猿を見つめている。

若宮らしくない姿に千早は驚いたが、こちらまで呆然としている暇はない。

床に据えつけられた弩は五つ。無事な弓兵は、二十強か。

幸い、弩に損傷はないし、その上に竹で組んだ足場の被害は少ない。弓兵達は、出来る限り持ち場へと戻っている。

雪哉と千早は目線を交わす。

決断は一瞬だった。

「放て！」

若宮に代わって、雪哉が叫んだ。

号令と共に無数の矢が降り注ぎ、弩から放たれた太い矢が、凄まじい勢いで大猿へと向かって行く。

しかし、一斉に放たれた数十本の矢の全てが、若宮の放った矢と同様の末路をたどった。空中で燃え上がる矢に射手は狼狽の声を上げたが、雪哉は命令を止めなかった。

「怯《ひる》むな。構えィ！」

だが、叫んだ途端、うわあ、と声を上げて兵達が弓を取り落とす。今度は、兵達の持つ弓が発火し、弩のつるを炎が舐《な》め始めたのだ。

雪哉は舌打ちし、太刀を抜くや、防塁から飛び出した。千早もすぐさまその後に続く。

背後から、待て、と市柳が慌てて制止する声がしたが、振り返りはしない。

全力で駆け抜けた雪哉が、鋭く突きを繰り出す。その横から、千早も横なぎに猿の胴を払おうとしたが、がきん、と音を立て、猿の身に触れる寸前で双方の刃が止まった。

確かに千早の手には、固い何かに、切っ先を阻まれる衝撃があった。

「……まったく。随分な挨拶もあったものだな」

大猿の発した言葉は、流暢な御内詞《みうちことば》――山内における、八咫烏達の言語だった。

焦りを覚えたのとほぼ同時に、手に鋭い痛みを感じて、千早は思わず太刀を手から放した。

雪哉もほぼ同時に太刀を取り落とし、飛び退って猿から距離をとる。先ほどまで自分の握り締めていた太刀を見て、千早は愕然《がくぜん》とした。

手入れが行き届き、銀色に輝いていた刀身は、まるで火に炙られた氷のようになっていた。

――融けているのだ。

気が付けば、加勢をせんと駆けつけた兵も、武器を足元に落としていた。

転がる刀剣は煙を上げて融解し、佩緒や下げ緒は小さな炎を上げて燃えている。

中には火傷を負ったのか、恐怖の表情を浮かべ、両手を抱え込むようにしている者もあった。

愚か者どもめ、と大猿は吐き捨てる。

「わしは今、山神さまのご用命で動いておるのだ。わしに歯向かうは、すなわち、宝の君《たからきみ》に歯向かうも同じことだ」

お前達から傷つけられるわけがなかろうと、心底馬鹿にしたような物言いである。

大猿の視線が、立ちすくむ兵達の後方へと向かう。厳しい表情の茂丸と、市柳の背に庇《かば》われるようにして立つ若宮の顔は、血の気が引いて青白い。

猿が両眼を細めた。

「久しぶりよなあ、八咫烏の長よ」

時が来たゆえ、迎えに来てやったぞ、と。

笑うように口元を歪めたせいで、黄ばんだ犬歯が剝き出しとなる。

「迎え……？」

「そうさ。山神さまがお呼びだ。無駄な抵抗は止めて、さっさとついて参れ」

黙り込んだ若宮に、大猿は苛立ったように顔をしかめた。

「余計な心配をせずとも、勝手が出来ぬのは我らとて同じだ」

まあ、命令に背くというのならばわしは別に構わんよ、と今度は楽しげに笑う。

「その結果、お前達がどうなろうが、知ったことではないがな」

猿は、言うことは言ったといわんばかりに口をつぐむと、腕を組み、待ちの姿勢になった。

張り詰めた沈黙が落ちる。

殿下、と茂丸が猿を睨《にら》んだまま、若宮に判断を仰いだ。

若宮は、ゆっくりと周囲を見回す。

ぎゅっと唇を嚙んだ彼の額には、冷や汗がびっしりと浮かんでいた。

「……分かった。そちらの、言う通りにしよう」

禁門を抜けた瞬間、奈月彦は、空気がはっきりと変わるのを感じた。

一瞬、水の中に潜った時にも似た違和感を耳の奥に覚えたが、それがなくなったと思う頃には、粘つくような空気となっていた。

冷たいような、それでいて温《ぬく》いような、なんとも言いがたい淀んだ空気である。

禁門の反対側にある広間は、枯れた藤の蔓に覆われている。

そこを抜けた先には、大猿がゆうゆうと通れるほどの通路が設けられていた。明らかに自然に出来たものではなく、綺麗に岩を穿《うが》って造られている。そこは暗く、湿っぽく、時折、猿達の黄色い瞳が物陰にチカリと光ったが、大猿が言ったように、そいつらはただこちらを眺めるだけで、何もしようとはしなかった。

奈月彦の背後には、雪哉と千早がついて来ている。

それ以上の帯同は叶わなかった。

市柳や茂丸は必死で食い下がったが、大猿の言葉に逆らうことは出来なかったし、奈月彦自身もそれを押し留めた。

——大猿に向けて矢を放ってから、何かがおかしかった。

ほころびを繕った時とは比べ物にならないほど、消耗している。

貧血にも似ているが、生命力そのものが直接吸い取られてしまったかのような感覚はそれよりずっと苛烈で、まるで、自分の体が自分のものではないみたいだった。

だが、何よりも問題なのは、矢が手から離れたその瞬間に、自分の行為を咎《とが》め、睨《にら》みつける眼の前に引きずり出されたかのような感覚に陥ったことだった。

――やってしまった。

そう思ったのだ。

金烏としての本能が、しきりと警鐘を鳴らしている。

己よりもはるかに大きく、何か恐ろしいものの前で、やってはならないことをした。

矢が大猿に届かなかったことも、配下の者の武器が融けてしまったことも、大した問題ではない。ただ、こちらに攻撃の――反抗する意思があると、その何かに、行動で示してしまったことが何より問題だったのだと悟った。

このままでは、みんな殺されてしまう。何とかして弁解をしなければならない。

わけも分からぬまま、奈月彦は生まれてこの方、感じたことのない恐怖にさらされていた。

大猿に先導され、行き先も分からないまま連れて行かれる間も、まるで幼子にでもなってしまったかのように、細かい震えが止まらなかった。

歩くうちに、最初に感じた冷たさは消えうせ、明らかに空気がねっとりと重く、生温かくなって来た。

生温かく――そして、血なまぐさい。

胸が悪くなるような、血の匂いがどんどん強くなっていく。

その匂いに近付くと同時に、行く手からは濡れた音が聞こえ始めた。

洞穴の奥深く、ぽっかりと開けた真っ暗な空間に、それはいた。

光源はないのに、そいつ自身が光っているかのように、暗闇にじんわりと浮き上がって見えた。

最初に視界に入ったのは、ただただ重い色をした液体が、むき出しの岩の上に広がっている光景だった。

色ではなく、匂いで、それが血であることは知れた。

その中心に浮き上がった白は、倒れた女の肢体であった。

恐怖に引きつったまま、こと切れた若い女の顔がこちらを向いている。

長い髪は投げ出され、着物は引き裂かれ、腹の周辺には中身がこぼれ出ている。

かつては人間でありながら、魂魄《こんぱく》はとっくに逃げ出して、今や完全に物と化してしまった女の体だ。

その上に覆いかぶさるように、何かが蠢《うごめ》いている。

それは、猿に見えた。小柄な猿。もしくは、猿のような化け物。

枝のように細い腕に、大きく突き出た腹。丸まった背中には、つまめそうなほどにぽこぽこと浮き出た背骨が、一直線に並んでいる。猿のような体毛は見えなかったが、人の姿と言うには、あまりに獣じみていた。

ぴちゃぴちゃと音を立て、喉を鳴らしながら、女の体、白く甘そうな柔肌に牙を突き立て、湯気《ゆげ》が立ち上る臓物を啜《すす》っている。

「宝の君よ、我らが山神さま。烏を、連れて参りました」

猿の声に上げた顔は、皺だらけだった。

口から、つうっと、粘ついた血液が顎を伝って落ちる。

大いに乱れ、脂ぎって垢がこびりついた白髪の間からは、真ん丸な目が覗いている。落ち窪んだ眼窩《がんか》から飛び出たような目玉が、じっと奈月彦を見据える。

これが――こんな化け物が、山神？

奈月彦は混乱した。

その瞳は暗く、一切の光を宿していなかった。

「烏……烏か……」

焦《じ》れるような沈黙の後に出された声は老人のごとくしゃがれ、蛇の威嚇音のようにかすれている。

「一体、いつぶりのことだ」

疲れきり、投げやりではあったが、その声には確かな怒りがあった。

「もう、百年になりますかな。こやつらが、門を閉ざして以来になりまする」

平然とした猿の相槌《あいづち》に、そうか、そうか、と化け物はしきりに頷く。

「よくもまあ、のうのうと、顔を見せられたものだ……」

話すうちに、どんどんと化け物の苛立ちはふくらんでいくようだった。

その怒りに感応したように、空気が帯電する。ばちばちと、奈月彦の髪の先に火花が散り、背後に控えた雪哉達が息を呑む気配がした。

圧倒的に、この場を支配しているのは目の前の化け物だった。

――勝てない。

生まれて初めて感じた、圧倒的な敗北感だった。そして同時に悟った。

百年前、真の金烏――那律彦が恐れていたのは、猿ではない。

こいつだ。

竦《すく》むばかりのこちらにはまるで目もくれず、猿は上機嫌に、化け物を宥《なだ》めにかかった。

「まあ、まあ。そうお怒りになるな。確かに十全とはいきますまいが、それでも、こやつらの手が必要なのです」

黙った化け物から視線を外し、猿は奈月彦を見た。

「最近、我が一族の手では、なかなかに宝の君のお世話が行き届かぬのでな。役目を放り出し、逃げ出したことは許しがたいが、これを機に、貴様らが神域に戻ることを、許してやろうと言っているのだ」

「何を――」

「貴様が、宝の君のお世話をするのだ」

絶句した奈月彦に対し、感謝せよ、と猿はニヤニヤと笑う。

「それを提案してやったのは、このわしだ」

じっと、こちらを睥睨《へいげい》する化け物と目が合う。

「どうするのだ」

奈月彦は、何も言えなかった。

殿下、と、囁きに近い声で、雪哉が話しかけてくる。

「殿下。どうか、早まらないで――」

「いやなら、いやと言うがよい。わたしは別にかまわない」

ただし、と化け物が言った瞬間、ばちん、と目の前に火花が散った気がした。

「役立たずは、いらない」

一瞬にして、目の前が真っ白になる。

脳髄に鋭く長い爪を突き立てられたかのような、猛烈な激痛が奈月彦を襲った。

だが、自分の痛みなどどうでも良かった。

痛みを感じた瞬間、自分よりもはるかに大きな悲鳴が背後で上がったのだ。

振り返った奈月彦の目に飛び込んで来たのは、自分の配下が、両手で頭を抱え、地面をのたうちまわっている姿だった。

「雪哉、千早！」

思わず駆け寄り、二人の頭に手をかざす。ほころびを繕う時と同様に力を込めるも、二人の様子は変わらないどころか、ますます悲鳴を大きくするばかりである。

どんなに念じても、何も起こらない。

奈月彦は愕然とした。

「さあ、何とする烏」

奈月彦の焦燥を煽るように猿が言う。

化け物は瞬きひとつしないまま、大きく見開いた眼でこちらを眺めている。

「今ここで、貴様らのねぐらもろともつぶしてやっても、構わんのだぞ」

わたしにはそれが出来る、と嬲《なぶ》るような物言いに応じるようにして、地響きが聞こえ始めた。

地面が揺れているのだ。

今更ながら、山内を襲った地震は、こいつの起こしたものだったかと痺れたような頭で合点がいく。

奈月彦の額を、冷や汗が伝い落ちる。

こいつらは、一体何を企んでいる？

ここで、仕えると言ってしまえばどうなるのだろう。

山内は、八咫烏達は――？

「駄目です……！」

こちらの迷いに気付いたのか、振り絞るような声で、目の前の雪哉が叫ぶ。

その鼻から、真っ赤な血が一筋垂れた。

それを見た途端、自分の中で、決定的な何かが折れる音がした。

奈月彦は膝行《いざ》るようにして、化け物へと向かい直る。

「……仕えます！」

「ほう？」

頭痛が止む。

駄目です、と、再度雪哉が弱々しく言ったが、その声には、すでに諦めの色が濃かった。

奈月彦は深く息を吸った。

血の匂いのただよう山の奥深く、八咫烏の長は、山神を名乗る化け物に向けて、そのまま深く頭を垂れた。

「我々、八咫烏は、あなたさまに――山神さまに、お仕えいたします」

第二章　断罪

それは、金色の光に包まれた世界だった。

まだ幼い弟が、きゃらきゃらと笑っている。

真新しい畳の上で、傍の誰かの足につかまって、あぶなっかしく立ち上がる。

「見てみろ、梓《あずさ》！　チー坊が立ったぞ」

その声で、ここが郷長《ごうちょう》屋敷の一室で、雪雉《ゆきち》を抱き上げた大人が、父であることを知った。

「すごいわ、チーちゃん」

「えらいぞぉ！」

嬉しそうに言ったのは母で、そばでぴょんぴょん跳ねているのは、兄だ。

父は、腕の中の三男を見て、しみじみと言う。

「こうして見ると、チーは雪馬《ゆきま》にそっくりだな。お前に似て、きっと格好よくなるぞ」

「あら。雪馬よりもこの子の方が、利かん気が強そうですよ」

私よりもあなた似です、と微笑まれ、「そうか？」と父は笑み崩れた。

「ねえねえ、僕は？」

四人に駆け寄って、雪哉《ゆきや》は父親の袴《はかま》の裾を引っ張った。

その瞬間、父は、それまでの笑顔をすっと消した。

「お前は、誰にも似ていない」

え、と思わず声が出た。

ふと気付くと、さっきまで光でいっぱいだった空間は、真っ暗になっていた。

寒い。

真冬の、冷たい風が吹いている。

いつの間にか、母も、兄も、弟の姿も消えうせていた。

「ちちうえ……？」

不安になった雪哉の手を振り払い、父は無表情のまま、雪哉の背後を指差した。

「お前の行くべきところは、あっちだ」

その瞬間、背後に、誰かの気配を感じた。

ひたひたと、冷たく濡れた足音がする。

怖い。振り返りたくない。

それなのに家族は、瞬きのうちに、雪哉の傍から離れてしまっていた。

遠く遠く、はるか遠くに、綺羅星《きらぼし》のように明るい空間があって、そこには、母と雪馬と、雪雉が笑っていた。

そこに向かって歩いて行く、父の背中。

「待って、置いていかないで、父上」

恐怖に駆られて、雪哉は泣き叫んだ。

だが、父は振り返らないし、母も、雪馬と雪雉に笑顔を向けるばかりで、雪哉が一人ぼっちなことには気付かない。

「待って、待ってよ――ねえ、母上、ははうぇぇ、僕に気付いて！」

その瞬間、背後から延びた冷たい手が、ひたりと、雪哉の顔を包んだ。そして、腐臭の混じった息が、雪哉の耳にかかった。

がらがらの声が、顔の間近でする。


「お前の母親は、こっちだよ」

＊　＊　＊

「参謀《さんぼう》？」

ハッと目を開いた瞬間、一番に飛び込んで来たのは、こちらを心配そうに覗き込む後輩の顔だった。

「……治真《はるま》か」

「はい。大丈夫ですか？　うなされておいでのようでしたが」

「いや。問題ない」

額をこすって起き上がると、すかさず、治真から水筒を差し出される。

喉を鳴らして水を飲めば、少しだけ、頭がすっきりした。

招陽宮《しょうようぐう》の仮眠部屋である。

――禁門《きんもん》が開かれてから、すでに三月が経過しようとしている。

あの日以来、山内《やまうち》の空には厚い黒雲がかかり、太陽の光が射すことは一瞬たりともなくなってしまった。大きな地震こそないものの、地方の田畑では作物が腐り始めているという。

大地震によって、中央、地方を問わず、あちこちに結界のほころびが出来てしまった。

山の端《はた》から不知火《しらぬい》が見えるという報告が急増し、山内が、辺境から崩壊し始めているのだという認識が、じわじわと広まりつつあった。

山内のどこにも逃げ場がなく、行き場を失った中央の者は、要塞化が進み、建物の損傷が比較的少なかった凌雲宮《りょううんぐう》へと集まって来ている。

唯一、結界のほころびを修復することの出来る若宮《わかみや》は、地方をめぐることもろくに叶わない状況にあった。

山神を自称する化け物によって、昼も夜もなく、呼び出されるためだ。

身の回りの世話をさせると言っておきながら、化け物が若宮に求めることは少なかった。ただ、気まぐれに呼び出しをかけ、出向いた若宮に対し、奴はひたすら罵声を浴びせ続けるのである。それなのに、応じるのに少しでも時間がかかれば化け物の機嫌は恐ろしく悪くなり、また、小規模な地震が山内を襲う。

そして化け物に侍《はべ》る大猿は、ニヤニヤと笑って若宮を眺めているのだという。

雪哉自身はその姿を目にする機会はなかったが、話を聞く限りでは、本当に、彼らが何を考えているのか分からなかった。

禁門の向こう側は『神域』と呼ばれている。

雪哉は若宮本人の命令で、神域への帯同を禁じられていた。

もし、若宮自身の身に何かあった時には、雪哉が指揮をとれるようにと、そういう狙いなのである。

もともと、参謀役に任じられた者は、通常時は勁草院《けいそういん》に与えられた自室で待機することになっている。だが雪哉の場合、現役の山内衆《やまうちしゅう》でもある。当然、若宮が山内にいる間は若宮の警護につく時もあるので、兵術の演習授業がない時間は、招陽宮の仮眠部屋を利用することも度々であった。

今この時も、若宮は神域で化け物達の相手をしているのだ。

若宮が戻ってくるまでに少し寝ておこうと思ったのだが、あまり、快眠とはいかなかったようだ。

勁草院の後輩であり、雪哉の腹心の部下でもある治真は、お休み中のところ申し訳ありません、と頭を下げた。

「何かあったのか」

「明鏡院《めいきょういん》から、連絡がありました。何か、若宮殿下にご報告があるらしく、出来れば、参謀にもご同行頂きたいと」

「今、殿下は？」

「まだ、神域にいらっしゃいます。茂丸《しげまる》殿にもお伝えしたところ、自分がお連れするので、参謀には先に明鏡院へ行っていて欲しいとのことでした。そこで護衛を交替しようと」

「分かった。すぐに向かおう。馬の用意を頼む」

「畏《かしこ》まりました」

軽く身支度を整えてから、治真に見送られて招陽宮を飛び立つ。

まだ昼過ぎだというのに、空は暗く、風には薄闇の匂いがしている。

眼下には未だに修復の進まない山の手の景色がある。初めて父に連れられてやって来た時とは、まるで別の場所のようだ。

何度見ても、嫌な気分にさせられる光景にうんざりしながら、雪哉はひたすらに馬を翔《はし》らせた。


雪哉は、家族と故郷を愛している。

二十年前、北領《ほくりょう》が垂氷《たるひ》郷郷長《ごうごうちょう》の次男としてこの世に生を受けて以来、その気持ちを疑ったことは一度たりとてない。

三兄弟の中で、自分だけ母親が違うということは、物心ついた時にはすでに承知していた。自分を養子に出すべきと口うるさい親戚も、すでに儚《はかな》くなった雪哉の母の噂話をする者も、郷長屋敷では事欠かなかったからだ。

だが幸いなことに、雪哉には育ての母――梓がいた。

梓は、雪哉を実の子と分け隔てなく愛してくれたし、その実の子である兄も弟も、それを気にしたそぶりを一切見せなかった。

雪哉の実の母親は、体が弱いのに気性が激しく、苛烈な女であったという。

父は、そんな母との縁談が持ち上がるより以前から、梓のことを好いていた。それなのに、母は家名を盾に横恋慕し、無理やり雪哉を産んだのだ。

そして、我が子を腕に抱く間もなく、死んだ。

直接に尋ねたことはないが、父が、雪哉の母に複雑な感情を抱いているのは間違いなかった。先ほどの悪夢で、父は雪哉を邪険にしていたが、実際のところ、父が雪哉と他の兄弟の間で扱いに差をつけたことはほとんどない。だが、二人と相対した時と、自分と相対した時とでは、明らかに表情が違っていたのは、確かだった。

そこに義務感による愛情はあっても、純粋な気持ちは存在していない。

それに気付いた時、悲しく思えるだけの可愛げが自分にあれば違ったのだろうが、雪哉は他人ごとのように、そうなるのも無理はないと思ってしまった。

雪哉自身、己の母が一体何をしたかったのか、さっぱり分からなかったからだ。

賢いがゆえのあてつけだったのか、馬鹿であるがゆえのわがままだったのかは判断がつかない。でも、ろくな女ではなかったことだけは確かである。

辛く当たられた下女や、共に子を生《な》したはずの夫の口からも良い噂を聞いた例《ためし》がなかったが、不思議なことに、一番迷惑を被ったであろう、梓だけが彼女を庇《かば》おうとした。

「あの方は、間違いなく、誰よりもお前のことを愛していた。だからお前は、私と合わせて、二人分の母親の愛情をその身に受けて、ここまで健康に育ったのよ」

そう、てらいなく微笑む梓は、雪哉が、誰よりも尊敬する人となった。

梓は賢い人だった。その賢さは、計算高さとは全く種類の違うものであり、梓の美質は、兄と弟にも受け継がれているように思う。

自分にだけ、それがないのだ。

悲しかった。そしてだからこそ、梓と兄弟が何よりも愛しく思えた。

片や、雪哉の実母に振り回されるだけだった父は、ひどく凡庸《ぼんよう》な男だとも思っていた。

郷長という立場にあるのならば、お人好しなだけでは駄目なのだ。むしろ、政治的な狡猾さこそ必要なのに、父はそれを持っていなかった。

垂氷郷の中でなら立派な大将でいられたのかもしれないが、上からの圧力に抗うだけの気概もなければ、うまくそれを捌《さば》けるだけのずる賢さもない。垂氷に対し、北家《ほっけ》が常に友好的であるとは限らないのに、根が素直なのか単純なのか、ただ事を荒立てたくないと考えてばかりいる。

長じるに従って、よくもまあ、これで郷長が務まるものだと呆れるようになった。

しかしある意味で、家族の中で最も共感出来る相手もまた、父であった。

無理に雪哉を産んだ北家の姫に複雑な思いを抱き、そして、梓と、梓の産んだ子ども達を心から愛しているといった点において、二人の思いは一致していた。

誰よりも、何よりも大切だから、守らなければいけない。父親にはその能力がなかったが、自分にはそれが出来ると思った。

父の代わりに、自分が、愛する家族と故郷を、守らなければならない。

たとえ何を棄てたとしても――自分が。


心なしくすんだ色をした緑を眼下に飛んでいると、行く手に、境内に白い砂を敷いた、大きな寺院が見えてきた。

若宮の兄、長束《なつか》が院主を務める明鏡院である。

明鏡院は凌雲山《りょううんざん》ではなく、中央山《ちゅうおうざん》の一角に構える寺院である。

中央山の西側、ちょうど大門から凌雲山へと向かう空路の下に位置しており、神祇官《じんぎかん》は禁門の管理をする都合もあって、その機能を凌雲宮ではなく、明鏡院に移管しているのだった。

車場《くるまば》へと降り立ち、馬を預けようと周囲を見回していると、ふと、中央山の方から飛んでくる騎影《きえい》を見た。

見間違いようもない。若宮と、茂丸だ。

自分の馬から降りた雪哉は、こちらに気付いてやって来た下人に馬を預けてから、そのまま主《あるじ》と親友を待った。

「わざわざここで待っていたのか？」

いくらも経たずに降りて来た若宮に、まさか、とあえて気安く言い返す。

「ちょうど、今来たところだったんですよ」

若宮の馬の轡《くつわ》を取ってから、雪哉はさりげなく馬上を窺い、内心で顔をしかめた。

普段、うなじあたりですっきりと纏《まと》められている黒髪が、額と首すじにまとわりついている。もともと色の白い男ではあったが、天気が悪いことを差っ引いても、今の顔には全く血の気が感じられない。

若宮は、背が高い割りに線が細く、決して体格が良い方というわけではない。

睫毛は長く、鼻筋と頤《おとがい》のつくりが華奢《きやしや》なものだから、性別を感じさせない美しさを持っていた。いつもは、そんな印象を粉微塵《こなみじん》に吹き飛ばすだけの態度と眼光をしているのだが、こうして力なく黙られてしまうと、どうしても危うげな感じが勝る。

「――倒れるなら、下馬なさってからにしてくださいね」

「ああ、そうだな」

気をつけよう、と、冗談めかしたこちらの心配をよそに、若宮は一人でするりと馬から下りた。

場合によっては手を貸すべきかと思ったのだが、どうやら大丈夫そうだ。同じようにこちらの様子を見ていた茂丸に、雪哉は目で引き下がるようにと合図する。

馬を預けた後、神官に通された書庫からは、ぼんやりと鬼火《おにび》灯籠《どうろう》の光が漏れ出ていた。

明鏡院の書庫は、風通しのために石床となっており、地面から浮かせる形で書棚を据えつけてあった。閲覧《えつらん》するための区画には、山内には珍しい長脚の文机と、外界風の椅子が並べられ、若宮を呼び出した男達が待ち構えていた。

「すまん、遅くなった」

若宮の声に、顔を上げた男は三人いる。

自分達をここに呼んだ張本人である長束と、その護衛である路近《ろこん》。そして、疲れた様子の神《じん》祇《ぎ》大副《たいふ》だ。

長束は、華奢な骨格の弟と異なり、がっしりとした体格をしている。彫りの深い面差しは男らしく整っているのに、最近は生真面目そうなしかめっ面をしてばかりいる。まっすぐに切り揃えた長髪を金の袈裟の上に伸ばしており、宮烏《みやがらす》の中では目立って長身な男ぶりであるのだが、そんな長束よりも、はるかに大柄なのが路近であった。

この男も生まれは高貴なはずなのだが、どう考えても、生まれてくる場所を間違えたとしか思えない姿をしていた。

見事な鷲鼻《わしばな》に尖った八重歯、大きく光る猛禽《もうきん》のような目。北家の武人ですら滅多《めった》にお目にかかれないような盛り上がった筋肉を持ち、極めつけに、鮮やかな赤に金の車紋の着物を羽織るという、明鏡院所属の護衛にはあるまじき格好をしている。

その異様な外見を裏切らず、傲岸不遜と言うのも控えめに思える性格をしており、今もこちらには一瞬視線を寄越しただけで、壁にもたれて居眠りを再開し始めた。

しかし、椅子に腰掛けていた長束と神祇大副は、若宮の顔を見た瞬間、弾かれたように立ち上がった。

「殿下、酷《ひど》い顔色です」

「お前、大丈夫なのか。言ってくれれば、こちらから出向いたのに！」

挨拶もそこそこに、長束は急いで若宮に近付いて来た。

「今は時間が惜しい。いつ、あの化け物に呼ばれるか分かったものではないからな」

倦《う》んだように言う若宮に、雪哉はそっと口内を噛んだ。

若宮の命令で、神域に帯同する山内衆は交互に休みを取れたが、呼ばれた若宮本人はそういうわけにもいかない。

山内に戻って来ても、わずかな時間があればほころびを繕《つくろ》うことに奔走し、日に日に主がやつれていくように見えるのが、雪哉にはどうしようもなく歯痒かった。

「とにかく、ここに座れ」

長束は、他の者には見せない面倒見のよさを発揮して、自分の椅子を弟に譲った。それから明かりのもとで顔色を確認し、苦虫《にがむし》を噛《か》み潰《つぶ》したような顔になる。

「……このままでは、お前の体が持たん。なんとか、神域に行かずに済む方法はないのか」

兄の言葉に、若宮は緩慢《かんまん》に首を振った。

「あれの機嫌を損ねればどうなることか、分かったものではないからな……」

重苦しい空気の中、茂丸は若宮と長束の顔を交互に見て後《のち》、空気を変えるために口を開いた。

「それで、何かお話があったんでしょ？　時間がないのなら、ちゃちゃっと用事を済ませて、殿下にお休み頂きましょうや」

長束の横で不安そうな顔をしていた神祇大副が目を瞬き、「あ、ああ、そうだな」と頷く。

そして、文机の上にあった冊子を若宮に向かって差し出した。

「百年前の、神祇官の日誌が見つかりました」

――約一年前、禁門を開くようにと言って来た小猿《こざる》は、かつて、八咫烏《やたがらす》は猿と共に山神に仕えていた、と言った。

それ以来、過去に神域で何があったのかを探ろうと、八咫烏達は必死だった。

特に、長束が中心となって調べたところ、山内には驚くほど、過去の事象についての記録が少ないことが分かった。

これは、百年前に主を置いて、一人だけ山内に戻ってきた護衛、景樹《かげき》のせいではないかと思われた。

景樹――後に百官の長である黄烏《こうう》となった、博陸侯景樹《はくりくこうえいじゅ》である。

彼は、大規模な文書編纂《へんさん》を行ったが、それは護衛として主を守れなかった己の不始末を隠すため、当時の資料を改竄《かいざん》する狙いがあったのではないか、というのが大方の見方であった。

朝廷の移管を受けて、重要な書籍も凌雲宮へと移された。その際、歴史記録の大々的な見直しが行われたのだが、結局、めぼしい収穫はなかったと聞いていた。

「一体、どこから日誌なんてものが？」

雪哉の質問に、神祇大副は慎重な手つきで冊子をめくる。

「綴じられた、紙の裏側に残されていたのだ。古書の修復作業中に見つかった」

ばらりと開かれた紙の裏には、びっしりと、米粒のように細かな字が書き込まれている。

百年前の山内において、紙は貴重品だった。

当時の神官が紙をもったいながって、裏紙を綴じ直し、再利用していたのだった。

長束が顔をしかめる。

「私も先に読ませてもらったがな、酷いものだ。おかげで、どうしてこんなに歴史の記事がないのかは分かったぞ」

「どういうことだ？」

若宮の問いに、長束はちらりと冊子を見下ろす。

「博陸侯景樹の行為は、記録の改竄《かいざん》などという生やさしいものではなかった。これはもう、焚《ふん》書《しょ》だ」

――当時、朝廷は景樹によって完璧に統制されていた。

四家に所蔵されていた歴史記録はほぼ全て朝廷に供出され、山内の正確な歴史記録を一本化することが目指されたのである。その成果である『泰山紀《たいざんき》』は、しかし、おそろしく簡素な編年体によって編まれていた。どう読んでも、そこから実際に何が過去に起こったのか、詳細を知ることは不可能な形になっているのだ。

しかも、四家によって朝廷に渡された文書は、返却されることはなかったのだという。四家の記録では朝廷で保管されているはずとなっていた古書の類は、実際に調べて見ると、影も形も見当たらなかった。

ここに至り、大量の書籍、記録が紛失していることが明らかになったのである。

「貴重な古典籍は、どこに消えたのかと問題となっていたが……これを見ろ」

長束は、文机の上に日誌の該当の部分を広げた。

「景樹は、神祇官の神官達を使って、秘密裏に古書類を焼き払ってしまったのだ」

神祇官の日誌には、博陸侯の行為を嘆く言葉が、赤裸々に記されていた。

博陸侯は、全ての焚書の現場に同席した。こっそり持ち逃げしようとした文書整理の官吏はその場で折檻《せっかん》され、見ていられずに抗議した者もろとも、見せしめに殺されてしまった。

しかも、神祇官の長である白烏《はくう》も、博陸侯の凶行を止めようとはしなかった。

何故、と問い詰めても、それが子孫のためだ、としか彼は答えなかったという。

「こんなのおかしい、上は狂っている――と、そう結ばれているのだ」

おそらく、他にもそういった書き付けの類は残されていたのだろうが、博陸侯の手によって検閲が行われ、抹消されてしまったのだろう。

「これが残っていたのは、我々にとって幸運だった」

長束の言葉に、茂丸が目を瞬いた。

「でも、博陸侯は、どうして歴史書を消そうとしたんでしょう」

「それが分かれば苦労はない」

神祇大副は、苛立ったように首を横に振った。

「思いつきでもいい。考えられることは何だと思う？」

若宮が、そこにいる全員に向かって問いかけた。

「……まあ、普通に考えれば、何か、残しておいては不都合なものがあった、ということでしょうね」

考えながら、雪哉は顎《あご》をさすった。

「景樹は、当時の金烏《きんう》を神域に残して帰還しています。しかも、この日誌によれば、焚書の片棒を担いだのは白烏です。神域関連で、何か、知られてはまずいことがあったのは間違いないでしょう」

公に残された記録を見返すと、百年前の事件と、山神についての記述は、特に少ない傾向にあることが分かる。

ただでさえ、禁門と神域の祭祀は秘儀とされていて、金烏と白烏に近しいごく一部しか関わってはいなかったのだ。それを、当時の金烏の側近と白烏が率先して抹消したとするならば、こちらになす術《すべ》はなかった。

若宮が、ゆっくりと呟く。

「那律彦《なりつひこ》は、神域にいる、あの化け物を恐れていた。だから、禁門を封鎖した」

八咫烏の一族を守るために。

「しかし、そうして山内に帰された景樹は、神域で何が起こったのかも、隠してしまった。その上、わざわざ大規模な編纂事業を起こしてまで、古い歴史書の類を燃やした……？」

「百年前の事件と、古文書、そして神域と来れば、やはり、山神に関する記述が問題だったのではないでしょうか」

神祇大副の言葉に、雪哉は考え込む。

八咫烏にとって、山神はあくまで信仰の対象だった。

そもそも山内は、金烏が山神の命を受けて開拓したものであるとされている。

金烏は全ての八咫烏の総代として、山神を祀り、山内を守る役割があり、金烏が不在の間は、金烏代と白烏がそれを代理で行うことになっていた。

現在残されている山神の記録、つまり、山内が啓《ひら》かれた当初の記録は、『大山大綱《たいざんたいこう》』、『山内《やまうち》囀喙集《てんかいしゅう》』があるのみだ。

『大山大綱』は、初代金烏が山内とはかくあれと語った言葉を、当時の白烏が書き留めたものであるとされている。しかし、それが実際に編纂されたのは大分時代が下った後と見られ、どこまで歴史書として認めるべきかは、現在でも争点となっている。

一方の『山内囀喙集』も、正式な歴史書というわけではない。

これは『大山大綱』の編纂と時を前後して、地方をめぐった宮烏が、そこで語られる物語を書きとめたものである。そこには、金烏は、山神と共に四人の子を連れてこの地にやって来たと書かれている。

長男は東、次男は南、三男は西、四男は北の地が与えられ、そうやって始まったのが四家であると記されてはいるのだが、そこに、宗家《そうけ》の始まりについての言及はない。四家の中で伝わる話では、宗家の始祖も金烏の子であるとはされているが、その子が何番目の子なのかは述べられていないのである。

それぞれの記録には微妙な食い違いはあるものの、初代金烏には五名の子がいた、という見解が今では定説となっている。『泰山紀』でも、ひとまずは正式な朝廷の記録である『大山大綱』に従い、長子が宗家を継ぎ、二番目以降の子が四家の始めとなった、という書き方がされていた。

いずれにしろ、山内の正史では、山神と共に、金烏はこの地にやって来たことになっている。しかし実在する金烏に対して、山神の存在はあくまで伝説上の存在としてとらえられてきた。山神に対し、信仰の一環として供物を捧げることはあっても、結局はそれだけだ。実体があるなどと本気で思う者はおらず、また、神域は外界にも通じるとされていたが、天狗《てんぐ》との交易は朱雀門《すざくもん》を介して行われるため、その真偽の追究も今まで無用とされて来た。

すべてが、曖昧なままの存在が、山神だった。

「じゃあ、山神さまが実在しているってことが、博陸侯にとっては不都合だったってことか？」

茂丸の言葉が聞き捨てならず、雪哉は思わず顔を上げた。

「勘違いしないで、茂さん。あれは山神じゃなくて、山神を自称する、化け物だ」

少なくともあいつは、山内の口碑伝承に見える尊い山神の姿とは、あまりにかけ離れていた。

あの化け物に自分の脳みそを焼き切られそうになった時のことを、雪哉は克明に覚えている。

自分や千早《ちはや》を苛《さいな》み、痛みをもたらした不思議な力。否が応にも人を従わせ、山内を滅びに向かわせる強大な力を持ちながら、見るに耐えない醜い見た目をしていたあの化け物。

雪哉を心底震え上がらせたのは、生き物を生き物とも思っていない、あの昏《くら》い瞳だった。

あれこそが、奴が化け物であることの、何よりの証《あかし》だと思ったのだ。

――猿は間違いなく八咫烏の敵で、山神を自称する化け物は、その親玉だ。

雪哉は、確信を持って若宮に視線を向けた。

「これは個人的な意見ですが、私は、我々のご先祖さまが、あの化け物に喜んで従ったとはとても思えないのです」

「と、言うと？」

「山神と、今いる化け物は、全く違うものなのでは？」

茂丸や神祇大副が、驚いたように口を引き結ぶ。

長束は眉間に皺《しわ》を寄せたまま、無言で雪哉の主張を聞いている弟へと目を向けた。

「奈月彦《なづきひこ》。お前もそう思うか？」

じっと自分の手元を見つめていた若宮は、やがて、慎重に口を開いた。

「……あれが、本当に我々の先祖が付き従った山神なのか、それとも、全く別の化け物なのかは、正直なところ、分からない。だが、私の金烏としての部分が、あれに相対した時、逆らえないと思ったのは確かだ」

それに、化け物の機嫌一つで山内に地震が起こり、多くの仲間が死んでしまったのも、動かしようのない事実だと若宮は言う。

山神の意思によって、八咫烏の武器も全く役に立たなくなってしまう。

若宮だけは問題なく神域に武器を持ち込むことが出来たが、彼以外の山内衆が太刀を抜こうとしても、それは氷のように融けてしまうのである。

「あの化け物が、山神としての力とでもいうのか、そういった類の力を持っているのは、間違いないと思う」

しばしの沈黙が落ちる。

雪哉は、かねてから考えていたことを、ここで披露する覚悟を決めた。

「――殺されたのではありませんか？」

唐突な言葉に、その場にいた全員の視線が雪哉に集まった。

「殺されたって……何が？」

「八咫烏《わたしたち》にとっての、山神さまが」

とんと意味が通じていない茂丸を、雪哉はちょっと待て、と目で押し留める。

「八咫烏の歴史には、猿は存在していません。でも、現実に今、神域には猿が巣食っていて、山神と呼ばれる化け物は、猿とべったりだ。しかも化け物は、ちゃんと山神らしき力も持っている。猿にとっては、山神さまに他ならない」

それらのことから、導き出される答えは一つ。

「山神と八咫烏の暮らしていた山に、あの大猿と化け物がやって来たのではないでしょうか。そして、もといた山神さまを殺した」

神祇大副は瞠目《どうもく》する。

「もともと、我々が仕える山神がいたのに、その座をあやつらが乗っ取ったということか?」

「そう考えると、筋は通るのです」

真の金烏は、もともと共にこの地にやって来た山神に仕えていたが、百年前、猿を率いる化け物が侵攻して来て、山神を殺されてしまった。

金烏は、己の命と引き換えにしてでも、山内だけは猿から守ろうとした。

そして景樹は、自分達が山神を守れなかったのを恥じて、その詳しい記録を消すことに決めた。

「あくまで、自分の推測に過ぎませんが」

「だが今のところ、一番納得がいく説明ではあるな。山神に再び仕えろ、という猿の言葉も、奴らの中では矛盾していないということになる」

神祇大副は感心したように頷いているが、茂丸はいぶかしそうに首を捻った。

「でも、博陸侯って、もとは武官だったんだろ? だったら、すぐそばに敵がいるってことを秘密にしようなんて思うかね」

「外敵からの来襲の恐れがあるならば、むしろ、注意喚起をすべきだろうな」

長束も、茂丸に同意する。

「……主君が命がけでした封印が解かれるとは、夢にも思っていなかったのでは？」

若宮を見つめながらの神祇大副の言葉に、一瞬、ぴりりと空気が緊張をはらむ。

確かに、猿も、あの化け物も、自力で禁門の封印を破ることは出来なかった。百年前、那律彦の側近だった景樹が、それを知っていた可能性は大いにある。

禁門の封印は強固だった。おそらく、金烏の命令でしか、解けないようになっていたのだ。

それを、まんまと小猿の策略に嵌《はま》り、開く決断をしたのは若宮だ。

沈黙の中、雪哉の主は痛みを堪えるかのように、目を伏せている。

今になって、不用意に禁門を開いてしまったことが、つくづく悔やまれた。だがもし、この推測が全て当たっているとするならば、ひとつの希望も見えてくる。

「山神を倒した者が、次の山神になるのならば——あの化け物を殺しさえすれば、全ては解決します」

殿下、と雪哉は明確な意図をもって主に呼びかけた。

「山内を守りたいのならば、奴らを殺すしかありません」

ふ、と若宮が吐息で笑う。

「そしてそれが出来るのは、私しかいない。そう言いたいのだな？」

「はい。奴らを殺して——あなたが、新たな山神になればいいのです」

即答した雪哉も、いざとなれば黄泉路《よみじ》の果てまで主の供をする覚悟だった。

山内衆の刀は融けてしまう。神域に、刀を持ち込める者は限られている。

八咫烏の中で、山神になれる可能性があるとすれば、それは真の金烏である若宮しかいない。

それに、あの化け物を倒し、厄介な力を発揮する者がいなくなれば、後は猿との乱戦となる。

そこまで持ち込むことが出来れば、勝機がないわけではなかった。

雪哉と見つめ合っていた若宮は、ややあって嘆息した。

「……まだ、神域と山神、山内の関係は、分からないことは多い。一つの道に決め付けず、もっと他に可能性がないか、慎重に探らねばならない」

「そうだな。早まらない方がいい」

こちらのやり取りを息を殺して窺《うかが》っていた長束が、ほっと肩の力を抜いた。

「だが」

わずかに苦しそうに微笑して、若宮は言葉を継いだ。

「もし、それしか道が残されていないのならば――きっと、やり遂げてみせよう」

「ありがとうございます。その時には、必ず、我々があなたさまをお守りいたします」

「そんな、物騒な」

長束が、一瞬、まるで助けを求めるかのように視線をさまよわせた。

神祇大副は戸惑っていたが、茂丸の表情に動揺はない。

茂丸は、雪哉と全く同じ理由で――つまりは、山内を守るために、山内衆になることを決めた男だ。いざという時の心構えが出来ているのは、言わずとも通じた。

それ以上、何も言わない雪哉と茂丸の顔を交互に見て、長束も、感じるものがあったらしい。

「お前達。私の力が及ばぬところでは、どうか真の金烏陛下を――」

いや、と一瞬口を噤《つぐ》み、言い直す。

「私の弟を、頼む」

雪哉は、しっかりと頷いた。

「はい。必ず」

その時、唐突にゴロゴロと雷が鳴った。

窓の外を見れば、中央山の頂上付近に、黒雲が渦を巻いている。

茂丸が、「あーあ」とうんざりしたように呟く。

「また、山神サマのお呼びだ」

＊　＊　＊

「遅い……！　今まで、一体何をしていた！」

神域に出向いた奈月彦に対し、化け物は激昂《げっこう》した。

「申し訳ありません」

「言い訳などきくものか。この、不忠義ものめ」

低い唸り声に呼応して、大猿がそっと化け物の耳元に口を寄せる。

「こやつは、内心ではちぃとも申し訳ないなどと思ってはおりませぬぞ。山神さまに許して頂いたという大恩を、忘れておるに違いありませぬ」

まったく、くだらない、あさましい生き物だ、と、うすら笑いを浮かべて猿はこちらを見る。

「なんとおぞましい。死肉をむさぼる烏ども、全てまとめて滅ぼしてやろうか！」

化け物は、金属を爪でがむしゃらに引っかくような、耳障りな声で叫んだ。

こうなってしまうと、どんな抗弁にも意味はない。奴らはただ、奈月彦を罵倒し、蔑《さげす》みたいだけなのだ。

化け物は、汚い布が天井からぶら下がる、岩屋の奥深くにいた。

奈月彦が呼ばれた時、その傍らには大抵大猿が控えていて、こちらを痛めつけるように、繰り返し化け物に讒言《ざんげん》を吹き込むのだ。

あからさまな、いわれなき罵倒に対しても、奈月彦はひたすらに頭を下げるしかなかった。

いつものことと思い、沈黙したままの奈月彦だったが、今日はやや風向きが異なっていた。

「まったく。こんな情けない生き物に、ゴクの世話役がつとまるかどうか、怪しいものですな」

ほとほと呆れたといわんばかりの口調の大猿に、奈月彦は顔を上げる。

「……ゴクの世話役？」

「ああ、そうだ。今回はゴクが間に合わなかったが、来年こそはやって来るはずだ」

お前達には、ゴクの面倒を見てもらおう、と上機嫌に大猿が言う。

「ゴクとは……」

「そんなことも忘れてしまったか」

全くどうしようもない、と猿は芝居がかった仕草で嘆く。

「ゴクとは御供《ごくう》。文字通り、宝の君《たからきみ》に捧げられた、人間の女子《おなご》のことだ」

不機嫌に押し黙った化け物の頭を、大猿はするりと撫でる。

「宝の君の御霊《みたま》は、体を乗り換えることで存在し続ける。だが、宝の君の体を産み、お育て申し上げるためには、人間の女が必要なのだ」

「は――」

若宮は驚愕した。

山神を名乗る化け物は、てっきり、猿の眷族《けんぞく》だと思っていた。だが、今の話が本当ならば、その体は、もとは人間から産み落とされたものということになる。

混乱する奈月彦の様子はどこ吹く風で、大猿は語り続ける。

「宝の君のお体を生《あ》れなした者がそれを出来れば良かったが、あの女、あろうことか、己が産んだ子に恐れをなして、悲鳴を上げて逃げおった」

だから仕方ない、と言って、大猿は酷薄に笑う。

「あいつは、山神さまの餌になったのさ」

奈月彦の脳裏に、最初に神域へやって来た時の光景が蘇る。

投げ出された肢体。

生臭く散らばる臓物。

苦悶の表情のまま硬直した、女の顔。

その目は、濁った硝子玉のようだった。

それに気がついた瞬間、全身がぞっと粟立った。

では——あの時この化け物は、母親の死肉を喰らっていたのだ！

慄然《りつぜん》とする奈月彦を、大猿は鼻で笑う。

「次の女のお守りをするのは、貴様だ。精々、準備することだな」

下がるように命令され、山神の前から退出すると、岩陰に隠れていた市柳《いちりゅう》と千早が駆け寄って来た。

「ご無事ですか」

「ああ」

奈月彦以外の八咫烏も神域には入ることが出来たが、姿を見せると山神が不機嫌になるので、極力身を隠すようにしている。

いざという時に対応が出来ない、と山内衆達は頭を抱えたものの、どちらにせよ、彼らは神域で刀が使えないのだから、あまり意味はない。

禁門を抜け、山内に戻りながら、奈月彦は先ほど言われた御供について、考えをめぐらせていた。

いまだかつて、御供の話など聞いたこともない。

化け物のことも、過去にあったことも、この神域のことも、あまりに分からないことが多過ぎた。

あの冊子が見つかって以降、所蔵してある書籍の裏紙を急いで調べているらしいが、未だ、あれ以上の発見があったという報告はない。

すでに、山内の記録は、調べ尽くされてしまった感がある。

八咫烏の側に記録はない。ならば、山内の外に助けを求めるしかない。

奈月彦は周囲を見回し、伝令を頼む、と声を上げた。

「烏天狗《からすてんぐ》に連絡を。大天狗と話がしたい」

＊　＊　＊

中央山の南側には、一直線に並ぶようにして、三つの大きな門が存在している。

山の下部、深い谷を挟み、城下町から山の手に至る橋を有している中央門。

山の上部、宮仕えの貴族達が朝廷に入るための表玄関として利用している大門。

そして、山の中腹、中央門と大門の間、一直線上に並んだ三つの門の真ん中に位置するのが、朱雀門である。

城下町の大路から中央門を抜けると、道は左右二手に分かれる。

右手に進むと、山に巻きつくような形で緩やかな坂道となり、貴族向けの大店と大貴族の邸宅が並ぶようになるが、左手に進むと、よく整備された道はつづら折りとなる。何度も折れながらも、位置的には中央門のほぼまっすぐ上に向かう形となる道の終着点こそが、山内において唯一の貿易の拠点、朱雀門である。

中央門と大門とは異なり、朱雀門は、外界へと繋がる門である。

朱雀門の管理は守礼省《しゅれいしょう》が担当し、天狗との交易が行われている。

奈月彦は外界への遊学に際してこの門を行き来したが、基本的に、八咫烏が朱雀門の向こうに行くことはない。良い機会だからと連れてきた雪哉も、警戒は怠らないまま、興味深げに辺りを窺っていた。

朱雀門の見た目は大門と良く似ていたが、雰囲気は大きく異なっている。

広い車場《くるまば》があり、赤く、見上げるような大きな門構えがあることは共通している。だが、車場の上には破風《はふ》が広く張り出し、その下には大きな箱がいくつも並べられ、官人と商人らしき里烏《さとがらす》が、それぞれ熱心に交渉をしていた。

話がまとまったと見える所では、荷車に品物を載せたり、馬に包みを持たせたりしている。ひっきりなしに馬や車が出入りしている上、武装した兵が絶えず巡回しているので、大門よりもずっと雑然としていて活気がある。

朱雀門は二重になっており、同じような形をした扉が、大きな広間を挟んで二つ存在している。

外に向かう側にひとつと、山の奥——洞穴へと続く側にひとつだ。

今は、二つとも開け放されている。

広間には金属の線路が引かれており、頑丈な貨車、外界風に言うならば、トロッコによって外から荷物が運搬出来るようになっている。

この広間で荷卸しと検品がされ、値段の交渉などが行われるのだ。

普段、商談がされるべき一角は外界趣味で統一され、植物の彫刻が施された机と椅子が並んでいる。

そこには、目当ての男がすでに待ち構えていた。

赤く、長い鼻の面をつけているが、身に纏《まと》っているのは人間の衣服である。無造作に組んだ足に履かれているのは、ぴかぴかに磨き上げられた皮靴だった。

「待たせてすまない」

「全くだ。呼び出したのはそちらだろうに」

こっちは大急ぎで来たんだぞ、と、そう言う台詞《せりふ》の割りに、口調はあっけらかんとして嫌味がない。

外界の言葉で交わされた挨拶に、雪哉が戸惑いの色を見せる。

「殿下?」

呼びかけられ、すぐに御内詞《みうちことば》へと切り替えた。

「紹介しよう、潤天《じゅんてん》。雪哉だ」

「おお、はじめまして。噂は聞いているぞ」

大天狗も、面の向こうから流暢な御内詞を返す。

「お初にお目にかかります」

さっと返礼する雪哉に、そう大仰に構えなくていい、と大天狗は手を振る。

「でも、せっかく来て貰って悪いんだがね。ここで私は面を外してはいけない取り決めになっていて、どうにも息苦しくてかなわない。奈月彦だけなら構わないようだから、君の主を、私の家に招待させてもらっても構わんかね」

もちろん、彼の安全は保障するよと、あえて周囲の兵士にも聞こえるように大天狗が言えば、雪哉も心得たように頷いた。

「大天狗さまのご随意に」

「では決まりだ。君はここで待っていてくれ」

ゆったりと立ち上がった大天狗は、トロッコへと向かう。

そこには、黒い嘴《くちばし》の生えた仮面をつけ、きっちりと山伏《やまぶし》装束を身に纏った小柄な男――烏天狗が立っていた。トロッコに大天狗と奈月彦が乗り込んだのを確認すると、烏天狗は、手動でトロッコを操作した。

ガタゴトと音を立てた車体は、すぐになめらかに動き始め、薄暗い通路へと吸い込まれていった。

門のところで立って見送る雪哉の姿も、すぐに遠ざかって見えなくなる。

線路が曲がり、背後の光源が見えなくなると、ふと、空気が外界のものに変わるのを感じた。

無言で揺られながら、待つことしばし。

そう長くもない道の先に、突然壁が現れた。

行き止まりに見えるが、そうではない。止まったトロッコから降りて大天狗が壁をつつくと、すぐに壁が上にずれ、下から開いていった。

電動で開かれた扉の向こうは、大きな倉庫となっている。

「ここまで来れば、電子機器も普通に使えるんだけどなあ……」

なんとかして山内に電気製品の輸入は出来ねえものかな、と大天狗が唸ると、トロッコを操作していた烏天狗が呆れたように口を開いた。

「そんなこと言って、この前も携帯電話を駄目にしたでしょう」

「ああ。回路が全部錆《さ》びちまってな」

あれ高かったんですよ、と恨めしそうに言いながら、烏天狗は黒い嘴のついた面を脱いだ。

「電気製品が山内で駄目になるのは、先代が一通り試して証明されてんです。いいかげん、失敗に学んでください」

面の下から現れた顔は、気のよさそうな中年男のそれである。

「それじゃ、俺は離れにいるんで。奈月坊《なづきぼっ》ちゃん、帰る時になったら、一声かけてくださいね」

「原さん。どうもありがとう」

どういたしまして、と愛想よく笑い、原は倉庫を出て行った。

「全く。どっちが上司だか分かったもんじゃねえな」

ぶつぶつ文句を垂れながら、大天狗は面を外した。

久しぶりに顔を合わせた大天狗は、相変わらず年齢不詳の姿をしていた。

そばかすの散った愛嬌のある童顔に、しゃれた丸い銀縁眼鏡。ラフな格好で街を歩いていれば、大学生にでも間違われかねない姿である。

外に出ると、山内では見えなくなって久しい、太陽の光で目が眩む。

そして、隣の男の髪が以前と異なった茶色をしているのに気付き、思わず声が出た。

「白髪染めか？」

「ははっ。面白いことを言うなあ」

もういっぺん言ってみろ、てめえの頭にブリーチをかけてやる、と一気に声が低くなった大天狗は、奈月彦が外界での遊学中、最も世話になった男である。

白髪染めを使っていて全くおかしくない実年齢のはずだが、その言動はいつまでも若々しい。

天狗にも色々あるらしく、彼はこう見えてそれなりの立場にあると聞いているのだが、いつまで経っても大人気《おとなげ》のないところのある男である。

山内と違い、初夏の日差しのまぶしい、晴れの日だった。

倉庫――ガレージの前には、湖が広がっている。

人間達からは、龍ヶ沼《りゅうがぬま》と呼ばれている湖であり、今もきらきらと水面を光らせていた。

トロッコの線路が通っているはずの方向、単純に考えれば、山内があると思われる方向には、湖を見下ろす形で美しいお椀型の山が聳《そび》えている。おそらくはその山こそが、『山内』を内包した山ということになるのだろう。

その名を、荒山《あれやま》という。

荒山は、外界から見ると、びっくりするほど小さかった。

人間達の間でも立ち入りは禁止されているようだが、ここからでも、山頂に続く階段と、鳥居を目視することが出来る。

遊学中、奈月彦はこっそり山に登り、鳥居の向こうには朽ち果てた祠《ほこら》と、奥に続く洞穴があるのを確認していた。洞穴を抜けた先に、おそらくはあの化け物達が住む神域があるのだろうが、未だにそちらから足を踏み入れたことはない。

湖畔には、山内村《さんだいむら》と呼ばれる、人間達の集落もあった。

村と、湖を挟んで反対側、一軒だけ離れたロッジ風の建物こそが、八咫烏と天狗の交易の拠点なのである。

ガレージは、荒山の裾野の一端に背中を預けるようにして建っている。一見するとただの物置のようだが、商品を積んだままトラックがガレージに入ると、積荷をそのままトロッコに移し、朱雀門へと運べるようになっているのだ。

山内側では八咫烏によって厳重な警備がされているが、外界側、ガレージ脇に建てられた離れにも、交代で見張りが常駐しており、朱雀門の管理を行っていた。

一見して、見張りを務めているのは小柄な人間のようだが、彼らもれっきとした烏天狗である。

今回は管理人のひとりである原に頼み、普段は全国を飛び回っている大天狗を呼び出してもらったのだった。

ロッジに入った大天狗は、その足で台所へと向かった。

大天狗のこだわりなのか、相変わらず内装は凝《こ》っており、流しから見える位置には最新のテレビも置かれていた。

ダイニングには、原が面倒を見ていると思われる水槽があり、色鮮やかな熱帯魚が、ひらひらと泳ぎまわっている。

大天狗は手ずから薬缶《やかん》を火にかけると、さて、と流しに寄りかかった。

「それで？　一体、あっちで何があったんだ」

奈月彦としても、いつ呼び出しがかかるか分からない今、無駄話に時間を費やすつもりはない。

大天狗が沸騰した湯で茶をいれ、ダイニングのテーブルに移動するまでの間、奈月彦はその後を追いながら、かいつまんでこの数ヵ月の間にあった出来事を話して聞かせた。

テーブルについて茶を一口すすった大天狗は、わずかに考え込んだ。

「つまり、あいつらは御供と称して、人間界から定期的に娘を献上させているわけか？」

「あの化け物は、一定の期間で体を乗り換えているらしい。その体を産み育てる人間の女が必要なのだとか」

「そして、役に立たなくなったら殺してしまう、と……」

馬鹿なことをしたもんだ、と嫌悪に顔を歪ませながら大天狗は吐き捨てた。

「御供ってのは、単純に考えて人身御供《ひとみごくう》のことだろうなぁ。まあ、文字通りだが、随分と時代錯誤《さくご》なことをしているものだ」

「かつて神域で何があったか、具体的に、そちらから何か分かることはないだろうか」

奈月彦の言葉に、大天狗は片方の眉を吊り上げた。

「一応、過去の記録を見直してみるがな。お前の代になるまで、八咫烏達は内部事情を一切こちらに漏らさなかった。確認出来るのは、せいぜい取引の帳簿くらいだ」

具体的なことは何も分からんと思うぞ、と大天狗は肩を竦《すく》める。

「役に立てず、すまないな」

「いや……」

落胆する気持ちを隠しつつ、首を横に振る。

「だがしかし、だ。外にいるからこそ、分かることもある」

ふと、大天狗の口調が変わった。

奈月彦は顔を上げる。

大天狗は、いつのまにかティーカップをテーブルに置き、真剣な眼差しをこちらに向けていた。

「忠告するぞ、奈月彦。神域の今の体制は、きっと長くは続かない。そう遠くないうちに、何らかの形で瓦解することになるだろう」

普段のやかましさが鳴りを潜めた大天狗に、奈月彦はまじまじとその顔を見返した。

「何故、そう思う」

「自称山神は、人間を喰ったのだろう？　その時点で、そいつは立派な化け物になったわけだ」

そして、化け物は必ず倒される運命にある、と。

何を言っているのか咄嗟《とっさ》に理解出来ない奈月彦を見て、大天狗は皮肉っぽく笑う。

「……山内にしか目が向かっていない、お前には分かるまい。俺達、人ならざるものは、人なくして存在し得ないのだ」

近代になって自分達の同類は随分と解体されてしまったが、そも、人間の認識――「普通の人間」である他者の承認によって、異界、異形《いぎょう》は存在しているのだと大天狗は語る。

「お前の代になって、山内の内情を知った俺は驚いた。今時分、こんなにきれいに異界が残っているところなんて他にない。だが、同時におかしいと思った。この時代にしちゃ、出来すぎだってな」

それを可能にしたのは、まず間違いなく百年前の鎖国だ、と大天狗は言う。

「お前達は、人間や他種族の存在を忘れて、ほとんど仲間内だけで成立する世界を完成させちまった。そのおかげで、山内は廃《すた》れることなく今に残ったのだろう」

そう言いながら、大天狗は手慰みに、空になったティーカップを爪の先で叩いた。

チン、と軽やかな音が鳴る。

「でもな、たとえ本人達が覚えていなかったとしても、八咫烏と山内の淵源に、人間の存在が関わっているのは間違いないんだ。でなきゃ、お前達は烏の姿のまま、人形《じんけい》なんて取らずに済んでいたはずなんだから」

お前達も、新しいあり方、人間たちとの付き合い方を考えなければならんだろう、と大天狗は大真面目に言う。

「俺達と同じようにな」

大天狗は、視線を窓の外へと向ける。

視線を追えば、カーテン越しに、湖が光っているのが見えた。

「その化け物とやらは、そういった意味だけで言えば、賢かった。人間に恐怖を与えることによって、失われつつあった山神の権威を取り戻したんだからな。だが、その根っこに人間の存在がある以上、人間を攻撃してはいけなかったんだ」

言うなれば、人間は木で、「人ならざるもの」は、その木の実を食べる鼠《ねずみ》だと大天狗は言う。

木の実で満足していればよかったのに、木の根っこの柔らかい部分を食いつくしてしまった。

一時満腹になったは良いが、結局、立ち枯れたその木から新たに木の実を取ることは出来ず、飢えた鼠は死んでしまう――。

奈月彦は、ふと、仙人蓋《せんにんがい》の存在を思い出した。

猿によって山内に流入した人骨は、八咫烏にとって毒ある魅薬となった。それを口にしたものは力が強くなり、万能感を得、夢中になったのだ。

だが結局、それを摂取した者は人形を取れなくなり、みな死んでしまった。

天狗の言葉を借りるならば、自分の存在の基盤にある根っこをかじってしまったから、それまでの形ではいられなくなったのかもしれない。

窓の外はとても明るいというのに、大天狗の声は底抜けに低かった。

「人ならざるものが人を喰うということは、一瞬の畏怖によって力を得る代わりに、その滅亡が確定するということだ」

化け物として力を得た時点で、倒されることもまた決定付けられる。

すうっと、冷たい手が奈月彦の背を撫で下ろしたような心地がした。

「……その、滅亡とは、どんな形でもたらされる？」

「さあな。それは、なってみないと分からない」

急に肩から力を抜いて、大天狗は大雑把《おおざっぱ》に放り出した。

「何が言いたかったかっつうとだな、俺達を俺達たらしめる最後の一線は、結局のところ自己認識だけということだ」

立ち上がった大天狗は、熱帯魚の泳ぐ水槽へと手をかけた。

「今のお前達は、この中の魚と同じだ。水槽の中でいくら己を鍛えても、こいつらをどうにかしようと思ったら、俺はこいつに直接触れる必要すらない。餌をやることをうっかり忘れるか、この水槽を傾けて、水をちょいとばかしこぼすだけでお終いだ」

　じっと奈月彦を見て、大天狗は言う。

「……お前達がどんなに武装し、力を蓄えているとしても、このままでは八咫烏は力を失い、山内は人間界に飲み込まれていくだろう」

　奈月彦は何も言えなかった。

　いつの間にか、少しも口をつけないまま、目の前のティーカップの中身はすっかり冷めてしまっていた。

「なあ、奈月彦。山内の始まりは多分、人間だ。人外《じんがい》の俺達にはどうする事も出来ない部分で、山内は構成され、そして解体されていくんだろう」

　大天狗は溜息をつく。

「自分を見失わないうちに、猿どもとは違う形で、新しい八咫烏の姿を考えなければならない。科学を根拠にしない力を持つ者達に共通して言えることは、己の名前と正体を忘れてしまえば、本当に力を失っちまうってことだ。本当に恐ろしいものは目に見える暴力ではなく、脅威であるという自覚すら出来ない忘却だ。忘れてしまうことは簡単でも、失った記憶を取り戻すことは、果てしなく難しい。俺達を俺達たらしめているものは、恐ろしい能力などではなく、ただの自覚なんだ」

　これから、おそらくは神域の解体が始まる。そうなった時、山内がどうなるか――八咫烏がどうなるかは、誰にも分からない。

「自覚だけが、最後の砦だ。自分が何者か、忘れるなよ」

奈月彦はうつむき、両手でぎゅっとティーカップを握った。

「……忘れたりなどするものか」

そもそも、忘れたいとも思っていない。

百年前に何があったのか。

山神や、猿との関係はどうだったのか。

自分が――果たして、何者であったのか。

「だが問題は、既に失ってしまった記憶の方だ」

＊　＊　＊

「茂丸、時間だ」

小声に、茂丸はぱちりと目を開く。

見れば、暮れなずむ夕闇の中、こちらを覗き込む明留《あける》と目が合った。

「おはよう」

「ああ、おはよう」

澄尾《すみお》と共に招陽宮《しょうようぐう》に戻って仮眠を取っていたのだが、そろそろ、交替の時間らしい。

伸びをして起き上がれば、隣では澄尾がすでに出る準備を整え始めていた。その向こうでは、いつの間に戻っていたのか、禁門の警備に出ていた千早が横になっている。

いつものごとく、若宮は神域へと呼び出され、その傍には市柳《いちりゅう》達がお供をしているはずだった。

若宮に、御供の世話の話が持ちかけられてから、半年が経った。

状況は膠着《こうちゃく》していた。

化け物が癇癪《かんしゃく》をおこすと、その怒りに呼応するように、山内に地震が起こるのだ。山内の烏達は怯えきっていた。中央のほころびは、地震の度に再び穴が広がり、山の端では不知火《しらぬい》の出現が、以前にも増して報告されるようになっていた。

――山内の存在そのものが、危うくなっているのだ。

猿が相手なら、まだやりようがあった。だが、あの化け物相手では、手の出しようもない。毎日の地震に、八咫烏達は疲弊《ひへい》していた。どこにも安全な場所はなかった。

遠雷が聞こえ、茂丸はふと、窓から曇天を見上げた。

「もう一度、禁門を封印することは出来ねえのかな」

茂丸の言葉に、隣で髪を結い直していた澄尾は首を横に振る。

「若宮が試したが、無理だったようだ」

あの化け物の命令によって猿が開いた門は、木製だった。だが気付いた時には、石に変わってしまっていたのだ。まるで、岩を扉の形に削り出したかのような有様で、動かせる構造ではなくなっていたのである。それに気付いた八咫烏は仰天し、なんとかして閉じようとしたが、いくら押しても引いても、びくともしなかった。

一度逃げられたと思っているせいなのか、あの化け物が警戒してそうしたらしいと後で聞いた。

神域では、いずれやって来るという人間の女を受け入れるための準備が進められている。

今の化け物を産んだ女が使っていたという部屋は――産屋《うぶや》でもあったようだが――遺骸は猿によって片付けられたものの、地面に黒く変色した血がべっとりと付着し、とてもではないが使用出来る状態ではなかった。

奈月彦が化け物に呼び出されている間、山内衆が少しずつ神域を探ったところ、禁門の近くに、使えそうな一角を見つけた。

わずかずつではあるがそこを片付け、最低限、女を監視出来るような形にしようと奮闘しているのである。

神域のほとんどは、複雑に入り組んだ洞穴だった。

化け物と大猿、そしてその手下の猿達は、もっぱら洞穴の中を棲家《すみか》としているらしい。

洞穴の規模はどの程度なのか、大猿の手下がどの程度いるのか。それを明らかにするためにも、神域の地図を作るべきだと雪哉は主張した。

幸か不幸か、神域では、山神の力によって私闘が禁じられている。

神域を探るうちに、山内衆と猿が行き会ってしまうことは少なくなかったが、猿はこちらを睨《にら》むだけで――あちらも心底憎々しそうではあったが――戦闘を起こそうという気はないようだった。

そうしてようやく、神域の大まかな様子が分かってきた。

まず、洞穴を抜けた先、山の頂上部分にあたる空間は外に露出しており、木々に囲まれた泉と巨石、泉から流れて出来た沢などがあった。

頂上付近を囲むように岩壁が盛り上がっており、そこに開いた洞穴の中に、化け物と猿が住んでいるのだった。

洞穴にはあちこち部屋の残骸のようなものがあったが、そこはおおまかに、化け物が寝起きする空間と、禁門付近、猿の出入りする区画に分けられた。

若宮の話では、外界からは、神域へといたる入り口と思しき場所が見えるらしいのだが、未だ、神域のどの道を辿れば外界へと出られるのかは分かっていない。

猿の目をかいくぐり、少しずつ、少しずつ、地図は詳しくなっていく。

だが、現状の根本的な打開策は、全く見つかっていなかった。

「あの化け物の前にいた山神さまって、どんな神さまだったのかなあ……」

床に寝転んだまま、茂丸がぼんやりと呟いた。

支度はすでに整え終わっている。あとは若宮達が神域から戻るのを待って、護衛を交替するだけである。

「いきなりどうした」

今度は自分が仮眠のために布団を敷こうとしていた明留が、眉を吊り上げる。

「いやあ。記録はないっていうけど、一応、勁草院《けいそういん》の時に歴史書を覚えさせられただろ？」

あの時、ちょっと気になったことがあってな、と言うと、明留も首をかしげた。

「何だ。言って見ろ」

「『大山大綱』だと、八咫烏が先導して、山神さまは山内にたどり着いたってなっているだろ」

「そうだな」

「で、テンカイシューだと、こう」

――山神さまがこの地にご光来《こうらい》ましました時、山の峰からは水が溢《あふ》れ、たちまち木々は花を付け、稲穂は重く頭を垂れた。

豊かな山内をご覧になった山神さまは、自らに代わり、この地を整えることを金烏にお命じになったという。

そこで金烏は四人の子どもたちに、それぞれ、四つに土地をお分けになった。

一番目の子どもには花咲く東の地を。

二番目の子どもには果実稔る南の地を。

三番目の子どもには稲穂垂れる西の地を。

四番目の子どもには水湧き躍る北の地を。

四人の子どもらは、子子孫孫、与えられた土地を、良く守ることを金烏に約束した。

これが四家四領《よんけよんりょう》の始めであり、金烏を宿《やど》す、宗家の始めであるという――

「ご光来ましました時って言い方は、やって来たってことだ。山神さまが下りて来るのを見た奴の言い方だ」

「そうだな」

「でも『大山大綱』では、八咫烏は山神を先導してこの地に降り立ったってことになる」

「……何が言いたい？」

不審そうな明留に、ぼりぼりと頭を掻く。

「なんか、視点が違うような気がするんだよ」

「視点」

「俺の地元の歌だと、もっと分かりやすい。こんな感じだ」

茂丸はンン、と咳払いする。

――昔むかしはこのあたり、やせっぽちの土ばかり、食えるものは乾いた木の実とミミズだけ。それが、山神さまがいらっしゃって、あれあれ、たわわな実が生《な》る、水が出る。雑草だけの此《こ》の土地は、見る間に稲がぽぽんと生えて、金色、金色、嬉しいな――。

明留は目を丸くした。

「へえ、初めて聞いた」

俺の地元もそういやそんな感じだな、と澄尾も頷く。

「おい、起きているんだろ。千早のところではどうだったんだ？」

結《ゆい》ちゃんもよく歌ってるだろ、と茂丸がつつくと、千早が呻《うめ》く。

千早の妹である結は、謡い手である。もともと南領の出身で、昔から歌が好きだったと聞いている。

　こちらに背中を向け、黙って聞いていた千早は、構ってくれるなと言わんばかりにそっけなく答えた。

「大筋は同じだ」

　やっぱりな、と茂丸は頷く。

「これって、山神さまと一緒に山内にやって来た奴と、痩せた土地で苦労してたところに、山神さまが来てくれて助かった！　ってなっている奴が、別にいるんだ」

「茂丸は、面白いことに気が付くな」

　澄尾は感心した様子だった。

「そう言われて見ると、郷長家の成り立ちもそういうことになっているな。四家は山神さまと一緒に来た者の子孫だが、郷長家は、もともといた豪族の子孫だ。四家では手に負えないから支配権を与えた、というのは、そういうことだろう？」

　そうなんでしょうね、と茂丸は話を戻す。

「でも、地方にしろ、中央にしろ、山神さまが悪く語られているのは聞いたことがないんで。きっと良い神さまだったんだろうなって思って」

　それが、どうして今は、こんな風になってしまったのか。

　沈黙が落ちる。

　雪哉達の推理が正しいならば、百年前、山神はあの化け物に取って代わられてしまった。八咫烏は今、自分の神の仇敵に仕えているということになる。

「……いずれにしろ、あの化け物は殺すしかない」

ぽつりと呟いたのは、澄尾だった。

「あの化け物を殺したとして、何とかなるのでしょうか」

不安そうな明留に、澄尾は自らに言い聞かせるように返す。

「雪哉の推論が合っているなら、奈月彦が次の山神になるはずだ」

「でも、猿は。黙っているわけがありません」

「そうなったら」

――全面的に戦うしかない。

澄尾がそう言い切った時、息を呑む音がした。

視線をやると、ちょうど部屋の出入り口に、真赭《ますほ》の薄《すすき》が立っていた。

「そろそろ若宮殿下がお戻りになる頃だから、これを届けようと思って……」

胸に抱いているのは、着替えの入っていると思《おぼ》しき包みだった。動揺している姉に、明留が慌てて駆け寄る。

「どうしてわざわざ姉上が？」

真赭の薄は、複雑そうな表情で唇を噛んだ。

「……今の紫苑寺《しおんじ》では、わたくしに出来ることはこれくらいですもの」

「どういうことです」

明留の顔色が変わったが、それ以上、真赭の薄は語ろうとしなかった。視線を室内に向け、立ち聞きしてしまってごめんなさい、と謝る。

「でも、どうしても気になって。何とか、戦いを避けることは出来ないのですか」

「姉上……」

「戦いに勝つ努力をする前に、戦いを避ける努力をしないとならないのでは」

――その場の空気が、一気に鼻白むのを感じた。

明留は返答に窮し、茂丸も困って頭を掻く。

何と言ってよいものやら、と考えていると、意外なことに、横になったままの千早が声を上げた。

「猿が我々を攻撃してくる以上、受けて立たぬわけにはいかない」

「でも、優先順位が違うのではなくて」

「あんな連中と話し合えと？」

「一度傷つけられたことを恨んで、これからもっともっと犠牲者を増やすというの？　わたくしには分かりませんわ。もう、誰一人仲間に傷ついて欲しくないの。そう思うわたくしは、間違っている？」

千早が面倒くさそうな顔で口を閉じる。真赭の薄は、ますます焦ったようにその場にいる男達を見回した。

「話し合いで、なんとかなりませんの……」

大切に大切に育てられた、お嬢様の論理だ。

きっと間違いではない。だがそれは、ここではあまりに的外れな意見だった。

明留が、宥《なだ》めるような口調となる。

「でも姉上。それを言っていいのは、戦線に立つ覚悟がある者だけです。私も姉上も、武人ではありません。彼らによって守られているだけの立場で何を言っても、たわごとにしかならないのですよ」

その言葉を聞いて、真赭の薄はムッとしたように見えた。

「だったら一度、わたくしに行かせてちょうだい」

「姉上……」

「わたくしは、戦端が開かれたら、確かに無力ですわ。でも、戦端が開かれる前、戦いを避けるための戦いならば、出来るのではないかしら」

売り言葉に買い言葉だ。

そもそも、彼女はどういった話の流れで猿との戦いが話題に上がったのかも把握していない。ただ、戦いたくないという感情だけで発言している彼女に、理詰めの説得はかえって逆効果だった。

どうしたら良いものか、と皆が言いあぐねていた時だった。

「お止めなさい、真赭殿」

「殿下」

真緒の薄の後ろから、若宮が現れた。

おそらくは、仮眠している者のために、静かにやって来たのだろう。

どこから聞いていたのか、市柳達を引き連れた若宮は、困ったものを見るような目つきで真緒の薄に相対した。

「貴女が神域に行っても、死ぬだけだ。本気で自分にそれが出来ると思っているのなら、私は、あなたの評価を変えなければならない」

無駄死にさせると分かって、行かせるわけがない。冷静になれ、と。

しかし、真緒の薄は食い下がった。

「確かに、冷静ではありませんでしたわ。でも、命をかける覚悟があるのは本当です。戦いを回避するためなら、わたくし、何でもしますわ。何か、出来ることはありませんの？」

これはあんまり良くないなぁと、茂丸が思った時だった。

それまで黙っていた澄尾が、聞こえよがしに溜息をついた。

「ちょっと待ってくれ、姫さん」

姫さん、と、これまでされたことのない、生まれを揶揄《やゆ》されるような呼び方に、真緒の薄が目を丸くする。

「俺達のやっていることに安全な場所から難癖《なんくせ》をつけられては、堪ったもんじゃない。あんたは、そんなくだらないことをする前に、命をかけて戦う者にありがとうと言うべきだ」

真緒の薄は、頬を真っ赤に染めた。

「難癖など――わたくし、決してそんなつもりでは」

しどろもどろになる真赭の薄を、澄尾は剣呑《けんのん》に凄む。

「いいから。女は、すっこんでろと言っているんだ」

かつてなく冷やかに言われ、真赭の薄は、今度は一転して真っ青になった。

ぱくぱくと口を開くも、声になっていない。

そのまま、無理やり一礼して早足で去っていく彼女を、呼び止める者は誰もいなかった。

「すまないな」

若宮が言葉少なに言えば、「いいって」と澄尾は軽く手を振った。

明留が、苦しそうな顔で頭を下げた。

「嫌な役割を押し付けて、すみません。本当は、私が言うべきことでした」

「気にするな」

さあ、交替だ、ときびきび動き出した澄尾を、千早がじっと見つめていた。

「良かったのか」

太刀を取るために近付いてきた澄尾に千早が言うと、彼は苦笑した。

「……ああでも言わなければ、彼女を止めることは出来ない。もとから嫌われていた身だ。今さらだよ」

それよりも、彼女をここから遠ざけることの方が大事だった、と澄尾は言う。

「だが、あんたは」

そこまで言った千早は、澄尾の顔を見て、結局は口をつぐんだのだった。

＊　＊　＊

夜風の中に、雨が混じり始めた。

冬の雨だ。

真赭の薄は馬の上で小さくなりながら、中央山を大回りするようにして戻ったので、紫苑寺に着く頃にはすっかり凍えきってしまっていた。

「一体、どうなさったのです！」

仰天したのは、真赭の薄の元教育係であり、桜花宮《おうかぐう》において実務的な庶務を一手に引き受けていた菊野《きくの》である。

大地震の時から、紫苑寺は病院として利用され、女房達は医《くすし》のもとでその手伝いを行っていた。しかし、大怪我をした者を前にして、真赭の薄はまるで無力だった。

何事もない時は、女房達の指揮をとれていた。着物の用意をさせ、儀礼式典で浜木綿《はまゆう》の補佐をし、次々に指示を出す。

だが、いざ危機が訪れた時、それが幻想だったことを思い知らされたのだった。

浜木綿は動じなかった。この紫苑寺を開放すると言い出したのは浜木綿で、その手配をしたのは菊野だった。

そこでようやく、これまで自分に指示が求められていたのは、周囲の者に面子《めんつ》を立ててもらっていただけだと気付いたのだ。

――着物の色はこちらとこちらがありますが、どちらがよいと思われます？

そう訊かれて、そうね、こっちがいいでしょう、と、指さすだけなら、他の誰にだって出来る。

実際に布の手配をし、選択肢を用意したのは自分ではない。

一事が万事、そんな感じだった。

いざ、迅速な指揮が必要になった時には、まるで役立たずだ。何かしようとすると、菊野は顔色を変え、真赭の薄に対し、桜《さくら》の君《きみ》の傍にいてください、と言う。

悔しかったし、焦っている自覚はあった。そのせいで山内衆に対し、出過ぎたまねをしてしまった。

自己嫌悪で泣きたかったが、それにしたって、あんな言い方はないと思った。

「真赭の薄さま――姫さま」

着替えるのを手伝いながら、真赭の薄の話を聞いた菊野は、痛いほど優しく笑った。

「ここは、男衆に任せるしかありません。ここで何をおっしゃっても、彼らの邪魔をするだけですよ」

「自分でも分かっていますわ。馬鹿なことを言ったって。でも、そうせずにはいられなかったのよ……」

　戦いは嫌だ。

　誰一人として、怪我などして欲しくはない。そのためになら、何でも出来ると、心から思っている。

　だが、自分に出来ることは、本当に何もないのだった。

　家を出て、自分の力で、自分の足でここに立っているのだと思っていた。そんな自分は結局、傲慢《ごうまん》で世間知らずな、大貴族の令嬢のままだった。

　そう言うと、ちょっと黙ってから、菊野は穏かにのたまった。

「深窓の姫君であることの何がいけないのですか。それ以上は、ただのわがままになってしまいます」

　くすんと鼻を鳴らし、真赭の薄は恨めしく思いながら菊野を見上げた。

「……今まで、わたくしのわがままは、わがままにもなっていなかったということね」

「ええ、そうです。そしてそれが、功《こう》を奏《そう》すこともございます」

「どういうこと」

「桜《さくら》の君《きみ》がお戻りになりました。姫さまにお話があるそうです」

　連れて行かれたのは、紫苑寺の本堂奥にある、浜木綿の私室である。

　やはり、呆れるほどに物がない。

　以前はもっと大きな部屋を自室としていたのだが、今は治療を必要とする者のために部屋を移り、畳敷きの小部屋で寝起きしていた。

当然、御帳台など置けるはずがないから、他の女房と同じように、平民の使うような布団を毎日上げ下げしているのだった。

中には、そういった暮らしに耐えられず宿下《やどさ》がりする者もいたが、真赭の薄は頑なに紫苑寺に残り続けていた。

「来たか」

そう言った浜木綿は、小さな文机の前で、片膝を立てて座っていた。

節約のため、鬼火灯籠ではなく小さな燈台を使っている。

青く沈んだ室内で、橙《だいだい》色の光に照らし出された浜木綿はまるで人形のように硬質な印象で、どこかこの世のものとは思えない。

お座り、と円座《わろうだ》を勧められ、腰を下ろす。

菊野もそれに従い、真赭の薄の斜め後ろに座り込んだ。

浜木綿は、周囲の救護所を見て回ったりすることはあったが、基本的に紫苑寺に詰めている。何か用があって出ていたのは知っているが、一体、どこに行っていたのだろう。

それを言うと、浜木綿は軽く頷いた。

「ちょいと、西家《さいけ》へな」

西の大臣《おとど》に会って来たと言われ、真赭の薄は困惑した。

「父に……？」

「そうだ」

お前は両親から愛されているね、と浜木綿は微かに笑う。

「中央はこの先どうなるか分からないからね。もう、宮仕えも家の立場もどうでもいいから、娘には西領に戻って来て欲しいばかりだと言っていたよ」

確かに、これまでに何度も、父からは西家に戻って来るようにと言われていた。意地を張って、それを無視して来たのは他でもない自分であるが、今になって連れ戻されてしまうのだろうか。

身構えたこちらを気にした風もなく、浜木綿は淡々と言う。

「こんな状況なもんだから、納得してもらうまでに随分と時間が掛かっちまった。だが今日、ようやく了解を得られた」

だから、そのつもりで聞くがよいと、不意に厳《おごそ》かな口調になる。

「命令だ、真赭の薄。還俗《げんぞく》して——若宮殿下の、側室《そくしつ》となれ」

ぴかりと窓の外が白くなり、室内が一瞬だけ明るくなった。

すぐに続いて、山の上から、雷の転がる音がする。

真赭の薄は、浜木綿に何を言われたのか、咄嗟に理解することが出来なかった。

「……何を言っているの？」

やっとのことで出した声は、ひどくかすれていた。

浜木綿は苦笑する。

「お前だって、分かっていただろう？　アタシに子が出来ないんだから、側室を迎える必要があるんだ」

政治的に、お世継ぎの問題がこの上ない重大事なのは承知している。だが、真赭の薄にとって衝撃だったのは、そんなことではなかった。

――若宮と浜木綿が、悪友のようでありながら、時に、仔犬がじゃれあうようにして笑いあう姿を、自分は知っている。

普段、全く夫婦らしくはないこの二人の間にどんな御子が生まれるのかと、戦々恐々としながらも、ずっと楽しみにしていたのだ。自分でさえそうなのだから、子どもが出来ないと知った時の浜木綿の気持ちは、察するに余りあった。

それなのに、それを知らされた瞬間から、浜木綿に嘆く気配が一向に見られないのが、真赭の薄はずっと恐ろしかった。

「いいね、真赭の薄。アタシの代わりに、お前が、奈月彦の子を産むのだ」

屈託のない笑顔で言われ、真赭の薄はただ呆然と、浜木綿を見返した。

＊　＊　＊

夏になり、いよいよ、その日がやって来た。

山の下の村から、猿達が、一人の少女を駕籠に乗せて連れて来たのだった。

少女は猿に言われるがまま泉で禊《みそぎ》を行い、化け物の前に引っ張り出された。

――怯えきった御供《ごく》は、本当に、ただの人間の雌《めす》でしかなかった。

生まれて初めて純粋な人間を目にした明留は、それがあまりにも八咫烏と変わらないので、拍子抜けした。

見目が特別優れているわけでも、肝が据わっているわけでもない。情けない泣き顔をさらす彼女は、本当にただの小娘だった。

人間の言葉だったので、明留には彼女が何を言っているのか理解出来ない。だが、その表情は悲嘆にくれ、自分の身に降りかかった災難を嘆き、若宮に自分を帰してくれと訴えているのだと見て取れた。

猿は、人間達との契約のもと御供は捧げられると言っていたのだが、とても、彼女がそれを承諾してやって来たようには見えない。

この様子では、一年前の御供と同じ末路を迎えるのも、そう遠い話ではないように思われた。とにかく、彼女に逃げられても、自決されても困る。

若宮は、必ず御供に見張りをつけるようにと指示を出した。御供のために最低限整えた岩屋の前に一人をつけ、必ず、彼女から目を離さないようにしたのだった。

「人間って、人形《じんけい》の八咫烏と何も変わらないんだな」

初めて御供の見張りについて帰ってきた茂丸は、困惑したように言った。

泣いてばかりいる御供のことを、茂丸と――意外なことに、千早も気にかけているようだった。

御供がやって来た、翌日のことだ。

夜中、招陽宮の厨《くりや》で何かを作っている千早に気付き、明留は思わず声をかけた。

「こんな時間に何をしている」

明留の気配に気付いていたらしい千早は、顔を上げることもしなかった。

近付いて手もとを覗き込むと、そこには、梅干を中に包んだ握り飯があった。

死なれても困るので、適度に食事を渡したが、御供は全くそれに手をつけようとしなかった。白米だけのそれが気に入らなかったのかと、梅干を入れようとしているのだと気付き、明留は複雑な気持ちになった。

「別に、味が気に入らなかったわけではあるまいに……」

若宮に確認したが、外界にも同じような握り飯はあるらしい。彼女が食事に手をつけない理由は、明らかに別にあった。

「だろうな」

それでも、千早は手を止めることはない。

茂丸も千早も、妹がいる身だ。少女の姿に、何か、思うところがあるのかもしれない。

明留は溜息をついた。

「可哀想だがな、我々にとって大事なのは、八咫烏だ。私達は、これ以上、後手に回るわけにはいかない。御供にあまり情けをかけるな」

言い聞かせるような明留の言葉に、千早は何やらピンと来たのか、皮肉っぽく口元を歪めた。

「と、雪哉にでも言われたか」

「……どうして分かった」

明留はぐうの音も出ない。

千早と茂丸に妹がいるように、明留にだって姉がいる。泣いてばかりで怯えきった御供を見て、どうにも寒々しい心地がしたのは、自分も同じだった。

しかし、神域から出て来て、浮かない顔をしている明留を見て、雪哉は忠告して来たのだった。

――情におぼれて、冷静な判断が出来ない状況にだけはなるなよ、と。

「でも、あいつの言っていることは正論だ。私達が守るべきは、人間でなく八咫烏だ」

そう言う明留に、千早は向き直り、じっと目を見つめて来た。

明留は無表情な友人を見上げ、溜息をつく。こいつとの付き合いも短くはない。仏頂面のわずかな変化が、随分と雄弁に感じられるようになってしまったものだ。

「そんな顔をするなよ……。まあ、言うまでもなく、お前は分かっているのだと思うが」

「雪哉があぁ言うのは」

思いがけず、千早はゆっくりと口を開いた。

「自分も、情けをかけそうになっているからだ」

他人のことは言えんだろうに、と鼻で笑う。

しかし明留は、それにいまいち納得出来なかった。

「あいつはむしろ、私達の気の緩みが、殿下の身を脅かすことが怖いのではないだろうか」

「どっちも本当だろ。そんで付け加えるなら、お前達のことも心配なんだ」

呑気な声と共に、ひょいと厨の戸口から茂丸が顔を覗かせた。交替の時間だぞーと言われ、明留と千早は、思わず顔を見合わせた。

「待て待て。あいつが、私達のことを心配していると？」

「そうだよ。俺も、同じことを言われたからさ」

ちょっと話したんだ、と茂丸は屈託《くったく》無く言う。


神域から帰ってきた茂丸を、雪哉は招陽宮の裏へと呼び出した。

そこで、「あんなものに情をかけるな」と叱りつけるように忠告をされ、思わず、茂丸の口調も雪哉を責めるようなものになってしまったのだった。

「お前、どうしてそんなにあの娘に冷たいんだ。他の連中に誤解されても知らねえぞ」

言われた雪哉は不満げだった。

「誤解も何もないでしょ。別に俺は、御供がどうなろうと知ったこっちゃないんだから」

「お前なあ」

「下手に情をかけたせいで、茂さんに何かある方が、俺は嫌だ」

それに比べりゃ、見ず知らずの人間の女なんてどうでもいい、と。

思うところがないわけじゃないだろうに、全くこいつは、と茂丸は呆れた。しかしそれを言って素直に認めるとも思われなかったので、わざと乱暴に、頭をぐしゃぐしゃと撫でまわしてやった。

　雪哉は、ぎゃあ、と悲鳴を上げて飛び退《すさ》る。

「ちょっと、何すんの！　俺、これから勁草院で講義なのに」

　ぼさぼさな頭のまま、豆鉄砲でも喰らったかのような表情をしている顔は、出会った頃と、全く変わらないと思った。

「そういう減らず口を叩いているとな、お前、いつか本当に友達なくすぞ！」

「待って。茂さんにそれを言われると、俺、あんまり笑えないんだけど……」

　頬を引きつらせた雪哉は、しかし、こちらが真顔なのを見ると、観念したようだった。

「……確かに、あの娘は可哀想だ。だけど、御供と仲間を比べることは出来ないだろ」

　仲間に比べれば、御供への哀れみなんてあってないようなものだ。むしろ、その哀れみが一瞬の判断を狂わせるというのならば、そんなもののないほうがずっといいと雪哉は言う。

「可哀想だと思ったところで、助けてやれるわけでもない。飼う気のない野良犬に餌をやれば、厨を荒らされる。その時限りの憐れみなんて、ただの自己満足だ」

　茂丸は腰に手を当てて下を向き、ハア、と聞こえよがしに息を吐いた。

「お前の考えは、よぉッく分かった。確かに、一理あるだろうよ。だがな、御供のことは置いといても、その自己満足とやらが、他の奴には大切に思える時だってあるんだよ」

雪哉は、不意に合点がいったという顔になった。

「ああ……。俺の印象が悪くなるってこと？」

「お前の良い部分が、他の奴らに見えづらくなるってことだ」

とにかく、やたらと冷血漢ぶるのは止めろよと、茂丸は雪哉の額を指先で弾いた。雪哉は痛そうに額をこすりながらも、唇を小さく尖らせたのだった。

「まあ、茂さんがそう言うのなら、気を付けることにするよ」


「と、まあ、そんな感じだ」

あいつ、心配性なだけだから、そういう目で生温かく見てやってくれや、と茂丸は言う。

千早は呆れた様子だった。

「お前はあいつの母親か」

「友達だよ。お前らと同じくな」

軽く笑って、茂丸は仮眠部屋へと向かう。

「じゃあな。その握り飯、あの子も食べてくれたらいいな！」

――だが結局、千早が作った握り飯も、御供が口にすることはなかった。

ろくに食事もせずに弱る娘が、まさか、こちらに反抗するつもりがあったなど、誰も予想は出来なかったのだ。

それが起こったのは、御供が神域にやって来て、十一日目のことであった。

明留はその時、神域の一画で、若宮と共に神域の地図を作っていた。

「殿下、大変です！」

御供の見張りだった山内衆が駆けつけてくる姿に、何か、まずいことが起こったことを知った。

「女がいません」

＊　＊　＊

雪哉は、千早と共に招陽宮で仮眠をとっていた。

寝入りばな、眠りを一気に突き破ったのは、若宮と共に神域へ向かったはずの明留の声だった。

「大変だ！　今すぐ神域へ行ってくれ」

「何があった」

「御供が逃げたんだ」

「なんだと」

飛び起きて、見張りは何をしていた、と雪哉は舌打ちする。

「禁門の警備だった奴らを先に行かせた。僕はこれから勁草院に行って、ありったけの増援を呼んでくる」

「分かった。俺達は神域へ行く」

雪哉の言葉に、蒼褪《あおざ》めた顔で明留は頷く。

「気をつけろ」

雪哉と千早は鳥形に姿を変え、急いで禁門へ向かった。

今、若宮の護衛についているのは誰だったか。御供の見張りをしていたのは、今年勁草院を出たばかりの後輩だったはずである。そして、禁門の見張りをしていたのは――。

心臓が、ひとつ音を立てる。

――今夜の担当は、茂丸だった。

嫌な予感がする。

招陽宮の橋を渡りきり、がらんとした朝廷に入る。禁門への道をひた走っている最中、ふと、目の前が真っ白になった。

え、と思わず声が出た瞬間、凄まじい轟音《ごうおん》が響き渡る。

岩壁に囲まれた通路にいるはずなのに、周囲が昼間のように明るくなり、がらがらと脳を刺すような音で耳の中がいっぱいになった。

まるで、目の前に落雷があったかのようで、足元も、それに連動するように揺れた。

たまらずに膝を着いてから数秒して、視界が戻り始める。

――昨年の大地震以来、最も大きい地震だった。

神域で、何かが起こったのだ。

雪哉は弾かれたように立ち上がり、千早に向かって叫んだ。

「急ごう」

「ああ」

走って向かった防塁の前では、見張りのために残った兵と神官達が右往左往していた。

「何があった。殿下は！」

「分かりません」

殿下もまだ、と兵の一人が言いかけた時、「帰って来た！」と防塁の隙間から禁門を窺っていた神官が叫ぶ。

「殿下！」

急いで防塁を抜けた雪哉は、中から姿を現した若宮に息を呑む。

若宮が、誰かを背負って、よろめきながら歩いて来る。

背負われた者の体からは薄く煙がたなびき、一歩、禁門から山内へと若宮が足を踏み入れた瞬間に、反吐《へど》の出るような悪臭が漂った。

担がれた怪我人の状態のあまりの酷さに、雪哉は絶句するしかない。

全身が焼け爛《ただ》れ、焦げた手足の先は、赤黒い肉が露出している。

体格が他の者より幾分小柄であると気付かなければ、きっと澄尾だとも分からなかっただろう。

駆け寄る配下に澄尾を預けた若宮は、ずるずるとその場に崩れ落ちた。

「殿下……！」

「私は無事だ！　奥に他の者が」

雪哉は息を呑んだ。

若宮の顔は、汗でぐっしょりと濡れていた。

「行け！」

振り絞るような声に背中を押されるようにして、雪哉は神域の中へと駆け込んだ。

中は、さっき嗅いだのと同じ、酷い悪臭が充満していた。

ほとんど入ったことがないとはいえ、仲間が作成した地図は完璧に頭に入っている。御供を捕らえていたのは、禁門の近くのはずだった。

「誰か、聞こえているなら返事をしろ」

叫ぶも、返答はない。

走りながら手早く鬼火灯籠を点すも、煙が上がっていて、視界が利かない。

誰がどこにいるのか分からない。ただ、延々と、大猿のものと分かる哄笑《こうしょう》だけが響いている。

冷や汗が溢れる。この匂いはなんだ。どうして、誰も答えない？

「茂さん、どこだ！」

呼びかけながら走っていて、つと、何かに躓《つまず》いて転びかけた。

咄嗟に振り返って目に飛び込んで来たもの。

それは、大柄な体を丸めるようにして横たわる、ひとつの焼死体だった。

「うそだ」

矢も盾もたまらず取り縋《すが》る。

「茂さん！」

その腰には、死体がかつて山内衆であったことを示す、融けかけた太刀の残骸があった。

無惨に転がる飾り玉は、山内衆の就任にあわせ、ひとつひとつ手彫りの装飾のされた品だ。この世に同じものはひとつとしてなく、そしてそこにあったのは、雪哉にとっては、自分のものよりも見慣れた飾り玉だった。

「嫌だ、嫌だよぉ、何で……何で！」

もはや、炭のかたまりでしかないが、それは確かについさっきまで、己の親友だったはずのものだった。胸の前でちぢこまった手を握ろうとして、それがぼろりと崩れた。

「ああっ」

その瞬間、自分が何をしたら良いか、いきなり何も分からなくなった。

「茂丸。命令だ。息をしろ馬鹿！　助けてって言え――痛いって言え！」

答えるはずがない。

「言えぇ」

喉が裂けんばかりに叫んでも、茂丸が生き返ることはない。

「よせ、雪哉。もう死んでる」

「嘘だ」

肩を誰かにつかまれたが、無我夢中で振り払う。

「嘘だあ……！」

＊　＊　＊

千早が追いついた時、雪哉はとても正気とは言えなかった。

あちこちに、黒く焦げた八咫烏の遺体が転がっていたが、その中で最も大柄なものに、雪哉はがむしゃらに取り縋っていた。

その目は、焦点が合っていなかった。

何度も絶叫し、茂丸に触れようとしているが、そうすると体が崩れるせいで、尋常でなく震える両手をずっとさまよわせている。

徐々に猿の笑い声は遠ざかって行くが、油断は出来ない。

すぐにでも退避しなければならないのに、肩をつかみ、声をかけても、雪哉は半狂乱のまま、茂丸の名を呼び続けるばかりだ。

千早自身、どうしたら良いか分からずにいると、背後で息を呑む気配がした。

「あいつ——」

駆けつけて来たばかりの山内衆は、決然とした足取りで雪哉に近づくと、勢いよくその横っ面を殴り飛ばした。

「馬鹿野郎！」

雪哉を怒鳴りつけたのは、顔を真っ赤にさせた市柳だった。

「何をぼんやりしてやがる。ここの指揮官はお前だろうが。さっさと俺達に指示をよこせ！」

呆然とへたり込む雪哉に、市柳は黒く横たわる仲間達を指し、一喝した。

「こいつらをこのままにしておくつもりか！」

襟首を引き寄せ、睨みつけながら市柳は問う。

「ご指示を」

雪哉の顔色は真っ青で、歯がガチガチと鳴っていたが、次に発せられた声は驚くほど冷静だった。

「……負傷者と共に、一時撤退する。禁門を封鎖して負傷者の手当てを。殿下の指示がない限り、誰一人ここに近づけるな」

「承知した」

市柳は次々に駆けつけて来た後輩に命令し、犠牲者を禁門の外に運び出した。

茂丸の体を運ぶのは、千早と雪哉が担当した。

だが、大柄な遺体を移動させるのは一苦労で、炭となった茂丸の欠片《かけら》が、どうしようもなく引きずった道にぼろぼろと崩れ落ちて行った。

遺体を運ぶ間、雪哉はほとんど無表情で、しかし、ずっとぶつぶつと呟き続けていた。

「ちくしょう……ちくしょう……」

あいつら、絶対に許さない。

＊　＊　＊

勁草院から戻ってきた明留が見たものは、招陽宮の広間に並べられた白い布だった。

布の下は人の形に盛り上がり、ぴくりとも動かないそれに、最悪の事態が起こったことを悟った。

慌てて探せば、別室では、軍医の激しい怒号が飛び交っていた。

澄尾と若宮が、治療を受けているのだ。

ただ、澄尾は全身に酷い火傷を負っており、簡単な処置を終え次第、飛車《とびぐるま》で紫苑寺へと移送するという。

あの場にいて、話せる状態だったのは若宮だけであり、何があったのかは、その口から明らかになった。

――八咫烏が御供を逃がしたと知り、山神が癇癪《かんしゃく》を起こしたのだ。

その怒りは落雷として仲間を襲い、若宮は、澄尾によって庇われた。

「猿が、我々が意図的に御供を逃がしたと化け物に吹き込んだのだ」

弁解する暇もなかった、と言う若宮に大した怪我はないように見えたが、時間が経つごとに、様子がおかしくなっていった。

若宮の右腕から背中にかけては、澄尾と同様の火傷があった。

最初は、簡単な治療を施せば何とかなると思われていたのだが、その火傷は、時間が経つごとにどんどん酷くなっていくのだ。

じわじわと、着実に火傷の範囲は広がり、程度も重くなっていく。

それは澄尾も同じのようで、薬をつけ、冷水をかけても、傷から立ち上る蒸気は一向に減らなかった。

「なんだこれは」

「ただの火傷じゃないぞ」

動揺する軍医に、若宮が答える。

「普通の治療は通用しない。これは、山神の呪いだ」

軍医達は、なんと、と声を失った。呪いが相手となれば、彼らはまるで役立たずだ。

このまま、治療の成果が何もないまま火傷が進めば、澄尾は勿論、若宮の命だって危うい。

明留は焦った。

「では、呪いを解くためにはどうすれば？」

「それは」

――分からない、と言ったが、若宮の顔は下を向いている。

おそらくはその瞬間、そこにいた者の脳裏に、一斉に同じ考えが浮かんだ。

呪いの大元を断てば、あるいは、と。

つまり――山神を殺せば。

明留がごくりと唾を飲んだ時、それまで、無言で治療の様子を見守っていた雪哉が動いた。

「殿下。刀は持てますか」

場違いに思える質問に、軍医の一人が顔色を変える。

「こんな時に何を」

「こんな時だからだ！」

吠えるようにして叫び、雪哉は周囲を見回す。

「殿下が今ここで身罷《みまか》れば、我々は本当に滅ぶしかない！」

神域で、刀を抜けるのは若宮だけだ。そして、若宮の体を蝕《むしば》む呪いは進行している。

「このまま悪化して、殿下が刀を持てなくなる前に、片をつけるしかないんだ」

鋭い眼差しの雪哉を前に、誰もが押し黙った。

若宮が、ふ、と息を吐く。

「……右手に刀を結わえれば、いけるだろう」

「殿下」

明留は思わず声が出たが、事ここに来て、止めることは出来なかった。

「やりましょう。他に方法はない」

決然とした雪哉の言葉を受けて、その場の空気が、明らかに変わるのが分かった。

「各自、準備をしろ」

自分の命令に山内衆が散っていくのを確認すると、雪哉は若宮の前に膝を着いた。

「私もお供いたします」

「それは駄目だ」

お前には私の留守を頼む、と言った若宮に、雪哉は皮肉っぽく口元を歪めた。

「ここで失敗すれば、遅かれ早かれ山内は滅びます。ただでさえ、六人もの山内衆の手を失った今、私が行くのが妥当でしょう」

「雪哉」

「地獄までお供いたします」

その言葉に、若宮は顔を歪めた。

一見冷静なようだが、親友を殺されて、雪哉の頭には血が上っている。

明留も、何とかして雪哉を止めようと口を開きかけた時、救護室に、羽林天軍《うりんてんぐん》所属の兵が駆け込んできた。

「殿下。朱雀門より、天狗から緊急の連絡が入りました！」

明留は顔をしかめた。

「馬鹿。今はそれどころじゃ――」

「『御供の娘を預かっている』、だそうです」

第三章　治癒

紫苑寺《しおんじ》に運び込まれて来た怪我人を見た時、真赭《ますほ》の薄《すすき》は、それが誰だか分からなかった。

全身が焼け爛《ただ》れ、皮膚が炭化して黒くなっている。

黒髪もほとんどが焼けてしまい、顔では判別がつかなかったのだ。

大地震が起こってからこれまで、真赭の薄は紫苑寺で怪我人の処置を手伝ってきた。

自分が必死に手当てをして、どうしようもなく看取った者もいたし、目をそむけたくなるような遺体も、数え切れないほど葬《ほうむ》った。

転身《てんしん》して逃げようとして、半化けのまま頭を瓦礫《がれき》につぶされた者。しきりに腹をさすっていると思ったら、飛び出た内臓を必死に体の中に戻そうとしていた老人。膝から下がなくなっているのに、ただ足が寒い、寒い、と震える少年もいた。

いずれも、次に見た時にはこの世の者ではなくなっていた。

だが、澄尾《すみお》の火傷は、この一年で見たどれとも異なっていた。

どんなに時間が経っても、体からずっと煙が上がり続けているのだ。未だ、身を蝕《むしば》む炎が鎮火していないと見えて、当然、薬など効くはずもない。

「殿下が言うには、これは山神を名乗る化け物の呪いだそうだ」

招陽宮《しょうようぐう》から一緒にやって来た軍医の言葉に、紫苑寺にいた医《くすし》も狼狽《ろうばい》した。

「呪いとは何だ」

「我々の手には負えんぞ」

極秘だが、若宮《わかみや》も同じ傷を受けたらしい。

怪我人と軍医を紫苑寺へと連れてきた山内衆《やまうちしゅう》は、言葉を交わす間も惜しんで中央山《ちゅうおうざん》にとんぼ返りして行った。

何があったのか、詳細は分からない。

ずっと雷が鳴り止まないし、地面も、度々小刻みに揺れている。いよいよ、山内は滅亡するのかもしれないと思った。

おそらくは、若宮を庇《かば》ったからだろう。

澄尾の、特に酷《ひど》い火傷は、左半身に刻まれていた。

呻《うめ》き声も上げられず、気道を確保するために口から木の管を喉へ通している姿は、堪らなく苦しそうだったが、真赭の薄は、手当てに使う湯や布を、運ぶことくらいしか出来ない。

「左の手足は、もう駄目だ」

「これはもう、切るしかない」

治療を行っている部屋から聞こえてきた言葉に、真赭の薄は息を呑んだ。

「お待ち」

思わず、医に声をかけようとしたところを、浜木綿《はまゆう》に止められる。

「でも、だって、彼は武人なのに……！」

生まれは卑《いや》しい。そこを、己の腕一本でここまで上り詰めた男だ。

「何とか、何とかなりませんの」

震える真赭の薄に、浜木綿が静かな口調で言う。

「見えなかったか。指の先は、もう炭になってしまっている」

切り落として呪いが食い止められるかは分からないが、このまま何もしなければ、さらに酷くなるばかりだ。

「私達に出来ることは何もない。邪魔しないよう、ここは彼らに任せるんだ」

浜木綿に肩を抱かれ、外へと向かう。

部屋の中から、この世のものとも思われない、絶叫が聞こえた。

その声が、耳にこびりついて、いつまで経っても離れなかった。

＊　＊　＊

長束《なつか》は、明留《あける》達と共に大門で待機していた。

報せを受けて駆けつけた時、もう、弟は招陽宮を出て行ってしまった後だった。

事の発端となった人間の小娘はまんまと逃げおおせ、外界にある大天狗《おおてんぐ》の家へと逃げ込んだという。仲間を死なせ、弟の命を危うくする切っ掛けを作った張本人が、何も失うことなく帰って行くのかと思うと腹立たしかったが、彼女と会った若宮は、とうとう、山神殺しの決断を下したのだった。

ただの八咫烏《やたがらす》である長束と異なり、弟は真の金烏《きんう》である。

ただでさえ、神に近い身で山神殺しを行えば、今度は、弟が山神の地位につくことだって有り得る。そうなれば懸念《けねん》事項は何もかも解決するのだが、逆に失敗すれば、八咫烏は一気に存亡の危機にさらされる。

八咫烏に、最も力を与えてくれるのは太陽だ。

山神殺しは、万全を期し、夜明けと共に行われることになった。

当初、長束は禁門のすぐ前で弟を待とうと思った。だが、何が起こるか分からないから、すぐに逃げられる場所にいるようにと釘を刺されたのである。

山内衆達は、今か今かと大門の奥を窺い、大門前の舞台には、路近《ろこん》とその手下である明鏡院《めいきょういん》所属の神兵達も、ずらりと並んでいる。

神域について行くことが許されなかった明留も、長束の隣で、祈るように両手を合わせて空を眺めていた。

永遠にも思われる時間を経て、いよいよ、夜明けがやって来た。

「おい、あれを見ろ！」

指さす山内衆につられて空を見上げ、思わず声が漏れた。

――山の上の雲が、崩れるようにして消えていく。

大地震以来、山頂付近を覆い、絶えず不機嫌な稲妻を光らせていた雷雲である。黒くわだかまり、時折青白い光を放っていたそれが、まるで、子どもの手でめちゃくちゃに掻き回されたかのように、散り散りになった。

日常の一部となりかけていた、雷の音も聞こえない。

しばらく、経験したことのないような静けさだ。

何があったのか分からない。だが、あの大地震以来のどす黒い曇り空が、どんどん、間の抜けた灰色へと変わっていく。

東に、朝焼けが見えた。

晴れている。

薄紅色の曙光に、淡い青の空が滲《にじ》んでいた。

澄んだ空の色を見たのは、一体いつぶりになるだろう。

ずっと曇天で、作物はこれ以上ないくらい不作で、ほとんど枯れてしまったというのに。

「……成功したのでしょうか」

隣で空を見上げていた明留が、上ずった声で囁《ささや》く。

「分からん」

だが、何かあったのは確かだ。それも、おそらくは良い方に。

にわかに、大門の奥が騒がしくなった。

「帰って来たぞ！」

兵の叫ぶ声が聞こえてしまえば、もう、我慢は出来なかった。

赤い門柱の間を駆け抜けて朝庭《ちょうてい》へと入れば、大門の正面、幾層にも連なった階《きざはし》の最上部から、一羽の八咫烏が鳥形《ちょうけい》となって飛び降りて来た。

着地の寸前で再び転身し、人形《じんけい》となって長束の前に姿勢を正す。

やって来た伝令は、山内衆の治真《はるま》だった。

「殿下はご無事です！　他の山内衆にも怪我はありません。しかし、山神殺しは中止となりました」

「どういうことだ」

胸を撫で下ろす暇もない。

明留をはじめ、長束を追って来た者達も、治真の言葉を一言一句聞き漏らすまいとした。

「想定外のことが起こったのです。御供《ごく》が戻って来ました」

「――何？」

「逃げた御供が、自分の足で、神域に戻って来たのです」

その場にいた者で、即座に治真の言葉の意味を理解出来たものはいなかった。

長束は、己の眉尻が力なく下がっていくのを感じながら、呻いた。

「どうして……」

「自分にも分かりません。でも、あの娘が、自分の意思で天狗の家を抜け出して、戻って来たのは確かです」

そう言った治真自身、狐につままれたような顔をしていた。

「だから、化け物の怒りも治まった――というわけではないのですが、今はお咎《とが》めなしと言うか……。化け物も猿も呆《あっけ》気に取られて、どう動いたらよいのか分からない、という状況になっております」

そのせいで、若宮も対応を決めかねているのだという。

「なんだそりゃ」

突飛なこともあるものだなあ、と長束の背後に立っていた路近が呆れたように言う。

「そんな悠長なことを言っていては、金烏の腕が使いものにならなくなるのではないのか？」

「それが、殿下が身に受けた呪いは、あの娘が戻って来てから、ぴたりと落ち着いているのです」

それもあって、若宮は「一度御供と話す必要がある」と言い、神域に残ったのだと言う。

「今は、このまま待機せよとのことでした」

思わず、明留と長束は顔を見合わせた。

「長束さま、どういたしましょう」

「どうもこうも……」

弟がそうと決めた以上、ここは、待つ以外に選択肢はない。

その後、何度か伝令を通じて若宮とやり取りしたものの、「待て」という指示に変化はなかった。

結局、若宮が雪哉《ゆきや》達を連れて山内に帰還したのは、正午を過ぎてからであった。

ようやく朝廷に姿を現した若宮に、わっと声を上げて山内衆は駆け寄った。

「奈月彦《なづきひこ》！」

無事か、と先頭を走った長束が叫ぶと、若宮はわずかに頬を緩めた。

「心配をかけた」

「怪我はどうだ」

「今の所、落ち着いている」

そう言ってこちらを宥《なだ》めた若宮は、ゆっくりと周囲を見回した。

「山神の殺害は、取り止めとする」

――それは、出て行く前と、まるっきり正反対の言葉だった。

集まった山内衆達が、堪えきれなくなったようにざわめいた。

「いきなり、何故だ。神域で何があった」

若宮たちの帰りを一日千秋の思いで待ちわびていた長束は、若宮の心変わりがにわかには信じられなかった。

「状況が変わったのだ。あの御供に……」

言いかけて、ちょっと迷ってから言い換える。

「志帆《しほ》殿に、頼まれたのだ」

「頼まれただと――？」

「ああ。あの化け物を、殺さないで欲しいとな」

馬鹿な、と山内衆から悲鳴のような声が上がった。

「一度逃げたくせに、あの女、今更何をほざくんだ」

「まさか、殿下はそれを聞き入れたのですか？」

「どうしてそんなことを！」

あの化け物を庇うのならば、小娘もろとも殺してしまえばいい、と怒号が上がる。

「そうですよ。何も躊躇《ためら》うことはない」

「殿下、まさか怖気《おじけ》づかれたのですか」

剣呑な気配になりかけた瞬間、それまで沈黙していた雪哉が動いた。自身の太刀を鞘ごと手に取ると、鋭く床に石突《いしづき》を打ち付ける。

カァン、と乾いた高音が響き、気炎を上げていた山内衆達が、ハッと我に返った。

「殿下の話の途中だ」

黙って最後まで聞け、と、あくまで静かに雪哉は言う。

その表情に、動揺は見えない。

山内衆達は、ばつが悪そうに黙り込んだ。

若宮は小さく息を吐くと、疲れたように頷いた。

「確かに、お前達の言うとおり、彼女は逃げた。だが――戻ってきた」

そうして、もたらされたのがあれだ、と大門の外を指差す。

空は快晴とまではいかなくても、薄曇りにまで回復している。

時折、風によって雲が割れ、晴れ間が覗く。

そこから降り注ぐものは、大地震以来、八咫烏達が失ってしまった太陽の光だ。

「彼女が戻って来てから、何かが変わった。私の傷も痛まず、山内には光が差した」

この事実は無視出来ない、と感情を込めずに若宮は言う。

「どうして、あの娘があの化け物を庇おうとするのか、私には分からない。だが、我々は、過去に何があったのか知らない。山神を倒せばその座を奪えるという考えは、そもそも、前の山神が、あの化け物に取って代わられたという推論によるものだ。その前提が異なるならば――全部が覆《くつがえ》ってしまう」

話の不穏な成り行きに、長束の胸はざわついた。

「奈月彦。何が言いたい……？」

「そもそも、山神の乗っ取りなどなかったのかもしれない、ということだ。あの化け物の正体は――我々の山神なのかもしれない」

痛いくらいの沈黙が落ちた。

「百年前に、何かがあったのだ。その、何かが切っ掛けになって、山神が、化け物に変貌してしまったという可能性は充分にある。ただ、今までは我々が、その可能性をあえて見ないようにしていたのだ」

痛いところを突かれた気分で、長束は開きかけた口を閉ざした。

奈月彦は語り続ける。

「はたして、どちらが真実なのか、まだ、判断はつかない。今分かっているのは、一年間、私があの化け物の傍にいても、状況は悪くなるばかりだったのに、あの娘が神域に帰って来たことによって、わずかでも山内の状況に改善の兆しが生まれたという事実だけだ」

よって、ここはあの娘に任せてみるのも、一つの手であると判断した、と長束の弟は厳《おごそ》かに宣言した。

「でも……このまま引き下がることなんて、出来ません！」

山内衆の一人が、堪え切れなくなったように叫んだ。

「だって、殿下。俺達の仲間が殺されたんですよ！　裕江《ひろえ》も、小瀧《ころく》も――」

「やめろ、鉄丙《てっぺい》」

鋭い声で制止したのは、若宮の宣言に一切口を挟まなかった雪哉だった。

「悔しいのは、皆同じだ。一時の感情で己の役目を見失うな。状況を鑑《かんが》みた上での、真の金烏のご判断だ」

「しかし！」

「怒りに任せて、仲間の二の舞になるつもりか」

鉄丙は押し黙った。

「山内に住まう八咫烏の命運は、我々の選択にかかっている。あらゆる可能性を視野に入れ、慎重に、生き残るための道を探さねばならない。時間の許す限り」

違うか、と若宮は怒声を上げていた一人ひとりの顔を見た。

重苦しい沈黙が落ちる。

「正直な気持ちを言えば、私とて、あの化け物を許すことは出来ない。殺してやりたいという思いは、そなたらと一緒だ」

だが、憎しみにかられて、取り返しのつかない間違いを犯すことだけは避けたいのだ、と若宮は小さく俯いた。

「どうか、分かってくれ」

切々と訴えられ、反論出来る者は誰もいなかった。

長束でさえ、かける言葉が見つからない。

これ以上、言うことはないと思ったのか、若宮は傍らで押し黙る明留を見た。

「澄尾は今、どうしている」

「紫苑寺に」

＊　　＊　　＊

医《くすし》達の監督のもと、澄尾の看病は、真赭の薄が手伝っていた。

最初、澄尾についた下女が泣いて「自分には出来ない」と言って来た時、真緒の薄は頭に来た。

「意気地なし！　いいわ、わたくしがやる」

奮起して自ら向かおうとすると、怒られた下女は違うのです、と言って泣いた。

その声を振り払うようにして澄尾のもとに向かった真緒の薄は、実際にその姿を見て、下女達の涙の理由を知った。

――火傷にはすでに、蛆《うじ》が湧いていた。

しかも、切り落とした手足の傷口は、常に帯電しているように、ぴりぴりと小さな稲妻が走っているのだ。

「これは」

絶句する真緒の薄に、医達は呻くように言う。

「こんなに早く蛆が湧くなど、普通の火傷ではあり得ません」

「やはり、この傷はおかしい」

「我々にはお手上げだ……」

話には聞いていたが、実際の傷は、想像の範疇《はんちゅう》をはるかに越えていた。

「鑷子《せっし》が使えないんです」

融けてしまって、と、真緒の薄を追って来た下女が弱々しく言う。

治療が出来ないと言ったのは、痛そうで見るに耐えないとか、気持ちが悪いから、などという単純な理由ではなかったのだ。

じっと、使い物にならなくなった器具を見て、真赭の薄は頷いた。

「……怒鳴って悪かったわね。ここは、もういいわ」

襷《たすき》をかけ、髪が落ちてこないよう、頭巾《ずきん》を被る。

「真赭の薄さま？　どうなさるおつもりです」

下女は目を丸くしたが、真赭の薄は構わず、医に向かって頭を下げた。

「どうか、ご指示をください。わたくしには、これくらいしか出来ることがないのですもの。お手伝い出来ることがあるなら、どうかおっしゃってくださいまし」

引かない構えを見せれば、医も止めようとはしなかった。

「では、竹の箸を持って来てください」

それからは医の言う通り、一匹一匹、箸で蛆をつまんで取っていくことになった。

蛆は、医師の手だけでは、到底取りきれない数だったのだ。

取っても取っても、傷の奥から、白い虫が自然と湧いてくる。

このまま放置していたら、澄尾の体が食い尽くされてしまうと思った。

箸では上手く取れないものは指か、あるいは薬湯で口をゆすいでから、直接吸い出した。

直接、澄尾の肌に触れると、ぱちんと電流が弾けて痛かったが、我慢出来ないほどの痛みではない。

途中、何をしているのか気付いた菊野《きくの》は悲鳴を上げて止めて来たが、浜木綿がそれを諫《いさ》めてくれた。

真緒の薄が蛆を取る間、手の空いた医達が薬を作った。それを塗布し、無理矢理口にふくませても、澄尾は唸るばかりで、意識があるのかどうかもはっきりとしない。なんとか苦痛をやわらげる方法はないだろうかと尋ねたが、伽乱《かろん》を使えば、二度と目を覚まさないだろうと言われてしまった。

こんなに苦しんで、もう武人としても役に立たなくて、いっそ死なせてやったほうが、という考えもよぎる。

だが――彼は生きていた。

たとえ、これが残される側に立つ者の勝手であったとしても、諦めない理由はそれだけで充分だった。

聞こえているかは分からないが、耳元で声をかける。

「大丈夫よ、澄尾。わたくし達がついていきます。だからあなたも、負けないで」

管の奥から、咳き込むような呼吸音がした。

夜明けが来て、ようやく症状が落ち着いた。

パリパリと音を立てていた電流が消え、蛆は、それ以上湧いて来なくなった。

ほっと一息ついていると、表の方が、何やら騒がしいことに気付いた。

どうやら、神域の方で何かあったらしい。

正午を過ぎる頃になり、神域から戻って来た若宮自ら、澄尾の見舞いにやって来た。

若宮は、澄尾の枕元に腰掛けると、その顔をじっと見据えて声をかけた。

「よくやった、澄尾。おかげで、私は無事だ。山内に住まう八咫烏のために、私のために、お前はやるべきことを見事に果した」

げふげふと、澄尾が咳き込む。

苦しそうだが、どこかその呼気は、笑い声にも聞こえた。

「ありがとう。どうか、ゆっくり休んでくれ」

見えないのは承知の上だろうが、奈月彦は澄尾に向かって深々と頭を下げ、そのまま出て行った。

忙しいのだろう。ほんのわずかな時間の見舞いの様子を、真赭の薄は、何も言えないまま見送った。

だが、言いようもなく、胸のあたりがもやもやする。ありがとう——ありがとう？

言うにこと欠いて、ありがとうですって？

では、澄尾に謝って欲しかったのかと思えば、それも何やら違う気がする。

澄尾は、護衛であることに命を捧げていた。犠牲になった他の山内衆もそれは同じだ。

きっと、自分が口を出せるようなことではないと分かっているのに、どうしても納得がいかなかった。

しかし、症状がわずかでも良くなったのは初日だけであり、それから何日経っても、澄尾の状態は回復しなかった。

異常な蛆の出現はなくなり、電流もあれ以来、起こっていない。熱が引き、喉の腫れも引いた。だが、火傷の具合は相変わらずなのだ。

真緒の薄は、様子を見に来た浜木綿に訴えた。

「何か、他に出来ることがあればいいのだけれど……医は、これは良くなっているのではなく、むしろ、逆だと言うの」

病状が落ち着いたのではなく、これ以上悪くなりようがなくなったというだけだ。

身を蝕《むしば》む炎が鎮火し、燃えるものがなくなって底を打った状態だった。もう、呻くだけの力も残っておらず、あとはじわじわと死に向かうのみだという。

「最悪の事態を考えなければならない。家族はまだ来ていないのか」

浜木綿の言葉に、菊野は首を横に振った。

「彼に、身寄りはありません。もともと片親で、勁草院《けいそういん》に入る前に、母親も病で亡くなったと聞いています。勁草院へ入る際には、有明郷《ありあけごう》の郷長が後見人になっていたはずです」

「そうだったの……」

真緒の薄は呟《つぶや》いた。

だから、ろくに休みも取らずに若宮の護衛をしていたのだ。休みを貰ってもやることがないからと、もといた家は引き払ってしまい、招陽宮の一室を自室としていた。

彼の母親はどんなひとだったのだろうと考える。

息子がこんなことになっていると知ったら、さぞかし心配しただろうに。

澄尾のことを、自分は何も知らなかった。

「若宮殿下の腕は」

「着実に良くなっているようだな。もう、命の心配はないと聞いている」

浜木綿の言葉に、真赭の薄は眉根を寄せた。

澄尾と若宮の間には、明らかな治癒の差があった。

「若宮殿下が、真の金烏だからなのかしら……」

「だが、最初に受けた呪いの症状は同じだったらしいじゃないか。そう考えると、他に理由があるのかもしれないな」

奈月彦に、心当たりがないか訊いてみよう、と浜木綿は言った。

御供が神域に戻って来てから、若宮は神域に費やす時間がほとんどで、そうでない時間は招陽宮で待機していた。

回ってきた実務は、長束と浜木綿が手分けして行っているのだ。二人が判断に迷う案件については、使いを出して若宮にお伺いを立てている。それと一緒に、訊いてみてくれるという。

時々、澄尾の世話になったという山内衆が見舞いに訪れた。

後輩や同輩達から好かれていたのだろう。日ごと、手付かずの見舞いの品は増えていった。

来てもらったところで面会出来るような状態ではなかったが、彼らは口を揃えて、せめて澄尾さんだけでも助かって欲しい、と言い募った。

――亡くなった山内衆の遺体は、すでに家族のもとへと届けられたそうだ。

その対応をしているのは、明留と雪哉だったはずだ。

若宮と共に来た時、弟の顔色は悪く、憔悴《しょうすい》しているように見えた。それに、雪哉は茂丸と特に仲が良かった。

彼らは、大丈夫だろうか。

＊　＊　＊

千早《ちはや》は、茂丸達の亡骸《なきがら》を、招陽宮から、勁草院へと移す陣頭指揮をとった。

それから、遺族のもとに遺体を届ける手配をしていたが、送るよりも先に、報せを聞いて駆けつけて来た遺族がいた。

神域へ出ていて若宮が不在だった場合、彼らの対応は明留や雪哉が行うことになっている。勁草院にやって来た茂丸の父親と弟達に、事情を説明したのも二人だった。

千早は、勁草院の長期休暇中、茂丸の家に世話になったことがある。

茂丸の家族が来たと聞き、急いで勁草院へと向かったが、結局、話しかけることは出来なかった。

遺族となってしまった彼らは、雪哉と明留から、茂丸がどういった状況で亡くなったのか、当時の事情を聞いていた。

茂丸の父親は、大柄で、明るい男だった。

以前、遊びに行った時は満面の笑みで迎えてくれたのだが、今は一気に老け込み、ひとまわりも小さくなってしまったように見えた。その傍らで父親を支えるのは、未だ現実を受け入れられないといった顔をした、茂丸の弟達だ。

蹌踉《そうろう》とした足取りで大広間へと案内され、茂丸の遺体と対面した家族が声を上げて泣き始めると、明留は、その場から早足で離れていった。

「明留」

千早が追いかけた先、本堂の陰となる場所で、明留は頭を抱えてうずくまっていた。

「どうした」

黙ったままの明留の前に立ち、辛抱強く返答を待っていると、ややあって、震える声で明留は呟いた。

「僕が、神域に行くようにと言ったのだ。みんな、僕の言葉に従って死んだ……！」

僕のせいだ、と。

千早は一生懸命考えた。

「その言い方だと、応援を呼べと命令した、若宮が悪いことになる」

「分かっている。でも、そういうことではないのだ！」

顔を上げた明留は唇を震わせており、その表情は悲愴だった。

山内衆も、側近の明留自身も、誰でも死ぬ可能性があった。

誰が悪いという問題ではない。それは、明留も承知していた。

「そういうことではないと分かっているのに、自分が死ねばよかったのにと、どうしても思ってしまう。生き残ってしまったことが、死んでしまった仲間達に申し訳なくて堪らない」

「明留」

「何故、僕ではなかったのだろう……」

呻いて、明留は再び膝に顔をうずめた。

後ろめたく感じるのは間違っていると思うのに、それをなんと伝えたらよいか分からない。

千早自身も、明留の気持ちはよく分かった。

こんな時、茂丸だったらきっと、うまいことを言って明留を前に向かせることが出来ただろうと思ってしまう。

茂丸は、よく出来た人物だった。

人としての賢さがあり、皆に慕われていた。

勁草院の成績は、自分や雪哉のほうが良かった。でも、身体的な能力やずば抜けた頭脳よりも、彼の生来持ちあわせていた懐の深さの方が、よっぽど得がたいものだったと思う。

茂丸は、死んでしまうべきではなかった。いや、茂丸だけでなく、被害にあった山内衆のいずれも、死ななければならない理由など、何一つなかったのだ。

「役目を途中で投げ出すのは感心しないな」

ふと、背後から声がかかった。

「雪哉」

親父さん達は、と尋ねると、「家族だけにしてくれと言われたよ」と淡々と返された。

「大の大人で、若宮殿下の側近が、何を情けない格好をしている。全く、俺がいなかったらどうするつもりだったんだ」

雪哉の言葉に、すまない、とか細い声で明留は謝った。

「でも、ご父君《ふくん》や弟君に申し訳なくて……」

「お前は何を気にしているんだ。我々は、一切悪くないだろう」

そっけない口調だった。

雪哉は、まるきりいつもの調子で、呆れたように腰に手を当てて明留を見る。

「悪いのは、仲間を焼き殺した山神と、それを唆《そそのか》した大猿だ。違うか?」

「それは――そうだが」

「だったら、今更どうしようもないことをぐずぐず思い悩むのは止めなよ」

状況は刻々と変化するんだ。若宮の傍にある者が、過去に囚われて判断を狂わせるような真似だけはするな、と、そういう雪哉の様子は、やはり、あの時の取り乱しようが嘘のように落ち着いている。

「……お前、よく割り切れるな」

気が抜けたような明留を、雪哉は鼻で笑う。

「割り切らずにどうする。俺達がめそめそ泣いたところで、死人は生き返りはしないんだ」

そう言う雪哉の様子は、酷薄にすら見えた。

まじまじと見れば、その表情には、動揺の欠片《かけら》も見て取れはしない。

ふと、違和感を覚えた。

雪哉と茂丸は、誰がどう見たって親友だった。勁草院に入って以来、べったりと言っても過言ではないほど、雪哉は茂丸に懐《なつ》いていたのだ。どうしようもなく性格のねじ曲がった雪哉が、素直に甘えられる貴重な相手が茂丸であり、茂丸と一緒だと、まるで蛇が仔犬に化けるかのように態度が変わったものだった。

それが、これだ。

現場ではしっかりしていた市柳も、無事に遺体を山内に連れ帰ってきた後は男泣きしていたというのに、思えば雪哉が取り乱したのは、茂丸達が死んだと分かった、その瞬間だけであった。

あの、半狂乱の姿を知っている分、今の冷静さが、いやに不気味に思えた。

そんな千早の疑念などどこ吹く風といった顔で、雪哉は明留に向かって無造作に手を振る。

「どちらにしろ、もうすぐ交替の時間だ。もう無理だというのなら、上がってしまえ」

「お前は」

「やるべきことは山ほどある。休んでいる暇なんかあるかよ」

軽く笑ってまで見せて、雪哉はこちらに背を向ける。

それはまるで、茂丸のために嘆く時間さえも、拒んでいるかのような後姿だった。

＊　＊　＊

澄尾の枕元で、真赭の薄は壁にもたれてうとうとしていた。

看病を手伝ってくれるようになった下女と交替で食事を取った後、つい、眠くなってしまったのだ。

しかし、ふと、澄尾が呻いたのに気付き、飛び起きる。

「澄尾？」

呼びかければ、その声に応じて、ゆっくりと包帯の下で瞳が動いた。

障子の内側には、まだ青く明るい薄闇が広がっている。薄い紙を隔てた朝焼けの明かりを受けて、濡れた瞳が確認出来た。

意識が戻ったのだ。紫苑寺に連れて来られて以来、初めてのことだった。

「澄尾、澄尾。わたくしよ。真赭の薄です」

何をして欲しいの、何でもおっしゃって、と急いで言えば、わずかに開いた目が、ぼんやりと真赭の薄を捉えた。

「てを」

「え？」

「手を、握ってはくれますまいか……」

かすれにかすれ、ほとんど吐息に近い声だった。だが、確かに聞き取れた。

意外な頼みだと思ったが、こんな状況になれば、人恋しくなるのも無理はない。

勿論よ、と何の疑念もなく手をのばしかけ、ふと、こちらを見る澄尾の視線に気付いてしまった。

ばっちりと、目と目が合う。

そうして、ゆっくりと瞬いた澄尾の目には、焼けてしまってまつげはない。包帯の隙間から覗く黒い瞳が、ほんの一瞬だけ、しまった、と苦笑し損ねたように見えた。

焼け爛れ、見た目は随分と変わってしまった。

表情だってろくに分からない。けれど確かに、その瞬間の澄尾の顔は、真赭の薄にとって、随分と見慣れたものであった。

――それで、気付いてしまった。

呆気にとられ、まじまじと見返す。

「あなた」

澄尾は、堪えきれなくなったように目を閉じた。

疲れたのだろう。そのまま、眠ってしまった。

結局、真赭の薄は澄尾の手を握るどころか、指一本触れることさえ出来なかった。

これまで、治療の過程で彼の身体に触れることはさんざんあったが、それとは全くわけが違う。ふらふらと、逃げるように外へ出る。

気付かなかった。気付けなかった。

一体、どうして——いつから。

それに気付いてしまえば、これまでのことが一事が万事、違って感じられる。

なんて馬鹿な男だろう、と思った。そして、それに気付かなかった自分は、澄尾よりもずっと馬鹿で、どうしようもない女だった。

思い違いであれば、思い上がりであれば良かった。

だが、おそらくは違う。澄尾が命をかけて守ろうとしたものは、若宮だけではなかったのかもしれない。

「大丈夫か、真赭の薄」

いつの間にか、澄尾のいる離れから、本棟までやって来ていた。

こちらの足取りがおかしいことに気付いたのだろう。浜木綿が、廊下に顔を出した。

「浜木綿、こんなのってありませんわ。澄尾は——だって、あのひと！」

それ以上、何も言えなくなった真赭の薄に、浜木綿は何があったのかを察したようだった。

自室に真赭の薄を招き入れ、小さく溜息をつく。

「……とうとう気付いたか」

「あなた、知っていたの」

「そりゃあな」

片思いしている奴の顔は鏡で見慣れている、と、まるで自嘲するかのように笑う。

真赭の薄は俯《うつむ》いた。

「わたくしったら、どうしようもありませんわ。澄尾が、こんな状況になってから気付くなんて……」

「澄尾は、己の任を果たしたのだ。良くやった、と褒めてやらねば」

若宮と全く同じ言葉を口にする浜木綿に、真赭の薄は弾かれたように顔を上げた。

「わたくしや、若宮殿下のために死んでくれてありがとうって？　あなたはそうでも、わたくしは違いますわ！」

ふと、そのくっきりとした目をまっすぐこちらに向けて、浜木綿は口を開いた。

「いいや。お前は、そうあらねばならない――真の金烏の、妻として」

唐突《とうとつ》な言いように、一瞬、言葉を失った。

あれ以来、持ち出したことがなかった話題をいきなり出されて、真赭の薄は狼狽した。

「どうして、それを今、言うの」

「今、言わねばならないと思ったからだ」

今回のことで思い知らされたのだ、と浜木綿は囁くように言う。

「時間がない。あいつは今回、運よく助かったが、次がいつ来るかは分からない」

そして、次も助かる確証は、何一つないのだった。

「私が産めないのなら、誰かが奈月彦の子を産んでやらなければならん。私のほかにそれが出来るのは、お前以外にいない」

「そんなの無理ですわ」

「なぜだ。澄尾のことがあるからか」

浜木綿は美しい女だが、甘い顔立ちをした自分と違い、凜々《りり》しい顔立ちをしている。普段のように笑みを含んでいれば魅力的なそれも、こうして凄まれると、どうにも恐ろしい心地がした。

「違うわ、違う。ねえあなた、どうしたの。何を焦っているの」

「焦りもする。早くしないと、あいつがひとりぼっちのまま死んじまう！」

浜木綿の大声を、真赭の薄は久方ぶりに聞いた。

「私が、私が正室なんかになっていなければ、きっと今ごろ、あいつには子どもがいた！」

私のせいで、と、そう言う声には、隠し切れない彼女の絶望が滲《にじ》んでいた。

「浜木綿」

「頼む、真赭の薄」

あの男の子を産んでくれ、と浜木綿は真赭の薄の手を両手で握りしめた。

浜木綿は必死だ。だが、真赭の薄もまた、必死だった。

頭の中を、父や、兄や弟や澄尾、若宮、そして何故かは分からないが、雪哉の顔がぐるぐるとめぐる。

側室《そくしつ》の話を聞いて以来、頭では、そうするべきなのかもしれない、と考えた。

だが――どうしても駄目だったのだ。

それを受け入れてしまえば、自分が自分でなくなると思った。

たとえ、誰に見下げ果てられ、蔑《さげす》まれようとも、己を真緒の薄たらしめている部分が、頑として首を縦に振らせることをしなかった。

「――ごめんなさい」

搾《しぼ》り出すように、また、囁《ささや》くように真緒の薄は言った。

「やっぱり、出来ませんわ。わたくしには、あのひとの子どもは産めない」

浜木綿の顔が、憤怒とも、悲哀ともつかない形に歪んだ。

「これは命令だと言ったはずだ！」

殴りつけるような怒鳴り声だった。未だかつて、こんな声を出されたことはない。でも、引くことは出来ない。

「わたくしがあなたに仕えているのは、わたくし自身がそうしたいと思ったからよ――わたくしの気持ちを無視して、命令に従うなんて出来ない！」

悲鳴のような声に、浜木綿は傷ついたような顔になった。

「……出て行け」

「浜木綿」

「出て行けと言っている」

自分でも訳が分からない涙が出て来た。

「お願い、待って……」

「失望した。こんな自分勝手な女だとは思わなかった。お前はもう、私の女房などではない！」

もう二度と、私の前に顔を出すな、と。

それもまた、悲鳴みたいな声だった。

＊　＊　＊

若宮が昼過ぎにやって来た時、出迎えたのは真赭の薄だけであった。

「桜《さくら》の君《きみ》はどうした？」

「お休みになっています」

「体調でも悪いのか」

「いいえ。ゆうべ、お休みになるのが遅かっただけですので、ご心配には及びませんわ」

そう言われた若宮は、どちらを先に訪《おとな》うかを決めたようだった。

「では、澄尾のもとへ行く」

分かりましたわ、と答え、澄尾のいる離れへと先導する。

「澄尾の具合は」

「明け方、一度目を覚まされました」

「あいつは、何か言っていたか」

わずかに躊躇《ためら》ってから、真赭の薄は「いえ」と答えて思わず顔を逸《そ》らした。

どうしても、本当のことは言えなかった。

若宮は澄尾の症状を確認すると、酷いものだ、とまるで自分が痛みを感じているかのような顔で呟いた。

やはり、相変わらずの傷の状態が気になるらしい。

「殿下の火傷は、良くなったと伺いましたわ」

「ああ。これだ」

若宮は躊躇いなく右肩の羽衣《うえ》をはだけ、傷跡をこちらに見せて来た。

濃い桃色の肉が盛り上がっているが、傷口は乾いており、確かに治りかけだった。未だに膿《う》んでいる澄尾の傷とは、明らかに異なっている。

「どうして、こんなにも違うのでしょう」

殿下が真の金烏だからかしら、とつぶやくと、それもあるだろうが、と若宮は難しい顔をする。

「おそらく一番の要因は、私は、神域にいる時間が長いからだ」

山内にいるよりも、神域にいた方が不思議と痛みが和らぐのだという。

「傷を負わせたのは山神だが、逆に、その傷を治すことが出来るのも山神だけということかもしれない」

「では、神域に澄尾を連れて行けば、あるいは……？」

「いや」

ここまで酷いと、それだけでは足りないだろうと若宮は呟く。

「実は、志帆殿から、話を通してもらった。明日、澄尾を神域に連れて行き、山神が治療を施《ほどこ》してくれるそうだ」

「本当ですの！」

驚いた。少し前まで、殺し合いをするような仲だったのに。

それを言うと、若宮は何とも言えない顔になった。

「……許したわけではない。正直、山神は憎い。殺してやりたいほどに」

若宮らしくない言葉に、真赭の薄は目を丸くした。

人を挑発するために露悪的な態度を取る姿は知っている。だがこんな風に、人らしい苦しみをにじませて話す姿は、初めて見た。

もしくはこれは、家族や友人を無残に殺された、全ての八咫烏の苦悩なのかもしれなかった。

「だがもう、怒りに任せて、誰ひとり死なせたくはないのだ」

澄尾を助けてくれるなら、仇《かたき》にだってすがりつく、と呟く若宮に、真赭の薄はかつてなく共感した。

若宮は、真赭の薄と同じように仲間を愛し、それでも、理性で以て、彼らを死地へと送り込まなければならないのだ。

自分の身を守るために。

「私が悪いわけではない。だが、彼らが死んだのは、間違いなく私のせいだ……」

真赭の薄が考えていることを見通したように、ぽつりと若宮は漏らす。

「澄尾は、必ず助ける。こいつを助けようとした貴女の努力を、絶対に無駄にはしない」

真赭の薄は頷いた。

「お頼み申し上げます」

「山内衆を呼んである。今日のうちに、招陽宮へこいつを連れて行く」

「わたくしも参りますわ」

「そうしてもらえると助かる」

山内衆と、紫苑寺に働く下男の手を借りて、畳に乗せた状態で、澄尾は飛車《とびぐるま》へと乗せられた。簡単な身支度を済ませた真赭の薄も、澄尾の隣に乗り込むと、菊野や下女達が、心配そうに見送ってくれた。

――浜木綿のいる部屋の扉が開かれることは、とうとうなかった。


招陽宮に着いてからも、真赭の薄はてきぱきと澄尾の世話を焼いた。

体液でぐしゃぐしゃになったあて布を取替え、薬を塗りこみ、また新しい布を当てる。

水を替えようと外に出た時、若宮に話しかけられた。

「手慣れたものだな」

「この一年で、たくさん、手当てしましたもの」

それ以上は、言わなくても伝わったようだった。

腕まくりする真赭の薄の衣装は、黒一色の羽衣だ。

初めて宮中に上がった時は、まさか自分が羽衣をまとう日が来るなど、夢にも思わなかった。

つやつやと手入れされ、やわらかだった指先も、今はすっかり荒れてしまっていた。

それを目にする度、口には出さないものの、菊野が辛そうな顔をするのを知っている。

何度も何度も、西家に戻れと紫苑寺まで押しかけて来た父などは、この姿を見て、卒倒せんばかりに嘆いたものだった。

だが、頭の天辺《てっぺん》からつま先まで、極上の手入れがされた美しい自分より、髪は乱れ、手は荒れて、何一つ着飾るもののないみすぼらしい自分の方がまだましに思えた。

誰も、自分にそれをして欲しいと望んでいないと分かっている。

たくさんの人の望みと期待を打ち砕き、迷惑をかけ、失望されて、辿り着いたのが今の自分だ。

でも、そうせざるを得なかった。

あえて言うのなら、己の矜持《きょうじ》を裏切らずに生きて来たということが、今の真赭の薄にとって、唯一のよりどころだった。

立ち働く真赭の薄を眺めながら、若宮は何事かを考えているようだった。

「……以前、貴女《あなた》は、自分に出来ることなら、何でもすると言ったな」

唐突に声をかけられて、真赭の薄は目を瞬いた。

「その気持ちは、今でも変わらないか」

真剣な面持ちに、何かしら、と思いながらも頷く。

「ええ。当たり前ですわ」

「では――明日、こいつに付き添って、神域に行く気はあるか」

真赭の薄は呆気に取られた。

「わたくしが、何かお力になれることがあるのですか」

「ああ。山神をその気にさせなければならない。澄尾を、助けてやらねばと思わせるのだ」

若宮は、御供の娘を通して山神に治療を頼んだが、山神はしぶしぶ、それを受け入れたのだという。

「だが、それでは駄目だ。化け物ではなく、山神としての力を引き出さねば」

「……御供と山神は、どういう関係なのです」

「私にもよく分からない」

困った顔で、若宮は神域のある山頂付近を仰ぎ見た。

「彼女は神域に戻って以来、まるで自分が母親にでもなったかのように山神に接している。そして不思議なことに、子ども扱いされた山神は――本当に、ただの子どものようになってしまった」

初めて会った時は、まるきり、猿の化け物のようだったのに、とひとりごちるように言う。

「――人外《じんがい》を人外たらしめているのは、能力ではなく自覚だけ、なのだそうだ」

「はあ……」

若宮が何を言っているのかは理解出来なかったが、恐ろしいばかりだった化け物の実態が、どうやらそれだけではないらしいということは察せられた。

「とにかく、大事なのは山神の意思だ。だから、山神がそうしてやらねばと心から思うように、頼まなければならない。心から、真摯《しんし》に。おそらくは、私よりも貴女のほうが適任だろう」

行ってくれるか、と言われる前に、頷いていた。

「参ります」

「今の山神の様子なら、貴女に危険が及ぶことは、さしあたってないと思う」

「みくびらないで下さいませ。たとえ危険でも、参りますわ」

若宮が何か言いかけたが、遮《さえぎ》るように真赭の薄は言い添えた。

「わたくしの身に何があっても、それは自分で決めたことです。澄尾や、他の山内衆や、あなたと同じように、覚悟して参ります」

不意を突かれたように瞠目《どうもく》した若宮は、久しぶりに、華やかな微笑を見せた。

「……貴女を、みくびれる者などいるものか。どうか頼む」

「ええ、頼まれましたわ」

こんな時なのに、二人して小さく笑ってしまった。

ふと、今の自分達ならば、もしかしたら良い夫婦になれるのかもしれない、と思った。

かつて、若宮の妻の座に憧れ、そうなると疑っていなかったあの時よりも、それを全く望まなくなった今の方が、上手く行きそうだと思えるのが皮肉だった。

だが――きっと、そういうことにはならないのだ。

結局、若宮の口から側室の話を持ち出されることはなかったし、真赭の薄からそれを言うこともなかった。あの話を若宮がどう考えているのかは分からなかったが、なんとなく、自分と同じように感じているのではないかと思う。

自覚があるかどうかは分からないが、若宮は浜木綿のことを深く愛しているし、それは、真赭の薄も同じなのだった。

だからこそ、固く閉ざされた扉を思い出すと、ただひたすらに悲しかった。


翌朝、畳に乗せられた澄尾と共に、真赭の薄は徒歩で、禁門《きんもん》へと向かった。

本人は一緒に来たがったが、山内に残るように言われた明留が見送りに来た。

「姉上。どうか、くれぐれも、くれぐれもお気をつけて」

「ええ。分かっていますわ」

明留は今にも倒れそうな顔色で、神域に同行する千早を睨んだ。

「千早、分かっているな？」

何も言わず、千早は軽く手を上げるだけでそれに応えた。

「行くぞ」

若宮の声に応じて、山内衆の手によって畳が浮き上がる。

その横に寄り添いながら、補修のされていない防塁の割れ目を通り、真赭の薄は初めて石と化した禁門を抜けた。

一歩足を踏み入れた瞬間、はっきりと空気が変わるのを感じた。

ひやりとしつつも息苦しく、空気そのものが、山内よりもずっと濃厚な感じがする。

大広間のような、円形の空間に待ち構えていたのは、まだ十代の半ばと見える少女と、少女の後ろに隠れるように立つ、少年だった。

そして真赭の薄は、どうして奈月彦が自分をここに連れてこようと思ったのか、その理由を悟ったのだった。

聞いた話に間違いがないならば、山内衆を雷で打ち、呪詛をその身に与えたのは、この少年だったはずである。干からびた、猿のような化け物だと聞いていた山神は――驚くほど、ただの子どもになっていた。

年は、十歳にも届かないくらいに見える。

暗い瞳をしているが、それでも、人並み外れた美しい容貌をしていた。

ふっくらとした頰は桜色で、首元は細く頼りなく、まだ男の匂いを感じさせない形をしている。しかし、目鼻立ちには幼いながらに女っぽいところはなく、眉も目も、いかにも気の強そうな形をしていた。さらりと肩に流した髪は、月明かりを糸にしたかのような銀色だ。

彼は、己が傷つけた澄尾を前にして、明らかにおびえている様子だった。すっかり及び腰になり、少女に縋《すが》りついている。

一方、自分にしがみつく山神を全く気にした風のない少女は、平凡な容姿をしていた。特別整っているわけでも、醜いわけでもない。きっと、笑えば可愛らしいだろうが、それでもどこにでもいるような、ごく普通の少女である。

しかし、彼女のまとう雰囲気は、とても普通とは言いがたかった。

何だろう、と考えて、目が違うのだと気付く。

睨《にら》むでもなく、むしろ、澄尾を見て泣きそうになっているというのに、それは大怪我をした者を見て気後れしているというよりも、自分の子がしでかしたことの大きさに青くなり、己を責めているように見えた。

若いのに、それにそぐわない母親の目をしているのだ。

おそらくは、こちらに謝ろうとしたのだろう。

彼女が何か言おうと口を開きかけたのを、真赭の薄は咄嗟《とっさ》に制していた。

この少女が逃げようとしたことがきっかけになったと知っているが、それでも、彼女が悪いとは思えなかった。むしろ、澄尾を治そうとしてくれたことがありがたくて、気付けば、自然と頭を垂れていた。

「伏してお願い申し上げます。どうか、澄尾を助けてください。彼の命を救ってくださるのなら、わたくし、何だっていたします」

困惑しているようだった彼女は、それでも若宮があちらの言葉で真赭の薄の言いたいことを伝えると、真剣な面差しで山神を見て、何事かを話しかけた。

そんな彼女に促され、前に出た山神と、真赭の薄の目が合う。

山神は、こちらに向かって小さく頷いてくれた。

やはり、彼が多くの八咫烏達を殺しおおせた者とは、とても思えなかった。

千早達が、澄尾を乗せた畳を中央に置き、さっと若宮のもとへと戻る。

山内衆とすれ違うように、山神はゆっくりと、澄尾に近付いていった。

一歩一歩進むだけで、空気が段々と重くなっていく感じがする。

痙攣《けいれん》するように息をする体を見下ろしてから、その白く小さな手を澄尾にかざす。そして、ぐっと押し込むように、山神は、澄尾の胸に手を宛がった。

山神が声を出した瞬間、うわん、と目の前が回る感覚がした。

空間に山神の力が充満しているのだろうか。

周囲が、不自然に暗くなる。

真赭の薄はたまらずに、拝むように両手を合わせた。

願うのは、澄尾を治してもらうことだけだ。彼の命を救えるのは、もう、山神しかいなかった。

「お願い……澄尾を助けて……」

小さく呟いていると、鋭い視線を澄尾と山神に向けたまま、若宮が真赭の薄の肩を支えた。

息苦しくて、胸が早鐘《はやがね》を打っている。耳鳴りがして、頭が痛い。

永遠にも思える時間だった。

——空気が、ふっと軽くなるのを感じた。

くらくらする頭を振り、視線を中央へと向ける。

山神が、澄尾の傍を離れた。

澄尾のもとに駆け寄る。もどかしく思いながら急いで当て布を解き、しかし、その傷口を見て愕然《がくぜん》とした。

傷は、何一つ治っていなかった。

それを確認した瞬間、今までかろうじて自分を支えていたものが、ぽきりと折れてしまった気がした。

どこかで、自分のしていることは無意味ではないと思いたがっていた。そんな己の傲慢《ごうまん》を、痛いほど思い知らされたような気がした。

このままでは、澄尾は——この、可哀想な青年は、間違いなく死ぬだろう。

死に際に、ただ自分の手を握って欲しいと自分に望み、それすら失態であるかのように感じる男だ。あまりにささやかで、けなげで、そして可哀想だった。

今まで、どうしても握ってやれなかった残された片手を押し抱き、真赭の薄は泣いた。

自分が、この男のことをどう思っているか、正直なところ、よく分からない。

でも、だからこそ、一度でいい。彼と話をきちんとしてみたかった。

どれほど経った頃だろうか。

「真赭殿」

若宮に声を掛けられて顔を上げると、少女と山神の姿は消えていた。

「駄目だったのね……」

呟いた声は、己のものとは思えないほど情けなかった。

若宮は、何かを言おうと口を開きかけたが、次の瞬間、急に顔を上げた。

その表情は、かつてなく厳しい。

耳を澄ませば、神域の奥から、ゆったりとした足音がする。

「殿下」

気付けば、千早がすぐ近くにやって来ていた。いや、千早だけではない。

これまで、後ろに控えているだけだった山内衆が、張り詰めた面持ちで、こちらを守るように取り巻いている。

「真赭殿」

こちらへ、と真赭の薄を庇うように若宮が立った時、神域の深部へ続く扉——枯れた藤蔓の奥から、ぬっと黒い影が現れた。

大きい。

背中が丸まっているというのに、見上げるほどの大猿だ。

ごわごわとした毛に、皺《しわ》だらけの顔、鬱金色《うこんいろ》に輝く双眸《そうぼう》。

こちらを見て、そいつはニイっと笑う。

——ぞっとした。

こいつが八咫烏を喰い、山神を唆《そそのか》した張本人だということは、言われずともすぐに分かった。

「無駄なことをしておるな」

無駄だ、無駄だ、まるで歌うような調子で猿が言う。

しわがれた老人の声だ。

耳の奥をざらざらと舐《ねぶ》られるような、それだけで人を不快にさせる声である。

若宮は口を開かず、ただ鋭く大猿を睨みつけた。

「なんだ、その目は。反抗的だな」

くっくっく、と、その台詞《せりふ》に相反する機嫌の良さで笑う。

仲間を殺したという山神はただの少年だと思ったが、この大猿は、見た目からして何かおかしかった。

不自然なのだ。

何か、生物として越えてはいけない一線を、容易に踏み越えてしまったかのような気味の悪さがある。

「今更、何をしたって手遅れだ。だってもう、宝《たから》の君《きみ》は人の肉を喰ったのだから」

ますます嬉しそうに言う大猿に、奈月彦は押し殺した声で応じる。

「言いたいことがそれだけならば、さっさと去《い》ね。あの時とは状況が違うのだ。山神を唆そうとしたって、そう簡単にはいかないぞ」

「はて――それはどうかな」

そう言った大猿は、ふと、口を噤んだ。

気が付けば、大猿のやって来た入り口に、少女と山神が戻って来ていた。

その足元には、先ほどは見えなかった、真っ白い仔犬がいる。

大猿はその犬を認めると、ぴくりとこめかみを震わせた。それから、軽く山神に目礼して、外へと出て行った。

猿と入れ違うようにして入ってきた少女と言葉を交わした若宮は、表情を明るくした。

「もう一度、試してみるそうだ」

先ほどの様子からすれば期待は出来なかったが、それでも、治してやりたいと思ってくれたということが、わずかながらの希望になった。

若宮や護衛達と共に壁際に移動する。

今度は、山神の背中によりそうように、少女もその場に残った。

山神は腕をまくると、一度深く息を吐いた。

それから、先ほどよりもいっそう真剣な顔で、両手を澄尾に差し伸べた。

傷が治るようにと山神が念じ始めると、再びその場の空気がぐっと重くなった。

山神が必死なのは、傍目から見ても明らかだった。

額には汗が浮かび、ぴりぴりと、青白く糸のように細い火花が手のまわりに散る。

それでも――澄尾の傷には、何の変化も見られない。

勇気付けるように少女が山神に近付くが、しまいには、山神自身が泣きそうになっていった。

すうっと、空気の重みがなくなっていく。

山神自身が、諦めかけているのだ。

諦めないで、と叫びたい一方で、真緒の薄自身も、やはり駄目なのだろうかと思い始めていた。

同じように思ったのか、少女が、許しを請うように膝を折り、澄尾へと手を伸ばした。

――全てが一変したのは、その瞬間だった。

ぱあん、と、まるで、広間の中央で、風を閉じ込めた硝子《がらす》玉《だま》が弾けたかのようだった。

それは、巨大な滝壺に立たされた時の感覚に似ていた。

目には見えないが、清らかな水の瀑布《ばくふ》が頭上から落ちて来たように、淀んだ空気が一掃される。

薄暗い岩の広間は、確かにその一瞬だけ、青い水底に沈んだように見えた。

白く光る泡がどこからともなく湧き上がり、こぽこぽと手足を舐《な》めてから、この空間の中央へと向かっていく。

――澄尾のところへ。

光の泡に揉まれ、彼が身をよじっている。苦しいのだろうか、と息を呑むと、美しい夢のような時間は、唐突に終焉した。

白昼夢から目を覚ましたかのように、気付けば、そこはもとの岩屋だった。

だが、確かに息は吸いやすくなっている。

空気が澄んでいるのだ。

すでに嗅ぎ慣れてしまった、火傷の腐臭がしない！

それに気付いた時には、走り出していた。未だ呆然としている山内衆達を掻き分け、山神と少女の前で横たわる澄尾へと駆け寄る。

震える手で当て布を取ると、そこには、桃色の肉が盛り上がっていた。

もう、嫌な匂いのする汁も浮き出ていない。呼吸は穏かだ。

顔を覆っていた包帯を取ると、傷跡は残っているものの、そこに苦悶の表情はなく、ただ安らかな青年の寝顔があった。

もう、大丈夫だ。

彼は助かる。

そう思った瞬間、先ほどとは全く逆の意味で、涙が止まらなくなってしまった。


澄尾を治したのは、山神ではなく、ただの人間であったはずの少女だった。

若宮は勿論、それをしでかした本人自身も、今起こったことが信じられない様子だったが、間違いようがない。何せ、彼女がそうするところを、その場にいた全員が見ていたのだ。

言葉が通じないことは承知の上で、真赭の薄はうわごとのように、ありがとう、ありがとうと帰るまでに何度も礼を述べた。本人は困惑し、恐縮しきっていたが、少女が癒しの力を発揮したことに対し、誰よりも喜んだのは山神だった。

しきりと少女にまとわりつき、子どもらしくぴょんぴょんと跳ねてはしゃいでいる。

そして何を思ったのか、ふと、山内に戻ろうとしていた真赭の薄を呼び止めて来た。

「そなた、志帆に感謝しているのだろう？」

唐突に、山神から流暢な御内詞《みうちことば》で話しかけられ、真赭の薄はびっくりした。

「あの、はい」

「志帆の恩に報いる気はあるか」

――言葉だけの礼では、足りないということだろうか。

目に見えて若宮と山内衆は緊張したが、真赭の薄はしっかりと頷いた。澄尾を助けてくれるのであれば、何でもすると言ったのは自分だ。

それに、山神のことを、真赭の薄は全く怖いとは思わなかった。

「はい。ございます」

即答した真赭の薄に、すっかり上機嫌となった山神は、何気ない調子で命令したのだった。

「ならばそなた、明日から神域に参るが良い」

そして、志帆の世話をするのだ、と。

＊　　＊　　＊

「駄目です。絶対に、許すことは出来ません！」

必死の形相で言い続けるのは、明留である。

一行は、紫苑寺へと戻って来ていた。

見違えるほどに症状が良くなった澄尾を見て、最初、待ち構えていた者達は歓喜した。だが、澄尾を紫苑寺へ送り届けたその足で、再び神域へ戻ろうとする真赭の薄に、明留は仰天したのだった。

荷物をまとめ、車場《くるまば》の馬に向かって歩き出した真赭の薄を、庭先にまで下りて止めようとして来た。

「一時、神域へ入ることさえ私は反対だったのです。この上、神域に居を移すですって？」

まるで生きた心地がしません、とおおげさなくらいに嘆く。

「山神は、つい最近まで化け物だったのですよ。山内衆を、茂丸達を殺した張本人だということをお忘れなのですか。一歩間違って機嫌を損なえば、姉上だって殺されてしまう！」

「どうかお考え直しくださいませ。仕える女が必要ならば、わたくしが代わりに参ります」

弟と同様に、血相を変えた菊野が言う。

「そうですよ。何も、姉上が行く必要はどこにもないではありませんか」

他にいくらでも代わりはいる、と言われて、真赭の薄は眉根を寄せた。

「そうね……。確かに、わたくしの代わりが務まる者は、他にいくらでもいるでしょう」

「だったら！」

「でも、わたくしにとって、わたくしの代わりは誰にも務まりませんわ」

何を言われても今更だ。もう、飽きるほどに悩んだ話なのだ。悩みに悩んで、そしてついに辿り着いた結論がそれだった。

「これは『何がわたくしに出来るか』ではなく、『わたくしが何をするか』という問題ですもの」

しかし、その言葉の意味はきちんと伝わらなかったようで、明留と菊野は、わけが分からない、という顔になった。

菊野はもどかしげに言う。

「屁理屈ばかり言っていないで、現実のこととして、ちゃんと考えてください。これは、貴女様の命に関わる問題なのですよ」

「その通りです。殿下だって、でしゃばるなとおっしゃったではありませんか！」

「あら。今もそうお考えですの？」

真赭の薄の視線を受けた若宮は、首を横に振った。

「いいや。あの時とは、状況が変わった」

以前、がむしゃらに神域へ連れて行けと言った時は、確かに真赭の薄が間違っていた。だが、今はそうではない。

「現状では、山神を倒すのではなく、山神を味方に付け、少しでも神域を安定させることの方が肝要だ。それには我々よりも、真赭の薄殿が適役だろう」

明留はすっかり失望した顔つきとなって、助けを他に求めた。

「お前はどう思う」

それまで何も言わなかった雪哉へと明留は水を向ける。

「金烏のご判断ならば、私に否やはありません」

あくまで淡々とした返答の中には、明留の味方になってくれる要素などひとつもない。

それでも食い下がろうと明留が口を開きかけた時、離れの方が騒がしくなった。

下女に半身を支えられ、よろよろと這うように出て来たのは、澄尾だった。

左手は肘から先がなく、左足も膝から下を失ってしまった。

それでも、彼は生きていて、ちゃんと意識が戻っている。

こうして体を動かしている澄尾を見るなんて、一体、いつぶりのことだろう。

もう、このひとは大丈夫だと改めて確認し、ようやく、肩の荷が下りた気がした。

「澄尾」

お前、体は大丈夫なのか、と目を剝《む》いた若宮の言葉を無視し、澄尾は食いつくように問い返した。

「誰が、神域に行くと？」

嗄《か》れてはいるが、しっかりした声だ。

真緒の薄は、口を引き結び、毅然として澄尾の前に進み出た。

「わたくしが行くことになりました」

「――貴女が？」

どうして。そんな必要はないのに、と澄尾は叫ぶ。

「神域に、女手が必要だと言われたのです。今、山神に逆らうのは得策ではありませんわ」

「転身さえ出来ないのに！」

この世の終わりのような顔で言われ、一体いつの話だ、とちょっと呆れてしまう。

「髪を切ってから、転身も、飛ぶ練習もいたしました」

自力で逃げるのに問題はないし、伝令くらいなら務まるだろう。

「だからって――」

「あなたと同じですわ。誰かがやらなければいけなくて、必要だから、行くのです」

「死ぬかもしれないんだぞ」

「承知の上ですわ」

「それでは、俺がこんな体になった意味がない！」

悲鳴のような声に、明留はちょっと驚いた顔になった。

真赭の薄は、澄尾の台詞にやはりと思い、神妙な心持ちがする一方で――何だか、ひどくムカムカして来た。

確かに、もう一度ちゃんと話してみたいとは思ったが、どうあったってこの男は、自分を腹立たせることが上手いのである。

真赭の薄は澄まして言ってやった。

「あなた達がわたくし達を護《まも》ろうとしてくれたように、わたくし達だって、あなた達を護りたいと思っているのよ」

それがいけないことですか、と真正面から向き直ると、澄尾の顔が盛大に歪んだ。

「だからって、俺達のために犠牲になってくれてありがとうと、あんたに言えというのか？　そんなこと出来るもんか！」

「おかしなこと。あなたが同じことをした時は当然という顔をしていたのに、いざわたくしが同じことをしようとしたら、そんなふうにおっしゃるのね」

ハッと、澄尾は息を吞んだ。そして、何事かを言いかけて口を開いたまま、絶句する。

――そこで何も言えなくなってしまうところは、ちょっと可愛げがあるかもしれませんわ。

そう思った時だった。

「相変わらず、強情な女だ。そんなに言うなら、行かせてやればいい」

凜とした声に、心臓が跳ねる。

その声を聞かなかったのはちょっとの間だったはずなのに、随分と久しぶりな感じがした。

いつからそこにいたのか、廊下の陰から、ゆったりとした足取りで浜木綿が歩み出て来た。

普段は結い上げている黒髪は、寝起きのように解かれている。

実際、肩からは気に入りの瑠璃紺《るりこん》の羽織をかけているが、その下に着ているのは寝巻きである。

目元がわずかに赤いように見えたのだが、菊野はそれには気付かなかったようで、悲鳴を上げて浜木綿に詰め寄った。

「桜の君！　なんてことをおっしゃるのです」

「もう、こいつはアタシの手下じゃない。死のうが生きようが、どうだっていいね」

突き放した言いように、真緒の薄は唇を噛む。

こうなったのは自業自得とはいえ、面と向かって言われると、やはり、心が痛かった。

浜木綿は静かに言う。

「だから、これは主人としてではなく、友人としての言葉だ」

はたと顔を上げると、浜木綿は、まっすぐにこちらを見つめていた。

「行って来い、真緒の薄。お前はお前らしく、自分の手で、己のさだめを勝ち取ってくるがいい。そして——必ず、無事に戻っておいで」

「浜木綿……！」

堪らずに一声上げて、真緒の薄は浜木綿に駆け寄り、飛びついた。それを、浜木綿はしっかりと抱きとめてくれた。

「ありがとう。わがままばかり言って、ごめんなさい」

「こちらこそ、すまなかった。強情な私を許しておくれ。でも本当は、お前の幸せを、何よりも祈っているから」

涙をぬぐいながら、真緒の薄はちょっと笑う。

「きっとわたくし、あなたが男だったら、あなたを夫にと望んでいましたわ」

「そりゃあ光栄だ」

浜木綿はにやりと笑った。そして真赭の薄は、今度は至極真剣に言う。

「それに――もし、わたくしが男だったとしても、あなたを伴侶にと望んだでしょう」

浜木綿は、ひどく驚いた顔になった。

「お前……」

浜木綿自身の他に、その言葉の意味を正確に理解したのは、きっと菊野と若宮だけだっただろう。

他の者には聞こえないよう、浜木綿の耳元で囁く。

「ねえ、浜木綿。子どもを生むことだけが、わたくし達の生きている意味ではありませんわ」

自分が自分であることに価値を見出したように、真赭の薄にとっては、浜木綿が浜木綿であるということが、何よりも愛すべき理由となった。

神域に向かう前に、そのことだけは、どうしても伝えておきたかった。

すると浜木綿は、今までに真赭の薄が見たことのない、優しい笑みを浮かべた。

「ありがとう」

誰よりも女性らしい浜木綿の微笑は、美しかった。

抱擁を解かれた真赭の薄は、ひとつ、しっかりと頷いて振り返る。

菊野は、どうあっても真赭の薄の意思が変わらないことを悟り、呻き声を上げて顔を覆った。

完全に蚊帳《かや》の外だった明留達は、それでも、若宮と目を見交わした真赭の薄が、馬に向かって歩き出そうとする姿を見て狼狽した。

「姉上、お願いです。行かないで！」

明留が悲鳴を上げ、そして、澄尾が叫ぶ。

「止めてくれ――姫さん、頼む！」

「男は引っ込んでいなさい」

いつかの仕返しを、ちゃめっけたっぷりに言ってから、真赭の薄はまっすぐ、神域へと顔を向けた。

「行って来るわ」

金烏《きんう》とは、八咫烏《やたがらす》全《すべ》ての父《ちち》であり、母《はは》でもある。
如何《いか》なる時《とき》も、慈愛《じあい》をもって我《わ》が子《こ》たる民《たみ》の前《まえ》に立《た》たねばならぬ。
如何《いか》なる困難《こんなん》を前《まえ》にしても、民《たみ》を守護《しゅご》し、民《たみ》を教《おし》え導《みちび》く者《もの》であらねばならぬ。
金烏《きんう》とは、八咫烏《やたがらす》全《すべ》ての長《おさ》である。

『大山大綱《たいざんたいこう》』弐《に》「金烏《きんう》」より

第四章　迷走

今宵の月は、いかにも大きいらしい。

長束《なつか》はあぐらをかきながら、しみじみと、小窓から差し込む月明かりの白さに感心していた。

以前は、月など毎日のように見えていたのに、大地震以来、ひどく貴重に感じられるようになってしまった。

長束は大寺院、明鏡院《めいきょういん》の院主として、大滝へ禊《みそぎ》にやって来ていた。

最近になって天候は回復しつつあるものの、長く続いた日照不足のせいで、今夏は酷《ひど》い不作であった。

明鏡院は、凌雲宮《りょううんぐう》とは異なり、中央山《ちゅうおうざん》の山の手のはずれに位置する寺院である。

代々、宗家《そうけ》の出家者が院主を務めていることもあり警備は厳しいが、基本的に身分にはこだわらず、参拝者を迎え入れている。他に伝手《つて》のない者や地方民が、何か上に訴えたいことがあった時などに明鏡院へ参拝し、院主を通して陳情を行うということにもしばしば利用されているのだ。

伽藍《がらん》の倒壊も免れたので、大地震があった直後には避難場所として炊き出しを行った。ほとんどの避難民は凌雲山へ移ったが、今度は不作に困った地方から、徳政の嘆願に来る者が絶えなくなった。

嘆願の内容を朝廷に伝える他に、人心を安定させるため、不作をもたらす邪を払い、山神に向けて豊穣《ほうじょう》の恵みを請うための祈願を行わなくてはならない。普段、神官達と共に頭を垂れるのは明鏡院の神壇であるが、大掛かりな儀式の前ばかりは大滝へと向かうのだ。

大滝は、その名の通り、山内《やまうち》で最も大きな滝である。その水は、中央山と城下町を隔てる谷川となり、中央門の橋の下へと続いている。

ここで一人、長束は禊をし、丸一日の間、大滝の前に建てられた小屋の中で身を清めなければならない。

だが、正直に言ってしまえば、長束にはもはや、山神に対する信仰心など欠片《かけら》も残っていなかった。弟を傷つけ、何より、山内の危機的状況を作り出した張本人こそが山神だと知っているのだから、まじめに信仰する方が馬鹿らしいというものだ。

本来なら、滝壺から引いた水場で禊をし、一晩中祝詞《のりと》を唱える必要があるのだが、遠巻きに警護の者がいるだけで、ここにはそれをちゃんと果しているか確かめる者は存在していない。

全部すっぽかして寝てしまおうかと考えていると、つと、夜明けまで誰も来ないはずの戸を叩く音がした。

外には路近《ろこん》と、神官達がいるはずだ。

路近が叩くには軽く、神官が叩くには遠慮がない。

「誰だ」

「兄上。私だ」

「奈月彦《なづきひこ》？」

驚いて戸を開くと、そこには弟が立っていた。

「どうした」

「少し、二人きりで話したいことがあって」

どうせ、祝詞なんて唱えていないんだろう、と、手を付けた様子のない禊に使う衣を見て弟が言う。

「これでもどうだ」

そう言って持ち上げたのは、酒瓶だった。

滝の上には、黄金を溶かしたかのような、とろりとした色の満月が浮かんでいた。

月光はまるで紗《しゃ》のように滝の飛沫《しぶき》にかかり、青い夜闇の中には白い虹が浮かび上がっている。

「良い月だな」

「そうだろう」

私も同じことを思っていた、と弟の杯に酒を注いでやる。

儀式に使うはずの平台を桟敷《さじき》代わりにして、酒を酌み交わす。

滝壺は目の前であり、身の内深くに響くような轟音《ごうおん》が間近だった。水の落ちる重低音が心地よく、顔にまで吹き付ける涼気が清々《すがすが》しい。

ゆったりとした時間が流れていた。

路近だけは目に見える位置に立っているが、こちらに干渉してくるつもりはないと見えて、実質二人きりである。

こうして、二人だけで話すのは随分と久しぶりだと気付いた。

「神域の方はどうなっている？」

「今は、真赭殿《ますほ》が上手くやっている。私が呼び出されることも、随分と少なくなった」

真赭《ますほ》の薄《すすき》が神域に行ってしばらく経つが、山神達が澄尾《すみお》を治したことによって、風向きは大きく変わっていた。

山神抹殺の方針を一気に転換させた時は正気かと疑ったが、あれ以来、徐々にではあるが、山内には晴れの日が戻って来ている。ほころびが悪化することもなく、新たな不知火《しらぬい》の報告もぴたりと収まっていた。

これが奈月彦の推論通り、化け物になりかけていた山神が本来の姿に戻りつつあるせいなのだとすれば、喜ばしい。

このままいけば、無駄に戦わずに済むかも知れないという希望が見えてきた。

「流石《さすが》だな。やはり、真の金烏《きんう》の判断に間違いはない」

お前に任せて良かったと断言すれば、ふと、奈月彦は困ったように眉尻を下げた。

「はたして、本当にそうなのだろうか」

「……何？」

「最近、私は以前よりも、自分が信じられなくなって来た」

弟の顔を見ると、以前よりも負担は少なくなったはずなのに、どこか思いつめた表情をしていた。

「以前は、山内にいれば自然と自分が何をすれば良いのか分かった。朝廷を整え、ほころびを繕《つくろ》い、思うさまに行動すれば、それが結局は山内のためになった」

――だが、山内を出た瞬間、何も分からなくなってしまった。

「遊学に出た時は、気付かなかった。山内にいた時のようにうまくいかないことは勿論あったけれど、何か失敗しても、それは私が損するだけだったから」

しかし、禁門《きんもん》が開かれたら、そうはいかなくなったのだ。

「私には、代々の金烏の記憶が無い」

真の金烏として甚だ不完全だ、と、滝音に紛れてしまうような小声だった。

本来であれば、奈月彦は統治に必要な能力と共に、初代より連なる、歴代の真の金烏の記憶を引き継いで、生まれてくるはずだった。

しかし、弟は、過去の記憶を何一つ持っていなかった。

そのせいで神祇官《じんぎかん》達からは「本当に真の金烏なのか」と疑われ、即位に待ったをかけられてしまったのだ。

忌々しい話ではあるが、記憶の問題が、立場的にも、内面的にも、弟を苦しめているのは明らかであった。

「選択を間違えたら、八咫烏《やたがらす》が滅んでしまう」

それなのに、状況を見極めるための肝心な記憶がないせいで、己の判断に何も確信が持てないのだ、と低い声で奈月彦は言う。

「私は怖い」

そう漏らす弟の姿が、不意に、幼い頃の、体を壊していた頃の弱々しい姿と重なった。

「記憶が不完全だから、何だと言うのだ。お前は、八咫烏の誰よりも、正しい道を選んできたではないか！」

むきになって長束は言う。

「お前は無力などではない。自信を持て！」

しかし、それを聞いても、弟の表情は鬱々としたままだ。

「……兄上は、真の金烏とは、もともと何だったと思う？」

突然の質問に、叱咤激励の声は口から飛び出る前に雲散した。

「いきなり、どうした」

「私は、『真の金烏』とは、もともと『山神』と同じような存在だったのではないかと思うのだ」

――特別な力と、記憶を受け継ぎ、転生を繰り返すという性質を持った存在。

　奈月彦が、始祖からの記憶を失ってしまったのと同じように、山神も、自分が『山神』であることを忘れつつあったのだという。かつての記憶をなくし、自分の正体を見失ったせいで、尊い山神は人喰いの化け物へと堕ちてしまった。

「山神が、山神としての自覚を失って変質してしまったように、私だって、いつそうなるかは分からない。もしかしたら――もう、おかしくなっているのかもしれん」

　だが、それすらも今の奈月彦には、判断がつかないのだった。

　その場限りの慰めの言葉は、出てこなかった。

　一介の八咫烏として生まれた自分に、一体、何が言えるというのだろう。

「記憶を取り戻すためにはな、名前が必要なのだそうだ」

「名前……？」

「そう。私も、山神も」

　山神も、真の金烏も、体を乗り換え、記憶を継承することで存在している。その際、記憶のおさまるべき器を示し、己が何者かを見失わないための道標となるのが、名前なのだという。

　奈月彦も、あの山神も、かつての名前を忘れてしまった。だから、記憶がない。

　逆に言えば、もとの名前を取り戻すことが出来れば、失われた記憶も戻るはずなのだ。

「記憶を失う前、別の名前で呼ばれていたのだと思う。それを探さなければ」

「見つかるのか」

「天狗《てんぐ》と協力して、今、探している」

だが、どうなるのかは、誰にも分からないと奈月彦は長束を見た。

「あまり、悠長なことは言っていられないんだ。外界に、『英雄《えいゆう》』が現れたから」

「えいゆ――何？」

「『英雄』だよ。化け物殺しの、英雄神だ」

特別に名前があるわけではないが、神の類《たぐい》ではあるらしい。

そいつはなんと、化け物となった山神を倒すために、この山にやって来ているのだと言う。

「天狗が言うには、そういう役割になっているのだそうだ」

人に害をなす化け物が現れると、それを退治する役目を持った、新たな神が訪れる。

そいつは、堕ちかけた山神の匂いをかぎつけて、どこからともなくこの山に現れた。

「記憶を取り戻すには、名前が必要なのだと言ったのも、そいつだ。逆に言えば、山神が、完全な化け物となる前に踏み止まっている間、そいつは何も出来ない。でも、一歩間違って化け物に堕ちれば、我々が何をしなくとも、英雄が化け物を殺してしまうだろう」

英雄が、八咫烏の一族に協力的とは限らない。それに、化け物に堕ちかけているとはいえ、今に至るまで、この山の頂点に君臨し続けてきたのが、あの山神であるのは事実だ。

「新しい神に取って代わられ、神域が崩壊した時、山内にどんな影響があるか分かったものではない。そうなる前に――我々の山神を、取り戻さなくてはならない」

長束は、じっと弟を見つめる。

弟が、何やら悲壮な決意をしていることは分かるのだが、どうにも閉口するしかない。

盛大に顔をしかめ、溜息をついた。

「頼むから、あまりわけの分からないことを言ってくれるな……」

何が何やら、急に言われても理解が及ばん、と言うと、奈月彦は苦笑した。

「だろうな。すまない。でも、たとえ分かってもらえなくても、兄上に聞いてもらいたかったのだ。もし、私が不在の間に山内に異変が起こったら――その時は、神域で、そういうことがあったのかもしれないと思ってくれ」

まるで、そのまま自分が帰ってこないかのような言い方に、不穏なものを覚える。

「それを私に言ったところで、いざとなれば出来ることなど、たかが知れているぞ」

「困らせてすまん。でも、配下の者に、弱音をこぼすことは出来ないから」

「――それはまあ、そうか」

こと、神々の問題に関しては、長束と同じく、雪哉《ゆきや》達もまるで無力だ。

特に雪哉は、目の前に迫った脅威に対して敏感に反応はしても、自分ではどうしようもない過去の記憶や、神々の都合といった問題には、ほとんど関心を示さなかった。少し冷たいところのある男だから、奈月彦が弱音を吐いたところで、「じゃあ、何とかなるよう頑張ってくださいね」ぐらいは言ってのけるかもしれない。

そう考えると、自分が話し相手になることで気が晴れるのであれば、どんどん愚痴を言ってもらった方がよいのか、と思い直す。

会話が途切れ、自然と、二人して杯に口を付けた。

「……なあ。兄上は子どもの頃、何になりたかった？」

あまりに唐突《とうとつ》な問いかけに、長束は噎《む》せた。

「いきなり、何だ？」

「深く考えずともいい。気軽に教えてくれ」

「そうは言ってもだな……。宗家に生まれてこの方、何になりたいなんて、考えてみたこともないぞ。中央に生まれれば商いをしただろうし、地方に生まれれば田畑を耕していただろう」

「希望はないのか？」

「別に。今のままが一番だ」

「そうか」

納得いった風の弟に、だんだんと居心地が悪くなって来た。

「何なんだ、この質問は……」

困惑のまま呟《つぶや》くと、奈月彦は声を上げて笑った。

「ごめん、ごめん。実は浜木綿《はまゆう》がな、時々こうやって、私に尋ねて来るのだ」

「桜の君《さくらきみ》が？」

弟の妻は時間が出来るにつけ、好きな食べ物は何か、とか、何が楽しかったか、とか、くだらないことを延々と訊いて来るのだという。

「最初は、私も兄上と同じように答えていた。なんでそんなことを知りたいのか分からなかったし、考える必要性も感じなかったからな。だが、そういう話をしているうちに、少し考えるようになって」

日嗣《ひつぎ》の御子《みこ》とその正室ともあろう者が一体何をしているのかと呆れつつ、長束はとりあえず耳を傾ける。

「それで、考えた結果、どうだったのだ」

ああ、と奈月彦は目を瞬く。

「よくよく考えてな。どうやら私は、厨人《くりやびと》になりたかったらしい」

大真面目に言われた言葉がすぐには飲み込めなかった。

「厨人……料理番なんぞになりたかったというのか？」

長束はあんぐりと口を開いた。

「お、お前。宗家の長ともあろう者が！」

「そうは言っても、外界にいた頃は毎食作っていたしな。今更だぞ」

平然と言われて、頭が痛くなる。

大天狗は一体、何をやらせていたんだ！

「どうしてそんなものに……」

真の金烏でなかったとしても、他にいくらでも立派な仕事が出来るだろうに、あえて下働きをしたがる感覚が、さっぱりだった。

しかし、奈月彦は大真面目だった。

「すばらしい仕事ではないか」

「どこが」

「だって、美味いものを食べて、不幸せになる者はいないだろう？」

本当に尊い仕事だ、と噛み締めるように言われて、長束は呆気《あっけ》に取られた。

しばし、二人の間に沈黙が落ちた。

相変わらず、滝の音だけが響いている。

静かな夜だ。

弟が何を言っているのかをようやく理解して、じわじわと、薄ら寒くなるような感覚が迫ってきた。

「お前、まさか――真の金烏でいることが、辛いのか」

恐る恐る尋ねるも、弟の答えはあっさりしていた。

「辛いと思ったことはない。だが、自分のせいで、八咫烏が死んだり、傷ついたりするのを見るのは苦しい」

「それは――」

「結局のところ統治者なんて、いかにして上手に民を殺すかという仕事だ」

直接手を下せないというだけで、それは金烏も変わらない。それでいて、自分の殺した者を何よりも哀れまなければならないように出来ている、と淡々と奈月彦は言う。

「時々、そういう矛盾が、たまらなく虚しく感じられることはあるよ」

そうして黙る弟に、長束は、頭を殴られたような衝撃を受けた。

「……お前、真の金烏をそんな風に考えていたのか」

全く知らなかった、と言うと、言わなかったからな、と平然と言う。

弟は、自分よりもはるかに優しく、繊細な男だった。

もしもを考えても意味はない。だが、彼はもしかすると、真の金烏には最も向いていない性格だったのかもしれないと、長束は思った。

「お前ではなく、私が、真の金烏に生まれるべきであった……」

――言ってしまった。

今まで、陰に日向に、言われ続けて来たことだ。

朝廷の馬鹿な連中は、金烏の何たるかも知らず、弟をうつけと蔑《さげす》み、長束が頂点に立てばいいのにと囁《ささや》き続けた。祖父から、その愚かしさを教え込まれた長束は、他の誰に言われても、自身ではそんなことを考えたこともなかったし、考えようとも思わなかったのだ。

しかしそれを言われた弟は、まるで世間話の一環でもあるかのように頷いた。

「そうかもしれない。でも結局、真の金烏に生まれたのは私の方だ」

そうだな、と返答する以外に長束に出来ることはない。

「変な話をしてしまったな。だが、真剣に聞いてくれてありがとう」

おかげで気が楽になった、と奈月彦は立ち上がる。

滝からの風を受けて舞い上がったその髪は、金色に透けて見えた。

その肌は磁器のように青白く、笑んでいる形の目元は、それでも確固たる決意と諦めの色が濃い。

壮絶に美しく、そして、どうしようもなく憐れだと思った。

弟のことを憐れだ、と思ってしまった自分に、長束は驚いた。

そういえば、弟がこんな風に自分に頼ってきたのは、初めてのことではないだろうか。

それなのに自分の返答は、何の気休めにもならないどころか、弟を追い詰めただけだったかもしれない。

一瞬、猛烈な後悔に襲われ、帰って行く後ろ姿に声を掛けそうになった。

だが結局、何も言えはしなかった。

――辞めたいのなら辞めていいと、自分が言ってやれるなら良かったのに。

弟を見送るために棒立ちとなった長束のもとに、ひょいと身軽な動作で路近が近付いてきた。

物陰に控えていたらしい山内衆《やまうちしゅう》と合流し、馬に乗って去っていく奈月彦を見上げ、隣の巨漢は意外そうに呟く。

「驚きましたぞ。つまらんばかりの男かと思っていたが、今になって、面白みが出て参りましたな」

「面白がるのは止めろ……」

もはや路近につっかかる元気もなかったが、ふと気になった。

「お前は、どうして奈月彦をつまらないと思ったんだ？」

「何をどう選択するのか、容易に想像がつくからだ」

あらかじめ決まっているがごとく、正確で血の通わない選択をするので、観察していても、何がどうなるのかは分かりきっている。

「からくり仕掛けの人形のようなものだ。それが良いという輩《やから》もいるのだろうが、私の趣味ではないのでな」

奈月彦どころか、長束さえもまるで敬う気のない口調のまま、路近は嘯《うそぶ》く。

「でも、こんな局面になってようやく自我が芽生え始めるとは、それはそれで興味深い」

ちょっと若宮《わかみや》をみくびっていたかもしれない、と、まるっきり、新しい玩具に出くわした幼子のような反応だった。

「待て……。それはつまり、弟が迷い始めたということではないのか」

「そうとも言いますな」

焦った長束の顔を見て、路近はにやりと笑う。

「まあ、それが長束さまや山内にとって、喜ばしいかは別の問題ですが」

「喜ばしいわけが」

——あるのだろうか？

思わず押し黙ってしまった長束の様子を見た路近は、ひどく嬉しそうだった。

「貴方は、真の金烏の味方なのですか？　それとも、弟御《おとうとご》の味方？」

「私は……」

答えることは出来なかった。路近がニヤニヤとこちらの反応を窺っているのを見て、ふと、まじめに答えることが馬鹿らしくなったのだ。

「……弟は、金烏だった。それが全てだ」

「おや。そこで止まってしまいましたか」

まあ、それがいつまでも通用すれば良いですな、と何気ない言葉が耳に痛い。思わず、頑な口調になって返す。

「それを、いつまでも通用させるために我々がいるのだ。金烏の機能は、完全ではない。だったら、それを我々が補えばいいだけのこと」

奈月彦のために汚れ役を買って出る者は、何も長束だけではない。弟の側近達が、いざとなった時にそれを躊躇《ためら》うとは微塵《みじん》も思っていなかった。

そこまで考えて、最近、その筆頭であるはずの男が、あまり目立った動きを見せていないことに気がついた。

「雪哉はどうしている」

親しかった仲間が死んだのだから、気落ちしているかもしれない。だが、なるべく早く立ち直って、弟を支えてもらわなければ困る。

長束と言えど、参謀本部への立ち入りは禁止されている。

だが、真の金烏が神域と外界の行き来で忙しくしている間も、参謀達は働き続けているはずだ。

誰の指示か、参謀達の作戦会議における情報は、徹底的に伏せられていた。

真の金烏が不在の朝廷で、無理やり開示を命令出来るのは金烏代《きんうだい》くらいのものだろうが、父は相変わらず、凌雲宮で閉じこもっているばかりである。

今は落ち着いているとはいえ、地震以降、山の端《はた》の不知火もどんどん近付いて来ており、地方も安全とは言えなくなっている。参謀達はそのあたり、どう考えているのだろう。

そう言った長束の不安を見て取ってか、ふむ、と路近は顎《あご》に手を当てた。

「もう、まじめに禊をするつもりがないのでしたら、少しばかり遠出する気はありませんか」

「遠出？」

「実は、前々から長束さまに会わせたいと思っていた男がいるのです」

大地震を受け、参謀本部において新たな方針を決める会議が行われた際、名のある軍師や兵法家が全て招聘《しょうへい》されたのだ。

そこで、雪哉と意見が真っ向から対立して、孤立した男が一人いたらしい。

前線から退き地方に引っ込んでいたところ、わざわざ呼び出しを受けて、会議に参加した。それなのに、本部の決定に最後まで反対し続けたせいで、機密保持の名目で幽閉されてしまったのだという。

「その男ならば、参謀達が何を考えているか、教えてくれるやもしれませんぞ」

「軍部の方針を知るためだけに、そこまでする必要があるのか？」

奈月彦に直接聞けばよいだろうにと言えば、路近は両方の眉をぐいっと上げた。

「若宮が全てを承知しておられるのなら、そうでしょうな」

含みのある言い方に、察するものがあった。

「……奈月彦の知らないところで、何か動いているということか」

「さあ。ただ、今の中央の様子を見るに、おそらく、あの男が何を言って幽閉されたのかは想像がつく気がしていましてな」

自力で確かめようとしたものの、参謀達が選んで役目につけた門番は、路近が会わせろと凄んでも全く怯《ひる》まなかったのだ。ここは一つ、長束様のご威光で、と笑う。

「その、幽閉された男とは？」

「長束さまもご存知のはず。今は見る影もありませんがね、少し前まで、山内最高の軍師とまで謳《うた》われていた男です。勁草院《けいそういん》で、まだ院生だった雪哉に一杯食わされた負け犬」

その名を告げた時の路近は、輝くような笑顔だった。

「翠寛《すいかん》です」


「何しに来やがった、この糞野郎！」

すさまじい怒声が響き、格子戸の向こうから湯のみが飛んで来たが、路近は己の袖をくるりと翻《ひるがえ》し、正確に顔を狙うそれを無造作に跳ね返した。

落ちた湯のみがカシャンと割れて、土間に黒いしみを広げる。

「相変わらず元気そうで何よりだ。それはともかくとして、今のお前、まるで市場で悪さして捕まった野良犬のようだな」

けらけらと笑いながら路近に声を掛けられ、「出て行け！」と怒声が返る。

そこにいたのは、いかにも神経質そうな、きつい目つきをした男だった。

かつて、参謀役を務め、勁草院の教官として働いていた男――翠寛である。

身につけているのは羽衣《うえ》だ。

血の気のない顔で、髪も乱れていたが、これは決して扱いが悪かったせいではない。

背筋を伸ばし机に向かって端座していたのに、入ってきた路近を見た瞬間、飛び上がって湯のみを投げつけて来たためである。

そこは、確かに狭くはあるが、牢屋と言うにはあまりに綺麗な部屋だった。

勁草院の敷地内にある、改築済みの庵《いおり》である。

畳敷きで、窓際には文机がおいてあり、掃除もされていて清潔だが、窓は異様に小さく、勝手に出られないように土間には鉄格子が設けられていた。

まるで、高貴な重罪人のごとき扱いである。

「まあ、ちょっと落ち着け。今日は私だけでなく、貴人もおいでなのだぞ」

「ああん？」

どすのきいた低い声で凄んだ翠寛は、路近の背後で唖然《あぜん》とする長束を見ると、鼻を鳴らした。

「ああ……。お前と仲良しの兄宮殿下か」

ワタクシに何のご用でしょうか、と慇懃《いんぎん》無礼《ぶれい》に尋ねて来る。

一方の長束は、この男、こんなに柄《がら》が悪かっただろうか、とすっかり及び腰になっていた。

かつて、院士《いんし》として勁草院にいた翠寛を、長束は見かけたことがある。その時は、ぴしりとして、崩れたところのまるでない男という印象だったのに。

――雪哉に敗れて苦労したせいで、こんなに荒れてしまったのか。

長束の呟《つぶや》きを聞きつけた路近は、勢いよく噴き出した。

「この男は、もともと生まれも、育ちも、口も、性格も悪いのです！」

私の前ではいつもこんな感じだ、と楽しそうに言った路近は、笑いをおさめ、憎々しげな翠寛に向かって目を眇《すが》めた。

「お前のことだ。懲りずに雪哉と喧嘩して、懲りずに惨敗したんだろう？」

あっちは、軍事の長である大将軍の孫で、現役の参謀役だぞ。ただでさえ分が悪いのに黙っていられなかったのだろうな、と路近は翠寛の怒りを煽《あお》っていく。

「本当にお前は馬鹿だなあ。いっそ感動する。真正面からぶつかって、それまで必死で築いたものを全てどぶに捨ててしまうとは、さぞかし屈辱だったことだろう」

愉快でたまらないといった路近の言葉を聞いた瞬間、急に、翠寛はそれまでの熱を失ったように見えた。

「あいにく、貴様のおかげで屈辱には慣れているものでな」

それに、誰かが反対しなければならなかったことだ、と冷やかに吐き捨てる。

「……参謀本部で、何の意見が対立したのだ」

長束の問い掛けにも、翠寛は心底つまらなそうに答えた。

「防衛上の方針が分かれたのだ。私は、山神の地震云々はともかくとして、猿の襲撃を視野に入れて中央は捨てるべきだと主張した」

だが、翠寛が話し合いに参加したその時には、大方の意見はすでに決まっていたのだ。

おそらく、他にも翠寛と同じ意見を持った者もいたのだろうが、皆、北家《ほっけ》の大将軍にはばかり、表立って逆らうことをしなかった。

「奴らは、中央は捨てることは出来ないと言った。宮烏《みやがらす》がそれを認めない、とな」

長束はぽかんとした。

「だが……中央を放棄するなど、そう簡単に出来ることではない。凌雲宮への移管が完了したばかりだし、そもそも、地方でもほころびが広がっているという報告が上がっている。どこに逃げても同じではないか」

そう言った長束に対し、翠寛は「馬鹿が」と吐き捨てた。

「よく考えてから発言しろ。全く同じなどではないだろうが」

そして、裸足のまま土間へと下りると、格子越しに長束の前に立った。

こうすると、長束が翠寛をやや見下ろす姿勢となる。だが、身長差を全く感じさせない、あまりに尊大な態度で翠寛は両腕を組んだ。

「いいか。地理的な崩壊は山内全土で見られる天災だが、猿の襲撃は違う」

作戦如何《いかん》と迅速な避難によって回避することが可能な人災だ、と長束を睨《にら》み上げる。

「目に見える危険からは遠ざけ、一つところに集めず、出来るだけ民を分散させる必要がある。

その違いが分からず一緒くたに論じるあたり、頭が悪くても明鏡院の院主は務まると見えるな」

一から勉強しなおせ、とまるで生徒に嫌味でも言うかのような口調に、長束はかちんと来た。ここまで無礼な態度を取られたのは、生まれて初めてかもしれない。

「それは、雪哉も大将軍も承知している！　だからこそ、凌雲宮に要塞を築き、妻子や要人が立てこもることを選択したのではないか」

「それこそ、私からしてみれば最悪手で、あの小僧からすれば最善手だった」

きっぱりと言い切ると、翠寛は蔑《さげす》むような眼差しで長束を見つめた。

「……どうせ、あんたにとっても最善手だろうがな」

長束には意味が分からなかったが、やっぱりな、と路近は頷いた。

「そんなことだろうと思っていた」

「想像がつく貴様も大概《たいがい》だ」

罵《ののし》りながらも通じ合った風の二人に、取り残されたようで長束は歯痒かった。

「どういうことなんだ」

説明しろ、と長束が声を荒げた時だった。

「若宮《わかみや》殿下でさえご存知ないのに、そう簡単に、お教えすることは出来ませんよ」

やわらかな声だった。

ぎょっとして振り返った長束が目にしたのは、月明かりを背に立つ、若い男の黒い影だった。

「駄目ですよ、長束さま。こんなことをされては」

山内のために我々は頑張っているのに、と穏かな調子は崩さないが、細められた目の奥は笑っていない。

雪哉だ。

見張りの報告を受け、飛んで来たらしい。

「お前――何を企んでいる」

思わず気圧《けお》された長束に、雪哉は笑う。

「人聞きの悪い……。そちらの院士《せんせい》に何を吹き込まれたかは知りませんが、山内の不利になるようなことなどしませんよ」

下種《げす》め、と背後で翠寛が呟いたが、雪哉はそれを無視した。

「ただ、そうですね。長束さまにならば、お教えするのも良いかもしれません。きっと、分かって頂けると信じております」

どうぞこちらへ、と半身を開き、庵を出るようにと促される。

外には、治真《はるま》を筆頭に、武装をした雪哉の部下が、ずらりと並んで待ち構えていた。

そして、連行されるように、雪哉が教官として利用している一室へと通された。

――そこで知らされた話は、とても、簡単に飲み込めるものではなかった。

「これを奈月彦が知ったら、何と言うことか！」

絶対に許さないはずだ、と言っても、相対した雪哉の笑顔は変わらなかった。

「ええ、その通りです。でもそれは、『真の金烏』の本能によって、冷静ではない状態での判断になってしまうのでは？」

その言葉に、思わず反論を飲み込んだ。

雪哉の意見には、確かに一理あると思った。

脳裏にひらめいたのは、さっき見た奈月彦の苦悩だ。

――金烏は、その本能から、己の手で八咫烏の命を奪えない。

重罪人の死罪を決める時、奈月彦はその判断を下す司法官を任命することは出来ても、己の手で介錯《かいしゃく》をすることは出来ないのだ。

「すでに真の金烏は、私に判断を委ねる、ということで決断をなされた」

雪哉は長束の背後に回り、優しくその両肩を叩いた。

「その意味を、長束さまはよくよくご承知のはずです」

ね、と長束の顔を覗きこむ雪哉の目は、猫の爪のように滑らかな半円を描いている。

『真の金烏』の存在には、明らかに、欺瞞《ぎまん》と矛盾《むじゅん》がある。

だからこそ、軍事上の判断を――自分が最も信頼する者へと託した。

長束は、燈台の明かりのもと、横目で雪哉を見つめた。

もともと、奈月彦に仕えるつもりはないと公言する少年だった。

それを、半ば奈月彦が口説き落とす形で、配下に迎え入れたのだ。

当時、長束には、雪哉と北家のつながりの方が重要に見えていた。でも、弟は違った。最初から雪哉の能力を買い、その信念を見通し、出来れば、自分の意思で仕えて欲しいものだと、何度も漏らしていたくらいなのだ。

　今になって思えば、そのうち、己に欠けた能力を埋めるために彼が必要になると、分かっていたのかもしれない。

「秘密を飲み込むことが、辛い選択であることは分かっています」

　雪哉は、甘く滴る声で囁く。

「でも、あなたさまにとっても、何よりも守るべきは、真の金烏なのでは？」

　じっとこちらを見つめる雪哉は、長束が、それを呑むと確信していた。

　――全部、こいつの手のひらの上か。

　思い通りになるのは悔しかった。だが雪哉の言っていることは、確かに核心を突いている。

　唸《うな》る長束を見て、雪哉は華やかに笑う。

「ああ……。どうもありがとうございます」

　悪びれない雪哉の前で、長束は観念して目を瞑《つむ》った。


　下種め、と。

　先ほどの、翠寛の吐き捨てる声が、すぐ耳元で聞こえた気がした。

＊　＊　＊

神域における真赭の薄の生活は、思いのほか安穏に進んでいた。

山神は、志帆《しほ》から『椿《つばき》』と呼ばれている。

志帆はもともと人間であったはずなのに、神域にいる間に、不思議な力を持つようになった。若宮は、それを、彼女が山神の母であると自覚するようになったためだと言う。

一緒に過ごしながら、少しずつ志帆に外界の言葉を習い、簡単な意思疎通が出来るようになっていくにつれ、志帆が、建前でも脅されているわけでもなく、心から椿を可愛がっているのは伝わった。

一度、人間界に残して来たという志帆の祖母が、彼女を連れ戻すために、神域のすぐ傍までやって来たことがあった。その時は、志帆が椿を捨てて帰ってしまうのではないかとひやりとしたが、彼女は、あっさりそれを断り、再度、椿のもとへと戻ったのだ。

志帆は、平然と神域で煮炊きをし、自らの手で椿のために食事をつくり、それを椿に手伝わせたりもした。その補助として並んで調理したり、洗濯したりするうちに、真赭の薄は、彼女に親近感を覚えるようになっていった。

そして椿は、志帆に対するほどではないものの、真赭の薄に対しても、驚くほどに優しかった。

神域には、志帆が外界から連れてきたモモと呼ばれる仔犬も住んでいたが、椿は、仔犬のこともよく可愛がっていた。

この美しい少年が、八咫烏を殺したのだという事実を、時々、忘れそうになる。

椿は、神らしい自分勝手さ、自由さを見せ付けることがあったが、それでも本質は子どもであるという印象は、いつまで経っても変わらなかった。

理解が出来ない相手ではない。ならば、彼が八咫烏に対し、敵意を抱くようになってしまったのには、何か理由があるはずだった。

もし、椿が真実、八咫烏と共にこの地にやって来た山神であったのならば――山神が、絶えず変化するものであるならば、椿を八咫烏にとっての山神に戻すことも可能だと思われた。

とはいえ、己に出来ることはそう多くはない。とにかく今は、志帆を手伝い、山神を育てることに協力しなければならないと承知していた。

所用をこなすため、真赭の薄が神域や外界を出入りするようになり、新たに分かったこともある。

山内と神域、そして外界によって、八咫烏の転身《てんしん》の条件は、全く異なっていたのだ。

もともと八咫烏は、大きな三本足の烏の姿と、人間を模した姿を裏表で持ち合わせているが、その転身の際には、膨大な力を必要とする。山内においては、太陽の力を借りるため、日中しか転身は出来なかった。

山の端《はた》や結界《けっかい》のほころびから外に出ると、その時の姿が鳥形《ちょうけい》であれ人形《じんけい》であれ、問答無用で小さな二本足の烏になってしまう。朱雀門《すざくもん》を利用して外に出た八咫烏は、人形のまま外に出ることは出来るが、外界では、どんなに頑張っても転身は出来ないのだという。

神域を通って外界に出た場合も、そこは共通していた。

どちらの場合も、外界では転身が出来ない。人形のまま外界に出るとずっと人の姿のままでいられるものの、鳥形に転身することは出来ないのだ。逆に、鳥形のまま外界に出ようとすると、ちょうど外界に出たあたりで、三本足ではあるものの、体は普通の烏と同じ大きさにまで縮んでしまうのだった。

真赭の薄が気付いたのは、神域では、朝も夜も関係なく、転身が可能になる上に、疲労もほとんど感じないということだった。

これらのことが何を表すのかは分からないが、それを真赭の薄が言った時、若宮は随分と驚いていた。

真の金烏にはそういった制限がなく、自由に転身が可能なようで、山内以外の転身にいろいろな制限があること自体、全く気付かなかったらしい。

そんな若宮は、最近は天狗と共に、山神のかつての名前を探すことに尽力しているようだった。

「山神さまは？」

山神と志帆が寝静まってから、奈月彦が外界から戻ってきた。

最近では、夜になると、真赭の薄は若宮にその日あったことを報告し、若宮もまた、天狗達との調べで分かったことなどを真赭の薄に話して聞かせるようになっていた。

「今日はもう、お休みになってしまいましたわ」

「そうか」

気落ちした風の奈月彦を誘い、自室として与えられた岩屋に戻った真赭の薄は、白湯《さゆ》を渡してやった。

若宮は、山神と金烏が「外界から山内にやって来た」という伝説をもとに、外界において、山神が人間達に何と呼ばれていたのかを知ろうとしているらしかった。

「外界で何が分かったのですか」

「それが、志帆殿は、山神の母親として力を得て以来、不思議な夢を見るらしいのだ」

そして、夢の中で志帆は、玉依姫《たまよりひめ》と呼ばれているのだという。

「それを天狗に伝えたところ、分かったことがある」

「たまよりひめとは何なのです？」

「神の名前……というか、これも性質かな。外界では、巫女《みこ》を神格化したものとも言われている。神の妻や――神の母である場合がほとんどだから、子授けや安産、子の養育の神徳を持つ神として、人間達に信奉されているらしい」

「まあ」

椿を育てる今の志帆には、いかにもふさわしい名前だと思った。

「だが、それが、神固有の名前となっている場合もある。私達は、賀茂《かも》の玉依姫が、この山の玉依姫の正体なのではないかと考えている」

外界では、丹塗矢伝説《にぬりやでんせつ》というものが存在しているらしい。

玉依姫は、川遊びをしている最中に赤い矢を拾ったところ、自然とみごもってしまう。無事に生まれた子どもに対し、玉依姫の父親は「父上に呑ませなさい」と言って酒を持たせ、娘を孕《はら》ませた者が何者かを知ろうとする。

しかし子どもは、その場で屋根を突き破り、空へと昇って行ってしまうのだ。

「この、賀茂の玉依姫の父親は、八咫烏の化身であったと言われている。そして一説によると、丹塗矢に化けた神は、日吉大社《ひよしたいしゃ》という社《やしろ》に祀《まつ》られているのだ」

日吉大社には、賀茂の玉依姫と、玉依姫の父親であり、その正体が八咫烏であるとされる神も一緒に祀られているのだ。

そして日吉大社の神使《しんし》は、神猿《まさる》と呼ばれる猿だった。

「だから、この山にはかつて、日吉大社の分社があったのではないか、というのが天狗の見立てだ。そして、百年前に何かがあり、玉依姫は御供《ごく》となり、山神は名前を見失い変容し、神猿は凶暴化、八咫烏は山内に逃げ込んだ、と……」

真赭の薄は、小さく首を捻った。

「では、椿さまの正体はその、子どもの神なのですか？」

「賀茂別雷神《かもわけいかずちのかみ》だな。天狗の見立てでは」

「そして、真の金烏の名前は、その、玉依姫のお父上の……カモタケ……？」

「……賀茂建角身神《かもたけつのみのかみ》だな」

これも、天狗の見立てでは、と。

段々と、自信なげに声の小さくなる若宮に、真赭の薄は眉根を寄せた。

「それで、カモタケなんとかという名前で呼ばれて、若宮殿下の記憶はお戻りになりましたの？」

若宮は返事に窮した。

その様子を見るに、案の定、記憶は戻っていないらしい。

真赭の薄は、不信感を一切隠すことなく尋ねた。

「……それ、本当に合っていますの？」

名前さえ取り戻せば、真の金烏の記憶も戻るはず、というのが、以前から天狗と若宮の間で共通の理解として聞かされていた。

神と名前の関係とはそういうものなのか、とイマイチよく分かっていなかったのだが、こうして示されると、ますます訳が分からないと思った。

若宮は、痛いところを突かれた、という顔をしている。

「正直なところ、よく分からんのだ……」

だが、そう悠長なことも言っていられないのでな、と苦しい声で若宮は言う。

「とりあえず、明日、山神さまに申し上げて、反応を窺ってみようと思う」

「悠長なことを言っていられないとは」

何かありましたの、と訊くと、若宮は一瞬、どこまで伝えるべきか、思案する様子を見せた。

「ここまで来て、隠しごとはなしですわ。何かあるのなら、わたくしも、心積もりをしておく必要があります」

はっきり告げると、「そうだな」と頷き、若宮は寸の間、近くに猿の気配がないかを窺った。

「――化け物殺しの『英雄』が、すでにこの山に来ている」

低めた声で言われた言葉が、真赭の薄には理解が出来なかった。

「化け物殺しの『英雄』……？」

「この山で、山神と猿どもは、人を喰った。だから、それを退治するための存在が現れたのだ」

だから焦っている、と若宮は溜息をつく。

このまま、山神が完全な山神に戻ることが出来なければ、椿は『英雄』によって、化け物として倒される可能性が出て来たのだ。

「何ですの、それ」

真赭の薄は憤慨《ふんがい》した。

「椿さまは、もう、化け物などではないのに！」

「確かに、志帆殿や、貴女のおかげで、椿は山神に戻りつつある。だが、まだ完全ではないということだろう」

ちょっとしたことで、すぐに化け物に戻りかねない。

それでは駄目なのだ。

「だから、早いところ神としての名前を取り戻して頂き、完全な神になって欲しかったのだが……」

それ以上の言及を若宮は避けたが、真赭の薄は、神の名前とやらが分かったところで、全てが解決するとは到底思えなかった。

結局、その時の感覚は間違っておらず、翌朝、若宮から「もとの名前」とやらを伝えられた椿の反応は、とてもではないが、芳《かんば》しいとは言えないものだった。むしろ、何をしているのかと叱責され、若宮は這《ほ》う這《ほ》うの体《てい》で退散する始末である。

真赭の薄からすれば、やはりと呆れるしかなかったが、化け物殺しの『英雄』とやらの存在は気にかかっていた。

なんとなく、嫌な予感がしていた。


「――あまり、よくないわね」

考えごとをしながら、食事の支度をしている最中のことだ。

急に、隣にいた志帆に御内詞《みうちことば》で話しかけられ、真赭の薄は仰天した。

「志帆さま。わたくし達の言葉が、分かるのですか」

いつの間に、と問うと、志帆はわずかに笑う。

「あなたと話がしたくて、少しだけ」

そう言ってから、これみよがしに溜息をつく。

「奈月彦にも、困ったものね。ただ、名前が分かったからと言って、すぐに元に戻れるというわけではないのに」

「……わたくしも、そう思います」

天狗達と共に若宮がしている『名前探し』が重要だとは、正直、真赭の薄には思えないのだった。

それを言うと、気が合うわね、と志帆は美しく微笑した。

「名前とは、認識そのものよ。たったいくつかの音の連なりが、目に見えない歴史に実体を与えるの」

だから、本当なら音だけでは駄目、と志帆は歌うようにのたまう。

「自分が、確かにそれであるという自覚を持たなければ」

烏や天狗が、それを分かっていないのは残念ね、と。

「あの……？」

その時になって、ようやく真赭の薄は違和感を覚えた。

まな板を見ながら、手を動かしている姿は、いつもの志帆と変わらない。だが果たして、少し教えられただけで、こんなに難しい御内詞を話せるようになるものだろうか。

「……志帆さま。一体、どうやって御内詞を習われたのです？」

だが、次にまな板から顔を上げた志帆は、真赭の薄の言葉がまるで伝わっていない様子で、きょとんと首をかしげたのだった。

——真赭の薄の嫌な予感が、気のせいなどではないと分かるのに、それほど時間はかからなかった。


神域において、椿達が沢遊びをしていた時のことだ。

大猿のもたらした一報によって、穏かな昼下がりは、一瞬にして修羅場《しゅらば》と化した。

外界の言葉だったため、猿が何を言ったのか、真赭の薄には分からなかった。だが、猿の言葉を聞いた志帆は血相を変え、椿と言い争いを始めたのだった。

真赭の薄はなす術《すべ》もないまま、激昂した椿の顔が、どんどん異形《いぎょう》のそれへと変わっていくのをただ見守っていた。

椿の目からは見る見るうちに生気がなくなり、小さく生え揃っていた歯は、犬歯だけが汚く伸びていった。

白く滑らかな顔には無数の皺《しわ》がより、まるで猿か、老人のようになってしまった。

彼の怒りに呼応して、艶やかでくせ一つなかった銀髪は暗い灰色にくすみ、まるで髪の一本一本が怒れる蛇となったかのように顔のまわりを踊り狂った。志帆の顔を、下から睨《にら》み上げるような顔つきは、明らかに、真赭の薄の知る椿のものではない。

——これが、化け物。

思わず、自分の体を抱きしめるようにして後退《あとずさ》る。

奈月彦が、なんとか宥《なだ》めようとしているようだったが、椿の怒りは治まらなかった。しまいには、大猿に命じて、志帆を連れて行かせてしまった。

モモがそのあとを追い、山神自身もその場を立ち去ってしまったので、その場に残されたのは、真赭の薄と奈月彦だけとなった。

「どうしましょう。志帆さまが、志帆さまが猿に殺されてしまう！」

「慌てるな。まだ、閉じ込めておけと命令されただけだ」

殺せと命じられたわけではない、と奈月彦は苦い顔で真赭の薄を宥めた。

あんなに楽しそうだったのに、ほんのわずかな間に状況が一変してしまい、真赭の薄は泣きたかった。

「どうして、こんなことに……！」

「志帆殿の祖母君《そぼぎみ》が、倒れたのだ」

真赭の薄は息を呑んだ。

志帆の祖母と言えば、人間界から、志帆を連れ戻すためにやって来た御仁《ごじん》である。志帆がすげなく突っぱねたものの、諦めきれずに、天狗の家に逗留していると聞いていた。

「倒れたといっても、回復するかどうかは怪しい」

猿からそれを聞かされた志帆は、祖母の見舞いに行きたいと椿に言ったのだ。だが、そのまま帰って来ないのではないかと疑った椿がそれを拒否し、あんなにも激怒したのだった。

真赭の薄は納得がいかなかった。

「志帆さまは、山神さまを愛しておられます。必ず、お戻りになるでしょうに」

「私も同感だ。だが、今は何を言っても無駄だろう」

すっかり化け物じみた姿になってしまった椿を思い出し、真赭の薄は身震いした。

「これから、どうなさるおつもりですの?」

「諦めるにはまだ早い。少し時間を置いてから、もう一度、話をしてみる」

以前とは状況が違うのだ、と奈月彦は静かに言う。

「今の我々は、ただ山神を恐れているわけではないし、あちらも、冷静になればこちらの言い分に耳を傾けてくれるはずだ」

そこが希望となる、と呟いた奈月彦は、ふと瞳を揺らした。

「ああ、なるほど……確かに、私が間違っていたようだな……」

以前、志帆は名前探しにやっきになる奈月彦に対し、苦言を呈したことがあった。

過去の名前をただ探すことに、あまり意味はないのではないか。今の山神の心と、向き合わずにどうするのだ、と。

現に、これと思った名前を告げても何の変化もなかったのに、ちょっとした揉めごとひとつで、山神は化け物の姿へと変貌してしまった。しかも、その姿を再び山神に戻す可能性をもたらすのは、これまでに築いた信頼関係だけだったのだから、奈月彦も悟らざるを得なかったのだろう。

苦しい顔の奈月彦を、真赭の薄は慰《なぐさ》めることをしなかった。後悔するよりも先に、今、やるべきことは山ほどある。

「では、椿さまのことは殿下にお任せします。わたくしは、志帆さまの様子を見て参りますわ」

「猿の領域に行くのか？」

「洞穴の奥に閉じ込められているのなら、お体が心配です。せめて、温かくして差し上げなければ」

奈月彦はわずかに迷ったようだったが、ややあって頷いた。

「今、神域は不安定だ。気をつけて」


軽く口に出来るものと志帆の上着、外界から奈月彦が持ってきた掛け布をひとまとめにして、真赭の薄は猿の領域に向かった。

だが、志帆のいる岩屋に辿り着くまでが一苦労だった。

暗い洞穴の行く先々で、やはり、大猿の手下に足止めをされてしまう。

志帆はどこかと尋ねても、向こうは白々とした目でこちらを見るばかりで、言葉が通じているのかすら怪しかった。

彼らが足止めする向こうに、はたして何があるのかは分からない。おそらくは猿のねぐらがあるのだろうが、それがどれくらいの規模で、大猿の手下が何匹潜んでいるのかも分からないのだ。

山内衆や若宮ですら立ち入れなかった場所に志帆がいるのならば、自力では見つからないかもしれない。迂回《うかい》に迂回を重ね、あちこちうろうろと歩き回った挙句に、ようやく、志帆のすり泣きと思《おぼ》しき声が聞こえる場所を見つけた。

だが、そこにも猿の見張りがいて、無言で通せん坊をされてしまう。

真赭の薄は歯痒かった。

「あなた方に悪いことをしようというつもりは、ちっともありません。岩屋は冷えますわ。せめてこれだけでも、志帆さまに渡して差し上げて」

お願いよ、といくら頼んでも、猿達はこちらを睨み、威嚇《いかく》するだけだ。無理やり押し入るわけにもいかず、どうしたものかと困り果てた時だった。

「何用じゃ」

のそりと、体を丸めるような姿勢のまま、猿達の背後から大猿が現れた。

真赭の薄は驚いたが、怯えていることを悟られるのは癪《しゃく》だと思った。

「志帆さまに、上着を持ってきたのです。女子《おなご》の身に、冷えは大敵ですもの」

あえて胸を張って相対すれば、大猿はじっと動かず、真赭の薄を見つめた。

――ぴちゃん、とどこかで水滴が落ちる音がした。

洞穴の中は薄暗い。

岩壁のくぼみに置かれた、小さな油皿だけが光源だ。

それでも、大猿の丸く大きな瞳が、無機質な金色に光っているのはよく見えた。

立ち去れと言われるかと思ったが、大猿は意外なことに、鼻を鳴らして道を空けた。

「良かろう。入るがいい」

びっくりした。

「よろしいの」

「貴様だけならな」

そっけない言い方に、含みは感じられない。

真緒の薄はまじまじと大猿を見つめた。

ろくに話したことはないものの、この大猿は志帆を、優しいとまではいかなくとも、決して邪険にはしていなかったように思う。

神域の生活を経た今でも、大猿が化け物である、という印象に変わりはない。

だが――本当になんとなくではあるものの――大猿は、奈月彦がいない時の方が、まだ話が通じるような気がした。

「……恩に着ますわ」

無言のままの大猿の傍を通り抜ける。志帆の閉じ込められた小さな岩屋の入り口には、格子がはめられていた。

志帆の足元にはモモがいるが、岩屋は寒い。狭いし、床も壁も硬いし、とてもではないが長くいられるような場所ではない。

真緒の薄は格子に手を差し入れ、膝に顔をうずめて泣きじゃくる志帆に、布と上着をかけてやったのだった。

彼女が泣き疲れて眠ってしまうのを見届けて、真緒の薄は猿の領域を出た。

向かうは、椿の寝室である。

どうなったのだろうか。若宮は、椿とうまく話し合えたのだろうか。

不安ではあるものの、少なくとも、雷の音は聞こえなくなっている。

石壁から、恐る恐る部屋の中を窺った真緒の薄は、そこに、輝くように美しい、白髪の青年を見つけた。

「ますほか。何用だ」

何者かと警戒したのは、一瞬だけだ。

声も見た目も変わってしまったが、これは間違いなく椿だと察し、真緒の薄は丁寧にお辞儀をした。

「志帆さまが、岩屋でお休みになられました」

「そうか……。では、わたしが行かねばならんようだな」

呟いた山神は、真緒の薄と入れ違うようにして、そのまま寝室を出て行った。

視線を部屋の中に戻すと、そこではひとり、若宮が頭を抱えていた。

「大丈夫ですか。一体、何があったのです」

慌てて、その隣に駆け寄る。

椿の様子から上手くいったものと思ったのだが、若宮の表情は固い。

「思い出したぞ。過去に、何があったのか。我々が、どうして山内に住まうようになったのか……」

ふらふらしている姿が見ていられれず、立ち上がるのに手を貸す。

「山内は、山神さまのための荘園だったのだ」

「荘園……？」

「この山にやって来る前、山神さまは、今よりもずっと大きな社殿を持つ、偉大な神だった」

祭祀には膨大な供物が捧げられるのが普通で、外界のいたるところに、供物を用意するための社領を有していた。だが、事情あって、かの神はほぼ身一つの状態で、この山に来ることになってしまった。そうなれば当然、供物の供給はなくなる。その不足を補うため、山の中に異界を創り、新しい荘園とした。

「それが、山内だ」

そして次に必要となるのは、荘園たる異界において田畑を耕し、狩猟を行い、布を織るなどして、供物を調達する神人《じにん》である。

「だからこそ、神使としてこの山についてきた八咫烏《われわれ》は、人の姿を山神から与えられたのだ」

――外界における、神人の代わりとなるために。

真赭の薄の脳裏にひらめいたのは、山内において、あまりに有名な一節だった。

「山神さまがこの地にご光来ましました時、山の峰からは水が溢れ、たちまち木々は花を付け、稲穂は重く頭を垂れた……？」

現在、山内で四領《よんりょう》と称される東西南北の各地でとれた名産品は、極上品のみが中央へと集められることになっている。

禁門を閉ざしてからは、八咫烏の長とその近しい者達がそれらを消費していたが、もともとそれらは、神域の山神に捧げるためのものだったのだ。

元来、山内は山神のための荘園であり、八咫烏達は、山神のための供物——神饌《しんせん》や神酒《みき》、幣《へい》帛《はく》を捧げ、神楽《かぐら》を奉じるために、人の姿をとれるようになった存在だった。

だとすれば、荘園を逃げ出そうとした烏が人の姿を取れなくなるのも当然である。門を通らずに山内から出ようとした時点で、神人としての役目を放棄したと見なされ、その力を没収されたのだ。

「百年前、私は自分の眷属《けんぞく》可愛さにその役目を放り出し、山内と神域をつなぐ禁門を閉ざしてしまった」

奈月彦は深い溜息をつき、両手で自身の顔を覆った。

あまりの憔悴《しょうすい》ぶりに、真赭の薄は意図して優しい声をかけた。

「なんにせよ、記憶が戻られて、良かったですわ」

「ああ……」

私は確かに、山神に仕えている神使だった、と若宮は呟く。

「大きな力を持っていた山神と共にこの地にやって来たが、もうやっていけないと思った」

だから、禁門を閉ざしたのだ。八咫烏を、自分の一族だけでも守らなければと必死だった。

まるで、誰かに弁解するかのように呟いていた若宮は、そこでふと、顔を上げた。

「……いや、待て」

そして、ゆっくりと目を瞬く。


「駄目だ」


顔を上げた若宮は、何だこれは、と呆然と呟いた。

「違う――まだ、完全じゃない。思い出せるのはあの時からのことだけで、それ以前のことは、何も思い出せない」

何を狼狽《ろうばい》しているのかと、真赭の薄は困惑した。

「全て、思い出せたのではないのですか。あの時とは？」

「私が思い出せたのは、那律彦《なりつひこ》が山神に失望した、ほんの一瞬だけだ！」

取り戻したのは、百年前の記憶――禁門を閉ざす決定を下した瞬間の、那律彦の記憶だった。

もうこれは駄目だ、と思ってから、禁門を閉じる決断をして息絶えるまでの、わずかな間の記憶だけなのだという。

若宮は目を大きく見開き、瞬きもしないまま早口で呟いた。

「あの時の那律彦は、かつての山神は大きな力を持っていて、自分達もこの地にやって来たのだという自覚があった。山内が、山神のために存在しているということも承知していた。だからこそ、もう駄目だ、と思ったのだ。山神と、八咫烏を天秤にかけ、私は眷属を守ることを選んだ。それなのに、肝心の――最初にこの山へやって来た時のことも、その時、私が何と呼ばれていたのかも、どうしても思い出せない」

若宮のうつろな瞳に、真赭の薄はひやりとするものを感じた。

「殿下――落ち着いて」

だが、真赭の薄の声も届かないように、若宮は彼らしからぬ乱暴な動作で、頭を掻き毟《むし》った。

「どうして。なぜ、ここまで来て、肝心なことは何も思い出せないのだ！」

まだまだ、これで終わりではない。

「私は一体、誰なんだ」

絶望した様子の若宮に、真赭の薄は何も言えなかった。

空が白み始める頃になり、椿が志帆を伴わずに戻って来た。

思い出したことを一旦持ち帰る意図もあり、若宮は山内へと帰還していたため、真赭の薄だけで椿を出迎えた。

「心配かけたな」

もう大丈夫だ、と告げた椿の顔は、この一晩で憑《つ》き物が落ちたかのようだった。

さっぱりとした顔の椿は、見た目が青年へと変化したこともあり、志帆に甘えるばかりだった昨日よりも、ずっと落ち着いた印象であった。

何を話し合ったのかは分からないが、きちんと、和解出来たようである。

真赭の薄は胸を撫で下ろしたが、それも束の間のことだった。志帆が一人で外界に向かったと聞き、焦ってしまった。

話し合いを経て、椿は、志帆が村へと戻ることを許したのだ。それは喜ばしいが、志帆のお供は仔犬だけである。

祖母と最後のお別れに、と急いで村へ行ってしまった志帆を、一人にさせておくわけにはいかないと思った。

「椿さま。わたくしも、外界に行って構わないでしょうか」

「ああ、構わん」

椿の了解を得てから、急いで神域の中でするりと転身し、鳥居の外へと飛び立つ。

鳥居の上を通過した瞬間、ぎゅっと全身を摑まれるような感覚とともに、体が小さくなるのが分かった。

山内や神域と違い、外界の空気は重く、転身しようと思っても全く出来ないし、飛びにくいことこの上ない。

だが、陸路を行く志帆には、すぐに追いつくことが出来た。

湖の畔《ほとり》を行く志帆を見失わないよう、真赭の薄はゆっくりと、その頭上を旋回した。林の中に入ってしまうと見え難くなるので、体をぶつけないように気をつけながら、今度は下に下りて、木の枝を飛び移るようにする。

あまり鳥形には慣れていないので、志帆を見失わないよう、慎重に後を追った。

志帆の足元には白い仔犬がいて、外界での散歩を純粋に楽しんでいるように見えた。

しかし、仔犬は急に足を止めて、顔を上げる。

その視線の先には、一人の人間がいた。

小さな、黒い服を着た少女である。年の頃は七つほどだろうか。髪を二つしばりにしており、手には、鮮やかな赤い白粧花《おしろいばな》がつまれていた。

志帆以外の人間を見るのは初めてだ。

志帆さまのお仲間かしら、と木の葉に隠れて見守っていると、とんでもないことが起こった。

少女が大声を出し、それを聞きつけて駆けて来た少年が、志帆を殴りつけたのだ。

あまりのことに、声も出なかった。

同じ人間なのに、どうして彼が志帆を傷つけるのか、理解できない。

しかし、少女は依然として金切り声を上げ続け、その声を聞きつけた他の人間達も集まり出した。彼らは一様に驚き、そして、なんとか会話しようとする志帆を無視し、よってたかって彼女を痛めつけ始めた。

――ただごとではない。

思わず飛び出しかけたが、モモがいとも簡単に蹴り飛ばされたのを見て、思い止まる。今の自分はただの烏だ。とにかく、助けを呼ばなければならない。

梢から飛び出し、大急ぎで神域へと戻ったのだった。


真赭の薄の報告を聞いた瞬間、椿のいた所に、光の柱が立った。

すさまじい轟音《ごうおん》と共に、青白い光が、天と地を太く結ぶ。

あまりの衝撃に、真赭の薄は悲鳴を上げて、地面へと倒れこんだ。眩しさに目が眩み、体を丸めて頭を抱える。

ややあって視界が戻った時――そこには、とんでもない巨軀を誇る龍が、稲妻を迸《ほとばし》らせながら、勢いよく空へ昇っていくところであった。

「山神さま、いけません！」

奈月彦は悲痛な声で叫ぶと、大烏へと姿を変え、飛び立って行ってしまった。

いつの間にか、大きな蛇体を受け止めた空は、泥のような雲に覆われている。

もはや、太陽の光は届かない。闇夜のごとき空に雷光ばかりが眩しくて、雲の合間からかろうじて、荒れ狂う龍の腹が見えた。

まるで光の雨のように、空からはひっきりなしに落雷があって、耳が馬鹿になりそうだ。

あまりに恐ろしくて、どうあっても体が震えた。

椿を追ったはずの若宮の姿も、もう見えない。

殿下、と震える声で漏らしたはずの、己の声は轟音で聞こえなかったのに――不思議と、その声だけは、はっきりと聞こえた。

「さて」


ようやく邪魔者はいなくなった、と。

いやに明瞭な言葉に、真緒の薄は振り返った。

そこに立ち、こちらをまっすぐに見据えていたのは、大猿だった。

「もう、そろそろよかろう」

何のことだ、と思うよりも先に、ぎょっとする。

大猿の背後から、今までどこに隠れていたものやら、光る眼差しの猿が、ぞろぞろと何匹も出て来た。

その口からは、ぽたぽたとよだれが垂れている。

奴らは、こっちを見ている。

「――え？」

間抜けな声が出た。

「何……何なの、あなた達……」

おじけて後退る真緒の薄を見た大猿は、機嫌が良さそうに両目を細めた。

「やれ」

それを聞いた猿達が四つん這いになり、一気にこちらに襲い掛かって来た。

雷の音でも消せない、甲高い、猿の歓喜の叫びが鼓膜《こまく》を貫く。

真赭の薄は悲鳴を上げ、なんとか逃げようとするも、猿の方がずっと速かった。

「やめて！」

足がもつれて転ぶ。

振り返ると、無数に光る、金色の目と視線が合った。

――ああ。わたくし、死ぬんだわ。

生まれて初めて、本気でそう思った。

だが次の瞬間、猿と真赭の薄の間に、黒い影が割って入った。

羽衣姿の青年だ。

「飛べ！」

千早《ちはや》だった。

銀色の刃に猿は怯むが、違う猿が人形のまま、棍棒を持って襲いかかってくる。

振り下ろされたそれを受け止めた千早に「さっさと飛べ！」と苛立ったように言われ、慌てて転身する。

鳥形となって舞い上がってから振り返ると、千早は、太刀を大猿に向けて鋭く投げつけると、身一つになって後を追って来た。

それによって、ようやく気付いた。太刀は融けていない。

山神による制限が――私闘の禁止の言いつけが、無効になっているのだ。

最後に振り返った鳥居の内側では、よだれを垂らす数匹の猿が、口惜しそうにこちらを見上げていた。

逃げるために飛び立ったはよいものの、あまりの暴風と雷雨に、すぐに飛べなくなってしまう。これ以上、猿が追って来ないことを確認しつつ、千早に促されて湖のほとりへと降り立つ。

そうして見上げた上空には、銀色の龍の腹がでらりと光っていた。

若宮の姿は、やっぱり見えなかった。

――あっちのことは、若宮に任せておけ。

千早に言われ、真赭の薄はかろうじて頷いた。

何が起こったのかは分からないが、椿は龍となり、神域は猿に占拠されてしまった。猿がいる以上、禁門から山内に戻るのは不可能だろう。

こうなったら、天狗の家から朱雀門を通って戻るしかない。

――天狗の家はどこか、分かるか。

千早に訊かれ、真赭の薄は頷きつつも、驚いていた。

――あなた、どうしてあそこにいたの。

カア、と千早は黒々とした嘴《くちばし》を開く。

――あんたの弟に、護衛を頼まれたに決まっているだろう。

それに若宮と澄尾《すみお》にも、同じように言われていたのだという。

――とにかく今は、朱雀門へ行くぞ。烏天狗が常駐しているはずだ。

促されて飛び立つ。

今度は、なるべく低空を心がけながら、湖面を横切るようにして飛ぶ。

朱雀門を内包すると教えられた建物の前に降り立った頃、一際大きな落雷があり、それを最後に静かになった。

――おい！

不意に、千早が声を上げ、近くの建物の窓へと飛びつく。そこでは、小柄な中年の男が、呆然と外の様子を窺っていた。

おそらくは、烏天狗だ。

千早はその顔めがけて飛び、猛烈な勢いで窓をつっついた。

びっくりした顔をして、小男が窓を開く。こちらを見て、その足が三本あることに気付いたようだった。

「奈月彦の仲間か」

わずかに訛《なま》っているが、御内詞だ。

そうです、という意味をこめて、真赭の薄はカアと鳴く。

八咫烏同士なら烏形姿でも意思の疎通に問題はないが、相手が天狗だとどこまで通じるか分からない。だが、その男は正確にこちらの意図を読み取った。

「朱雀門を開けばよいのだな？」

こっちだ、と案内された建物の前で、彼が何か操作すると、壁がひとりでに動き始めた。天狗にも、若宮のように不思議な力があるのかと驚いているうちに、ぽっかりとした洞穴が目の前に現れた。

その奥は真っ暗だったが、すぐに明かりが点る。

そこは、両側に光源のついた長い通路であり、荷物運搬用のからくりが置かれていた。

千早は、明かりがつくや、烏形のまま中へと入って行った。

本気で飛んでいってしまった彼があまりに早くて、あっと言う間に置いていかれてしまう。

ただでさえ、こんなに全力で飛んだのは初めてだ。嘴《くちばし》を開けて荒く息をついていると、烏天狗によって、ひょいと持ち上げられた。

「君は一緒にトロッコで行こうか」

その言葉に甘え、烏天狗の肩につかまらせてもらう。

烏天狗が何やら操作すると、トロッコとやらが動き出し、すぐに、風を切るほどの速度になった。

いくらもしないうちに、急に開けた空間に出た。

空気が変わり、すっと体が軽くなる。

ここならば、転身出来ると気付く。

烏天狗の肩から飛び下りて、人形に戻る。見上げれば、そこは、呆気に取られるほど大きな門――朱雀門だった。

山内に帰ってきた、とほっとしている暇はない。

すでにそこは、先に着いた千早の報せを受けて、大騒ぎとなっていた。

「神域にて変事あり！」

「猿が動いたぞ！」

参謀本部へ知らせろ、と怒号が飛び交い、慌てて出て行く伝令の姿もある。

千早の姿はすでに見えず、こちらに気付いた兵達が駆け寄って来た。

「真赭の薄さまですね」「若宮殿下は今、どこに」

「分かりませんわ」

なんと、と悲痛な声が上がる。

おそらくは、守礼省《しゅれいしょう》の文官だろう男が、鳥天狗へと話しかけた。

「大天狗は何とおっしゃっている？」

「それが、山を下りてしまった上に、連絡がつかんのだ。試してみたが、離れの通信機器が全部駄目になっていた」

少々時間が掛かるやもしれん、と鳥天狗は苦い顔だ。

山内衆と見える男が、真赭の薄殿、と声を掛けて来た。

「千早さん以上に、神域について詳しいのは貴女です。とにかく、参謀本部へ。何が起こったのか、直接報告なさってください」

言われるがまま、促されて門の外へ出ると、広い車場《くるまば》には、馬が用意されていた。ここでも、待ち構えていた兵に連れられて飛び立つ。

参謀本部が置かれているのは勁草院だったはずだが、何故か、連れて行かれた先は明鏡院だった。

車場では、天幕を張っている兵達がおり、その前には雪哉と明留《あける》、そして長束とその部下達が、千早を囲んで話をしている。

真赭の薄が帰って来たのを見て、その輪から弟が飛び出した。

「姉上！　お怪我はありませんか」

「わたくしは平気よ」

今になって、震えが出て来た。

一歩間違えば、自分は猿によって殺されていた。

大変なことになった、と思う。

きっと猿は、山神が神域を出る時を、ずっと待ち構えていたのだ。

真赭の薄を殺そうとしたくらいなのだから、このまま、山内に攻めて来るのかもしれない。

「若宮殿下は、外界に出て行かれたそうですね」

「ひどい荒天の中、山神を追って行ってしまったから……でも、山神は、若宮殿下を傷つけようとはしていませんでしたわ」

それを聞いた明留は、さっと頷いた。

「ならば、きっと大丈夫でしょう。いずれにしろ、山神の問題は、殿下にお任せするしかありません。外界で、私達は無力ですから」

それに、今はむしろ、殿下は外界にいらっしゃるほうがいいかもしれません、と明留は呟く。

それを聞いて、ふと、何かがおかしいと思った。

朱雀門の喧騒《けんそう》と異なり、ここは、嫌に静かだ。

よくよく見れば、動揺しているのは自分だけだ。

天幕を張っている一般の兵の間では大声を掛け合っているが、雪哉を中心とした山内衆は、こんな非常事態とは思えないほどに静かだった。

特に慌てるでもなく、皆、まるで何かを待っているかのように、気を張っている。

明留以外、こちらを一顧だにしないあたり、妙な居心地の悪さを感じた。

「……わたくし、一度、紫苑寺《しおんじ》に戻りますわ」

事情を説明しろと言われたところで、言うべきことはきっと千早が伝えている。それなら、浜木綿達に状況を知らせてやりたかった。ここにいても自分に出来ることはないだろうと思ったのだが、それを聞いた明留は顔色を変えた。

「駄目です、姉上！」

ここにいてください、と。

切羽詰った様子で明留に止められ、ますます、何かがおかしいと思う。

ふと、ピィーッと、甲高い音が聞こえた。

それを聞いた参謀達が、来たぞ、と鋭い声を上げる。

天幕の横に置かれた太鼓を、兵が鳴らし始めた。

どおん、どおん、どおん、と、深く重い音が境内に響き渡る。

ほぼ同時に、山頂の方から、すさまじい勢いで飛んでくる騎影を捉えた。

群がる兵達の中心で、雪哉はやって来た馬を見て、さて、と呟く。

「始めよう」

＊　＊　＊

非常口の緑色のライトが、リノリウムの床に反射している。

まるで、月明かりを映した御手洗《みたらし》の泉のようだと、奈月彦はぼんやりと思った。

外界の病院である。

志帆の運び込まれた部屋では、今も何人もの医者や看護婦が慌ただしく出入りしている。

廊下で呆然と立ち竦んでいると、慌ただしい足音がした。

「志帆ちゃんは？」

息せき切って駆け込んで来た大天狗は、喪服を纏《まと》っている。

彼は志帆の祖母の葬儀の手配をするため、町に下りていたのだ。

志帆の祖母が亡くなったと聞いて動揺していた時のことが、随分と昔のことのように思えた。

——村人は、志帆が神域から逃げ戻って来たのだと勘違いしたのだった。

神の怒りを恐れた彼らは、我が身可愛さに、志帆を山神である龍神へと返すことによって、自身に降りかかる禍《わざわい》から逃れようとした。そして、志帆は龍ヶ沼へと放り込まれ、それを知った椿は怒りのまま、村へ雷を落とした。

だが、それを止めようとして、あろうことか、志帆自身が巻き添えになってしまったのだ。

人形になり、奈月彦が急いで人間達の病院に運んだものの、助かるかどうかは分からなかった。

「助かるのか」

「分からん。頭部通電による呼吸停止、酷《ひど》い火傷によるショック症状——深部臓器にも障害が見られるそうだ」

それに、人間が出来る範囲での外科的な処置が済んだとしても、志帆が負ったのは、ただの火傷ではない。

「雷を落としたのは山神だが、その山神自身に癒しの力はない。あの傷を治せるのは、志帆殿だけだったのに……」

当人が、その火傷によって、生死の境を彷徨《さまよ》っている。

「じゃあ、志帆ちゃんは」

言いかけて、大天狗はつと口を噤む。

夕立だと思われた雨は、ますます激しくなるばかりで、ちっとも止む気配がない。

ガラスに打ち付ける雨粒を見つめながら、奈月彦は唇を噛んだ。

――自分は、どうしたら良かったのだろう。

真赭の薄ではなく、自分が一緒に志帆と村に下りていたら、最悪の事態を止めることが出来ただろうか。

もしもを考えても仕方がないというのに、ぐるぐると、後悔だけが渦を巻いている。

しばらく無言だった大天狗は、しかし、沈黙にこらえ切れなくなったかのように口を開いた。

「……これは、今言うべきことではないかもしれないんだが」

どうしても、お前に謝りたいことがある、と、そう言って大天狗は濡れ髪を掻き上げた。

「何だ……？」

「山神の名前についてだ。俺は、勘違いしていたかもしれない」

どうして、山神の記憶が戻らないのかと、大天狗はずっと考えていたのだ。

「まあ、今となってはの話なんだがな」

わずかに躊躇《ためら》った後、大天狗は語り始めた。

「山神の正体は、猿と烏を神使《しんし》にしていておかしくない神、という点で推理しただろう？」

推理の根拠となったのは、志帆を取り戻す手助けになればと彼女の祖母が調べて来た、『烏と猿の話』という伝説だった。

――ある時、長雨が続いて困っている村人に対し、烏が供物を要求し、山神に頼んで晴れにしてやろうと持ちかける。

しかし、それが続くと烏はあまりに太り過ぎ、沼へと落ちてしまう。それを見ていた猿は笑い、自分が同じ役目を買って出るが、これもまた、しばらくすると太り過ぎて、木から落ちてしまう。

以来、「欲張るのは良くないことだ」と烏と猿は反省し、村人が晴れにして欲しい時は、烏と猿に、半分ずつお供えをするようになった――という伝説だ。

大天狗はこの神話から、山神の正体は、烏と猿を従える神だと考えた。

だからこそ、猿を神使に持つ日吉大社がこの山の原型であり、日吉大社の神を父に持ち、祖父に八咫烏を持つ賀茂別雷神《かもわけいかずちのかみ》こそが、山神の正体なのではないかと推察したのだった。

しかし、それが間違いだった。

荒山《あれやま》では、神域に連れて来られた村娘は、御手洗の泉における禊――水遊びの過程を経て、父親なき山神を産み落とす。

そして、神の母として山神を育てることになっている。

信仰の対象となるのは母神と御子神であり、そこに、父神の姿は見えない。

「ところが日吉大社の祭神は、大山咋神《おおやまくいのかみ》――山神の、父親が主体なんだ。俺が椿の正体と睨んだ賀茂別雷神《かもわけいかずちのかみ》は、メインで祀られているわけじゃない。日吉大社は、この山のオリジナルじゃなかったんだ」

奈月彦はわずかに喘《あえ》いだ。

「では、あの名前は最初から間違っていたのか？」

そこがややこしいとこなんだがな、と大天狗は顔をしかめた。

「結論から言っちまうと、名前だけなら、合っていたと思う。でも、その名前の根拠となる、祭祀の方が的外れだった。同姓同名の別人の記憶を取り戻そうとするようなもんだから、そりゃ、椿がピンと来ないに決まっている」

もどかしそうに息を吐き、大天狗はぐしゃりと自分の髪を掻き回した。

「……玉依姫に関連して、父親が不在で、この山の神事によく似た神事を持つ祭がある」

「それは――？」

「京都の、葵祭だ」

それは、若宮でさえ外界において、何度も耳にしたことのある、あまりに有名な祭だった。

八咫烏とされる神と、その娘である玉依姫を祀る、賀茂御祖《かもみおや》神社。

そして、玉依姫が丹塗矢から感精して生まれた雷神を祀る、賀茂別雷《かもわけいかずち》神社。

下鴨神社、上賀茂神社の名で知られるこれらの神社において行われる壮麗な祭であり、その前段として、それぞれの山で行われる神迎えが、みあれの神事である。

みあれとは、御生れであり、御阿礼であり、御荒であり、御顕だ。

「それによって、新しい神が生まれ、荒々しき神をお迎えし、若々しい力を持った神が現れるわけだ」

そして賀茂社では日吉大社と異なり、賀茂別雷神《かもわけいかずちのかみ》の父であり、玉依姫の夫である神の正体はさほど重要視されない。ただ、賀茂別雷神の父が尊い神でありさえすれば、信仰は成立するからだ。

しかも葵祭は、応仁《おうにん》の乱で京が荒れて、一時期、中断した時期があった。

「もし、もしもだぞ。その間、誰かが、都の戦乱から離れた地方で、その神事を代わりに行おうとしたのなら、どうだ……？」

応仁の乱などよりずっと以前から、この地方にも賀茂の分社は存在していた。

都で祭が中断したことを嘆いた関係者が、辺境の地の山奥、地理的な条件の一致する場所を探しだし、祭祀の模倣をしようとしたのかもしれない。

古い祭祀の場は、山にある、水源といわくらだ。

――お椀型の山、御手洗の泉、異様な巨石。

地元の娘を媒介として、いわくらにおいて神おろしを行い、曲りなりにみあれの神事を復活した。

そしてその結果、荒山で神話は再現されたのだ。

巫女は玉依姫となり、名も無き龍神には、尊い雷神の名前が与えられた。

「暴論もいいところだけどな、それだったら、一応は説明がつく」

大天狗は低い声で続けた。

「祭が中断されていたのはほんの二百年ばかしのことだし、京の方でも、おそらく何もしていなかったわけじゃないだろう。祭が都で復活すれば、当然、遠く離れた山奥で行われる、賀茂の祭のコピーなんて正当性を失う」

その上、もともとこの地には、在来の信仰があったのだ。それを併呑《へいどん》して再生産された神話と神々は、徐々に、原型からかけ離れていく。

「そして、龍神であり、雷神でもあった山神は己の正体をなくし、化け物になっていった……」

「待て」

奈月彦はあることに気付き、息を呑んだ。

「もし、お前の推論が合っているとするならば――、猿は、ど、こ、か、ら、来た？」

そこが問題だよ、と大天狗は両眼を細めた。

「『烏と猿の話』は、おそらくは昔あった話を改作していった結果、今の形になったのだと思う」

古い神に関わる伝説の教訓は、祟《たた》るから祀れ、という単純なものであることが多い。大天狗は、「欲張りは良くない」という、極めて近代的な価値観の教訓に至るこの伝説が、腑に落ちないと、ずっと首を捻っていた。

しかも、猿や烏は、元来、太陽を導く神という性質を持っている。

――わざわざ、山の神に晴れにしてくれと頼む必要など、どこにもないのだ。

「もともとこの伝説は、太陽に関係する烏と猿の物語で、彼らから晴れにしてくれとお願いされる『山神』なんてものは、いなかったんじゃないかと思う」

奈月彦は呻《うめ》いた。

「山神の方が、後付けだったということか……」

「そう。だとしたら、この山で一番古くて重要だった信仰は、龍ヶ沼の人身御供《ひとみごくう》伝説でも、山と湖を行き来する名もなき龍神の伝説でもなく、『烏と猿の話』ということになる」

あとは分かるな、と、大天狗に鋭い眼差しを向けられて、奈月彦は唇を震わせた。

ならば。

だったら。

「この山で、最も古い山の主が、烏と――猿だった？」

「あの、大猿の正体は」

言いかけた時、まるで時機を見計らっていたかのように病室の扉が開き、中から医者が現れた。


そして、志帆の病状が、安定したことを知らされたのだった。

気配を探れば、山神は、病院の屋上にいるようであった。ひとまず、志帆の容態が安定したことを知らせようと、奈月彦は屋上へと向かった。

しかし、そこにいたのは、山神だけではなかった。

力なく立ち尽くす山神と相対しているのは、銀髪の青年であった。

若々しく、その目の奥には燃えるような光を満たしている。

身につけているのは簡素な白の上下だったが、腰には、見事な太刀を佩《は》いていた。その背後に従えているのは、あまりに大きな猟犬だ。

化け物殺しの『英雄』だった。

それに気が付いた瞬間、奈月彦は、全てが遅かったのだと悟った。

とうとう、追いつかれてしまった。『英雄』は、山神を化け物として、討ち倒しに来たのだ。

椿の最期は、立派だった。

見苦しく命乞いをすることも、化け物らしく抵抗することもなく、ただ穏かに運命を受け入れた。

あの時、確かに化け物だった彼は、しかし今は違《たが》うことなく、奈月彦が敬うべき主君の姿を取り戻していた。

だが――それでも、犯してしまった過ちを償うことは、出来なかったのだ。

猟犬によって喉笛を食いちぎられたと思った次の瞬間、椿は、綺麗さっぱり消えてしまった。

まるで幻のように、血痕ひとつ残さず――椿は、死んでしまった。

しばらくは、呆然としていた。

雨の屋上だ。

霧と雨水によって灰色にけぶるコンクリートの町並みは、ちらちらと電灯が点き始めている。

その向こうには、雲に覆われた山並みが、沈んだ青色に横たわっていた。

八咫烏以外、どうなってもいいと思っていたし、彼を殺すことさえ考えていた。それなのに、今は椿が死んでしまったことが、どうしようもなく悲しかった。

彼は最後に、すまなかった、と自分に謝ったのだ。そして、今まで仕えてくれてありがとう、と。

――こんな結末を迎えてしまったことが、何より悔しかった。

『英雄』は、立ち竦《すく》む奈月彦を見ると、わずかに皮肉っぽい笑みを浮かべた。

「あいつは、一年前、御供の肉を口にしていた。その時点で、こうなることは決まっていたのだ」

奈月彦が山神と――椿と出会った時には、もう、全ての決着はついていたということだ。

「どっちにしろ、お前に出来ることは何もなかったよ」

素っ気無く言い放ち、「それで、お前はこれからどうするのだ」と訊いて来る。

「どう……とは？」

まるで、奈月彦に選択肢があるかのような言い方を、訝《いぶか》しく思う。『英雄』から、化け物の手下と見られているのであれば、自分は椿と共に退治されて、おかしくはないはずだった。

「俺からすると、八咫烏はぎりぎりのところで踏みとどまった、といった感じだな」

危ういところだったが、と『英雄』は首を傾げる。

「これから先は、お前の意思如何だな。山にはびこる化け物を退治し終えれば、この俺が新たな山神ということになるが、新たな山神の支配を、お前は受け入れるのか、拒むのか……」

自分の正体をなくした上に仕える神もいない今、八咫烏は、ただの怪しき物だった。

この上、山神の支配を拒んだところで勝てるはずもなく、百万が一勝ったところで、山神にもなれはしないだろうことは明白だった。

奈月彦は呻く。

「だが、あなたに仕えると誓っても、山内は……」

「荘園の必要性がなくなったんだ。まあ、これまでのようにはいかないだろうな」

新たな山神は、外界じみたしぐさで肩を竦《すく》めて見せた。

「もう、お前も分かっているだろう？　荒山のシステムは、とっくに瓦解している」

もともと山内は、みあれの儀式を行う神のための荘園だった。そして、それを維持していたのは、山神の力だった。

「だが、みあれの儀式はなくなったし、俺に助けられた人間どもは、村を焼け出されちまった。この山の信仰は途絶える。おそらく俺は、一代限りの神となるだろう」

俺に従っても、山内は長続きしないだろうな、と乾いた口調で彼は言う。

「お前は、お前のねぐらを守りたかっただけなのだろうが、閉じこもっていても、遅かれ早かれ滅んだのは間違いないんだ。諦めるほかないいな」

「本当に――他に、何か方法はないのだろうか」

このままでは、本当に山内は滅んでしまう。

そうなれば、間違いなく八咫烏達もただではいられない。

「せめて、かつての私の名前を――神としての正体を取り戻せば」

未練がましく言い募る奈月彦にも、『英雄』はそっけない。

「無駄だ。お前だって、一度、名前は分かったはずだろう？」

都から、娘と孫の神と共にやって来た八咫烏であれば、その名は、賀茂《かも》建角身神《たけつのみのかみ》だったはずである。

「それを知ってても記憶が戻らないのなら、記憶を失う前、お前はこの地で、すでに違う名前を得ていたんだろう。それを忘れてしまったのなら、もうどうしようもないな」

無情に切り捨てられた時、屋上に向かって、階段を駆け上がって来る音がした。

「大変だ！」

扉を勢いよく開いたのは、大天狗だった。

「山内に、猿が押し入った！　すでに戦闘状態になっている」

奈月彦は息を呑む。

「いつから」

「戦端が開かれたのは、山神が山を出たすぐ後だ」

「朝のことではないか！」

すでに、空には夕闇が迫りつつあった。

天狗は焦った様子で、すまん、と頭を下げた。

「朱雀門から知らせはあったんだが、俺の携帯も、家にある通信機器も、軒並み駄目になっていたらしくて、ここまで時間がかかっちまった」

色を失った大天狗の言葉を聞き、『英雄』は鼻で笑った。

「猿め。いよいよ尻尾を現したな」

やるべきことはまだ残っているようだ、と、笑いをおさめて奈月彦を見る。

「おい、烏。結局、お前は私に仕えるのだな？」

一瞬息を呑んでから、改めて真正面から向き合い、奈月彦は首肯した。

「はい」

「ならば、供をしろ」

言うや否や、『英雄』は身軽に大犬に飛び乗った。まるで、馬にでもするかのように跨《またが》り、その首を叩く。

「行け！」

大犬は頭を荒山の方へと向けると、一声吠えて駆け出した。

滑らかにフェンスを飛び越えると、そのまま、霧を踏むようにして空中を駆け上がる。

雲を踏み、雨を蹴散らし――まっすぐ向かうのは、荒山だ。

「奈月彦」

「志帆殿を頼む！」

言い捨てると同時に、奈月彦も鳥形へと転身し、すぐさま『英雄』の後を追う。

ビュオオ、と耳元で風が鳴り、雨粒が激しく顔を打つ。

舞い上がった空は暗い灰色で、眼下には人の営みがあった。

雨曇りに、電気による光がすでに連なり、ネオンの色が散らばっている。

ぬれそぼった翼は、それでもしずくを弾いて、水晶の玉のように落ちていった。

夕闇に沈みつつある空を翔る、白く輝く大犬と『英雄』――新たな山神は、力強い。

雨雲を翼でかき混ぜ、向かうは黒く沈む山の陰だ。

犬の隣に並べば、山神は三本足の大烏となった奈月彦を横目に、かすかに笑った。

「化け物退治の、仕上げと行きたいところだが――」

さて。

「お前の手下の、お手並み拝見といこうか」

第五章
完遂

猿が動いたという一報がもたらされたその時、禁門《きんもん》を守っていたのは市柳《いちりゅう》だった。

「位置につけ！　各自、襲撃に備えろ！」

叫びながら、ついに来た、と思った。

おそらく、猿はここを狙って来るはずだ。近場の兵が続々と駆けつけて来ているが、現状で、確認出来る兵士は三十強。まともな増援は期待出来ない。

兵達は、あらかじめ決められていた手順を踏み、守りを固めている。

弓兵は矢をつがえ、壺を抱えた者が防塁を越え、禁門の周囲に油をぶちまけていく。

今のところ、兵の間に緊張は見えても動揺は見えない。だが、共に見張りについていた神官が撤退していくのを、不安そうに目で追っている者もあった。

まあ、気持ちは分かる。市柳だって、自分がここにいる時に猿が動くことになろうとは、正直思っていなかったのだ。

――茂丸《しげまる》の奴も、禁門の警備だった時に死んだんだよなあ。

「いやあ……ありがたいもんだね……」

ぼそりと呟《つぶや》いてから、短く息を吐いて覚悟を決める。

壺を空にした仲間が防塁の内側に戻ったのを見届けて、市柳は防塁の上に立った。

両側の壁から流れる水がかすかに光っているせいで、光源が少ない割りに、視界はそれほど悪くはない。

ぽっかりと神域に向けて開かれた禁門を見据えながら、市柳は叫んだ。

「喜べ、おめえら！　俺達ゃ運がいいぞ」

兵達が、一斉にこちらに注目するのを肌で感じる。

「山内《やまうち》に、いっぱい武人はいるけどなあ、仲間の仇討ちの機会にめぐまれる奴なんざ、そうはいねえ！　俺達は果報者で、弔《とむら》い合戦の尖兵だ。今、山内で一番格好いいのは俺達だぞ」

ぺろりと唇を舐め、腹から声を出す。

「目一杯、格好良く行こうぜ！」

おお、と力強く応じる声がある。

開かれたまま固定された禁門の奥――神域の通路から、ざ、ざ、ざ、と足音が近付いて来る。

それに、硬い物同士がぶつかる、聞き慣れた音。

これは――武具のこすれる音だ。

「火矢、構えィ……放て！」

床に撒《ま》かれた油に火矢が射込まれ、一気に周囲が明るくなる。

そして、見えた！

予想していた通り、禁門の向こうに現れた猿は、武装していた。

こちらに向けて、ずらりと並べられているのは、垣楯《かいだて》だ。

――獣《けもの》風情が、ちょこざいな！

「弩《いしゆみ》隊、弓隊、構えィ」

弩の狙いが、禁門の向こうへと合わされる。

「弩、放てィ！」

号令に合わせ、勢いよく放たれた五本の矢は、過《あやま》たず垣楯に当たり、そのうち二枚を貫通した。

ぎゃあ、という悲鳴が上がる。ここを逃してはならない。

「弓、放てィ！」

すかさず、弓兵が割れた垣楯のあたりを狙う。

猿の頭上に掲げられた楯にも、次々に矢が刺さっていく。

「続けろ！　矢を切らすな！　奴らを一歩もこっちに近づけるんじゃねえぞ！」

たとえ向こうが矢を放ったとしても、こっちには頑丈な防塁があり、防塁の内側には、矢もたっぷりと準備してあるのだ。

現状、猿は楯に隠れたまま、手も足も出ず、防塁と猿の間には火がある。

このまま防衛出来れば、と市柳が思った時、不意に、垣楯の一角が崩れた。

矢を避け、小さく縮こまっていた猿が、急に、楯を投げ出したのだ。

降り注ぐ矢をものともせず、火の上に落とした楯を足場にして、一気に走り出した。

猿は、手に棍棒や槍を持っていた。

かろうじて目視出来たのは、十匹ほどだ。

奴らは、キエアアア、と耳を劈《つんざ》くような叫びを上げ、火の海を越え、禁門を越え、防塁に向かってなだれ込んできた。

それまで防戦一方であったのが、嘘みたいな突撃だった。

速い。弩は間に合わない！

「怯《ひる》むな、放て！　射てしまえ！」

何本もの矢が猿の巨体に突き刺さったが、こうして見ると、楊枝のごとき頼りなさだ。

やはり、自身に突き刺さる矢になど目もくれず、猿達は防塁に飛びついてきた。

先頭を行く猿の手には、石の穂先の光る槍があった。

ぎゅん、と音を立てて振り回された槍の先が、弩を放つための矢狭間《やざま》に突き入れられ、新しい矢をつがえようとしていた兵の胸を突いた。

その背中から穂先が飛び出たのを見て、市柳は舌打ちする。

気付けば、防塁を守ろうとする八咫烏《やたがらす》と、突破しようとする猿の間で激しい攻防が起こり、あちこちで怒号と悲鳴が上がっている。

「くそお、弓が効かない」

「こいつら、痛みを感じないのか！」

「刀を持て！」

ほとんど足止めが叶わぬまま、猿は防塁下部を覆っていた鋭く尖らせた竹をなぎ払い、土台となる石を足がかりにしてどんどん防塁を登り始めた。

市柳の目の前でも、一匹の猿が、巨体に似合わぬ身軽さで近付いてくる。

「くそがっ」

市柳は準備していた槍を取ると、頭上から突き下ろすようにして猿へと繰り出した。

だが、その猿は俊敏な動作でそれを避け、逆に槍をつかまれてしまった。

猿が顔を上げ、目と目があった。

途端に、槍がとんでもない力で奪われ、投げ捨てられる。

ぎょっとする間もなく、猿は視線を逸らさぬまま、防塁から飛び出た石を蹴り上げて市柳の目線の高さにまで飛び上がって来た。

その勢いに驚いて、思わず「ぎゃああ！」と悲鳴を上げて飛び退ったところに、猿が立つ。

あまり幅のない防塁の上で、猿と市柳は一対一となってしまった。

「チキショー、落ちろ化け物め！」

すぐさま太刀を抜いて斬りかかるも、刃はかすめても、分厚い毛と皮に弾かれたかのように、まるで切れたという感触がしない。

長い腕で横なぎにされそうになり、とっさにかがんでやり過ごす。

ぶおん、という頭のすぐ上で風を切る音に、こいつ自身が武器みたいだな、と思う。

一瞬だけ後ろに下がり、冷静に猿の全身を見る。

体は大きく、手足が長く、膂力《りょりょく》も跳躍力も、自分達よりはるかに強い。

――対人戦は、明らかに不利だ。

だが、ここを簡単に突破されるわけにはいかない。

「怯むな！　持ち場を守れぇ！」

市柳は太刀を構え直すと、猿に向かって飛び掛かっていった。

＊　　＊　　＊

「禁門が襲撃されている！」

「凌雲宮《りょううんぐう》の兵にも集合が掛かった。俺達も応援に行かないと」

にわかに騒がしくなった外に、翠寛《すいかん》は手にしていた本をぱたりと閉じた。

――始まったか。

そっと窓の外を窺えば、慌ただしく、見張りの兵が持ち場を離れて行く。

あらかたの兵がいなくなった頃を見計らい、翠寛は鈴を鳴らした。

「お呼びでしょうか」

ややあって、入ってきた兵は一人だ。

幽閉の理由が理由だけに、基本的に、見張りの兵は翠寛に対し敬意を持って接していた。用がある時はすぐに呼び出せるようにと、専用の鈴まで与えられていたのである。

丁重さの裏に雪哉《ゆきや》の指示があると思えば腹立たしかったが、今回ばかりは助かった。

「いやに外が騒がしいが、何かあったのか」

兵は、なんと答えるべきか迷ったようだった。

「いえ……」

「禁門という言葉が聞こえた。まさか、猿がやって来たのではあるまいな」

心配そうに声を低めると、兵はますます困った顔になった。

「それは、その」

「やはり来たのか！」

翠寛は大げさに嘆いて顔を覆った。

「ああ、だから、だから言ったのに！　私はこれを恐れていたのだ！」

山内は滅亡だ、と叫んでから、「うっ」と呻《うめ》いて胸を押さえる。

「……翠寛さま？」

何も言わず、胸を押さえたまま、床へ倒れこむ。

兵は慌てた。

「翠寛さま！　聞こえますか、翠寛さま」

それにも答えないまま転がっていると、兵は格子の鍵を開け、こちらに駆け寄って来た。

力のない体を仰向けにしようと兵が身を寄せた時、翠寛は両手をひょいと持ち上げ、その襟首を摑んだ。

「えっ」

首を締め上げられ、兵の意識が落ちるのはほんの一瞬だった。

「油断するな、馬鹿たれ」

羽林《うりん》は何を教えているんだ、とぶつくさいいながら、翠寛は容赦なく兵の身ぐるみを剝《は》いだ。

打刀《うちがたな》を取り上げ、羽林天軍《てんぐん》所属であることを示す懸帯《かけおび》も拝借する。

最後に、兵を楽な姿勢に寝かせてやってから、翠寛は外に出た。

「間に合うか……」

＊　＊　＊

凌雲山は、静かだった。

いつもであれば、大路には物売りの露店が並び、買い物の客で賑わう時間帯であるが、凌雲宮の動きに不穏な気配でも察知したのか、いつもよりも人通りは少ないような気がする。

テルヤは、まばらな客の中に紛れ込み、周囲の様子を窺っていた。

ふと、大路の脇に備え付けられた水甕《みずがめ》の中に、自分の姿を見る。

茶色くふわふわした毛並みのない、つるりとした肌は、いつまで経っても慣れない。

わざわざ黒く染めて羽衣《うえ》に似せた衣をまとい、ぼさぼさの髪を適当に撫で付けているその姿は、どこからどう見ても人形《じんけい》の八咫烏だ。

不自然なところがないよう、さんざん指導を受けたのだ。

自分でも驚くほど、テルヤは、砦を築くために集められた人足の中に溶け込んでいた。

何気なさを装い、散歩のような軽い足取りで凌雲宮の外壁の周囲を歩いても、不審に思われることもない。

もっとも、凌雲宮の烏達は、今はそれどころではないのだろうが。

中央山《ちゅうおうざん》の方から、伝令と思しき烏がやって来た後、凌雲宮の警備をしていた烏達が、慌ただしくなっている。

おそらくは今頃、禁門で仲間達が交戦しているのだろう。

馬鹿な烏達は、猿が攻めて来るのだとしたら、禁門からだと信じ込んでいる。

――今日という日を、我々は、ずっと待っていたのだ。

テルヤは唾を呑み、袖に隠し持った短剣に意識を向ける。

誇り高き猿の一族として、自分は、なすべきことをなさねばならない。

「まずは烏どもの世界に、間諜《かんちょう》を送り込もうと思う」

オオキミがそう言ったのは、今から六年も前――初めて、猿が烏の狩りに失敗した直後のことであった。

以前より、烏の棲家――山内に繋がる抜け道の開拓は進められていたが、その頃になり、ようやく使用の目処が立ったのだ。テルヤにはよく分からなかったが、オオキミ曰く、山内を守る結界に、穴が生じたということらしい。

当時は、山内の様子がまだよく分からなかった上に、食糧不足という差し迫った問題があったため、あまり慎重に構えてはいられなかった。

狩りと、内部偵察のために様子見の兵が送られ、それなりの成果をもたらした。

だがある時、思いがけないことが起きた。

逆に、猿の領域が烏の侵入を受け、大切な子どもが殺されてしまったのだ！

それとほぼ同時に、山内に送り込んだ男達は殺され、烏が、我々の侵入に気付いたことを知った。

すぐに仇を討とうと逸《はや》る仲間をおさえ、オオキミが言い渡した決定こそが、本格的に、山内に密偵を送り込むというものだった。

「烏達は、根本的に傲慢な生き物だ。わしらが、ろくに言葉も知らない蛮族と思い込んでいる。その傲慢を、後悔させる時が来たのだ」

一番大きな洞穴に集められた猿の一族は、いよいよか、と勇んだ。

「オオキミ！　俺が、間諜になります！」

真っ先に手を挙げたのはテルヤだった。

だがすぐに、我も我もと、皆志願し始めた。誰もが、仲間のあだ討ちをしてやりたくて、同時に、名誉ある尖兵になりたくて仕方なかったのだ。

しかし、オオキミはゆっくりと首を横に振った。

「最初の密偵は、子どもが良いだろう」

幼い子ならば、多少舌ったらずでも不審には思われない。やる気があり、賢い子どもに、オオキミ自ら、烏共の言葉を教え込んでやろうと言う。

「俺が行きます」

はっきりと言って、進み出たのはマドカだった。

まだ九歳だったが、その身の上を思えば、マドカの覚悟を疑う者は誰もいなかった。

マドカを筆頭として、何名かの賢い子猿が選ばれた。ある程度の言葉を話せるようになった者から、地下道を通って烏のもとに送り込み、時間をかけ、丹念にあちらの内情を探っていった。

何か不測の事態があったとしても、決して烏と戦ってはいけない。自分が猿だと気付かれてはいけない。あやしまれたら、人形のまま死ね。そうすれば、最低限、猿だとはばれない。

そう教え込まれた子ども達は、よく働いた。

おかげで今では、烏の領地の地形も、政治の内情も完璧に把握している。

一方の烏は、こちらのことを何も知らなかった。

神域で何やら探っていたようだったが、それだって微々たるものだ。

己の領地に、どれだけの侵入経路が開いているかも、こちらがどれだけの勢力なのかも分かっていない。挙句の果てには、最も大きな抜け道の目と鼻の先に砦を築こうとしているのだから、お笑い種《ぐさ》である。

「凌雲宮には、食料も、武器もたくさんあります」

そう報告したマドカは、少年ながら、すでにいっぱしの兵《つわもの》の顔をしていた。

「禁門から僕達が入って来ると思っているから、こっちの離宮を補給の拠点にするつもりなんだ」

しかし愚かなことに、今はまだ、凌雲宮には防塁もろくに出来ていない状態なのだという。

「それを作るために日雇いで人足を集めているから、見慣れない顔があってもすぐには気付かないと思う」

一度、中に入ってしまえばこちらのものだった。

マドカの報告を聞いたオオキミは、ゆっくりと頷いた。

「人質は有効だ。城砦として築いたということは、烏達が守るべきと考えている者も、その中にいるな？」

「全部、います」

マドカの調べは万全だった。

「貴族の女子どもだけでなく、金烏《きんう》代《だい》も、その妻も、全部」

狙うならここです、と言い放ったテルヤに、オオキミは頷いた。

「よろしい。ならばこうしよう」

命令は明快だった。

その日が来るまで、少しずつ、烏の言葉を覚えた者を人足として送り込む。

烏どもの衣に合わせ、墨染めの衣をまとって、仲間であることをちらとも疑わせないまま、仲間を山内の内部に増やすのだ。子ども達は引き続き、無邪気を装い深部まで侵入し、どこに備蓄があり、どこに人質となる者がいるかを調べる。

「そして、その時が来たら、禁門で派手にやりあうことにしよう」

烏からすれば、禁門を突破され、朝廷内部に入り込まれることは極力避けたいはずだ。禁門で――水際で、何としても撃退したいと考えるだろう。

「狭い場所では、力押しに長《た》けた我々の方に分がある。凌雲宮の警備は、禁門の応援へと回されるだろう」

一度、兵達が禁門に向かってしまえば、凌雲宮はがら空きとなる。

「そこを狙う」

中央山と凌雲山《りょううんざん》の間には、手付かずの樹林が横たわっている。空を飛ぶ烏からは木々が目隠しになり、猿にとっては格好の移動経路だ。そしてその樹林の中にこそ、無数にある烏の領域への抜け道のうち、もっとも大きな穴が開いているのだった。

オオキミは、真の金烏《きんう》であるという、若宮《わかみや》の居場所に注意していた。奴が、外界に出ている間に、警備の手薄になった凌雲宮を強襲し、人質を取り、備蓄を根こそぎ奪い取る。

そうすれば、十中八九、奴はこちらの命令に従うはずだ、と、オオキミはそう言った。

諜報活動の恩賞として、マドカにはオオキミから、見事な漆石《うるしいし》の小刀が与えられた。

長く、オオキミの護《まも》り刀だったものだ。みっしりと目の詰まった青い柄糸が巻かれ、刀身はきらきらと光り、灯に当てるとうっすらと透ける逸品だ。

古い、一族の宝である。

山内にいる間は戦いを禁じられていたため、それが、マドカが持った初めての武器であった。

頬を紅潮させ、外からは見えないよう懐へ隠そうとするが、あぶなっかしいので、テルヤが手を貸し、首から下げられるようにしてやった。

「いいか。無茶するんじゃないぞ」

オオキミがマドカにこれを渡した理由は、推して知るべしだった。

「分かってる。俺には、どうしてもやらなきゃならないことがあるからね。絶対に、最後まで生き残ってやるよ」


決然とした面持ちであぁ言ったマドカは、今も、どこかで烏になりすまし、息をひそめているはずだ。

その時、テルヤが気を張って窺っていた凌雲宮の内部から、烏達が飛び立ち始めた。

おそらくは、禁門の増援のために召集が掛かったのだ。

ばたばたと羽を鳴らし、黒い鳥影が次々に飛び立っていく。

隊列を組んで去っていった数からして、今、凌雲宮には、常時の十分の一も警備は残っていないだろう。

胸が鳴っている。血が沸騰しているようだ。

焦るな、焦るな、と呪文のように頭の中で繰り返し、その黒い影が完全に見えなくなるのを待つ。

そして、消えた。今だ！

ピュッと口笛を鳴らすと、周囲に散開していた仲間が、テルヤのもとに駆け寄って来る。

目配せをし、その仲間の肩を踏んで塀に上ると、下を通りかかった兵士と目があった。

「あ？」

呆気《あっけ》に取られた顔の兵にへらりと笑いかけ、飛び下りる。

「なんだ、貴様――」

大声を出される前に、袖の中に隠し持った刀でその首を掻き切った。血が噴出し、兵はどさりとその場に倒れる。

死体をぞんざいに木陰に放り込み、向かうは大路に面した、凌雲宮の正面門だ。

途中、見張りの兵士と何回か出くわしたが、数が少ない上に、浮き足立った兵を仕留めるのは簡単だった。

一度も大声を出されることなく正面門へとたどり着き、門番も同様に仕留める。

守る者が誰もいなくなった門の鍵を中から開き、堂々と全開にした。

大路にいた烏達は、まだ、何が起こったのか気付いていない。

もの珍しそうにこちらを見ている烏達に混じり、大路の半ばに立っていた仲間が、全速力で、大路の反対側へと向かう。

凌雲宮からまっすぐに伸びた大路の果ては、築いている最中の砦である。

大きな石を点々と並べ、その隙間を埋めるように小石を積んでいるが、あまり、出来はよくない上に、そんなに高くも積み上げられていない。

いつも人足の監督をしている兵も増援に駆り出されたと見えて、今日は、作業している者の姿も見えない。

そんな見掛け倒しの砦の上に立ち、仲間が、手付かずとなっている森の奥の方に向けて手を振った。

いくらも経たないうちに、すっと、作りかけの防塁を軽々と飛び越えて来る影を見た。音もなく大路を駆けるのは、人形を取った猿達だ。

最初、ぽかんとしていた路上の烏達も、普段、人気のない森からどんどんやって来る者達に、何かおかしいと思ったらしい。

怪訝《けげん》そうな顔をしている者、怯えたように寺の中に駆け込んでいく者は、放って置いて構わない。だが、顔を真っ赤にしてこちらを誰何《すいか》して来る者は、見逃すわけにはいかなかった。

「お前ら、なんじゃあ！」

止まれ、そっちに行ったらいかんのだぞ、と力ずくで止めようとしてきた者に袖を摑まれた仲間が、こちらに視線を送ってきた。

ああ、もういいだろう。

やれ、と手を振ると、腕を摑まれた者は、隠し持っていた石刀でそいつの胸を刺し貫いた。

大路に、悲鳴が響く。

それを機に、黒服を破《やぶ》るようにして、仲間が猿の姿に戻った。

小柄で、貧弱だった体が、むくむくと入道雲のように大きくなり、黒い衣は紙切れのように千切れていった。みすぼらしかった肌には、ざわざわと音を立てて立派な毛が生える。顔は真っ赤で皺だらけになり、犬歯が尖り、目が金色に輝きだしたのを見て、ぼうっとしていた烏達が、泡を食ったように逃げ惑い始めた。

あちらこちらで、悲鳴が上がる。

進路をふさぐ烏は、容赦なくなぎ倒し、仲間が正面門へ向かって来る。

騒ぎを聞きつけた兵が慌てて集まって来るが、その頃には、猿の一団は凌雲宮に迫っていた。

本来の姿を取り戻した仲間が――老若男女を問わぬ、五十の頼もしきつわもの達が、凌雲宮の中へとなだれ込む。

仲間内ではか弱い女や老人も、貧弱な烏との肉弾戦となれば、一騎当千の働きをする。乱戦に持ち込み、家屋の中に入ってしまえばこちらのものだ。

それはまるで、増水した河川の茶色い水が流れ込むかのように、なめらかな動きだった。

テルヤが動き出したのとほぼ同時に、金烏代を拘束するための一団がすでに動きだしている。あらかじめ決められていたように、新たに来た一団が、その補助役として屋内へと滑り込んでいく。

あちこちで、甲高い烏の悲鳴が上がっている。

ここまで来れば、仲間を引き入れるという、一番の仕事は完了したと言っていいだろう。

テルヤに気付き、備蓄を確保する予定の一団が駆け寄ってきた。今度は、彼らを倉庫まで案内しなければならない。

踵《きびす》を返した時、シュッと音が鳴り、テルヤの頬を矢が掠《かす》めた。

顔を上げれば、烏の生き残りが、物見櫓《ものみやぐら》の上から、震えながらこちらに向かって弓を構えていた。

さっさと逃げればよいのに、馬鹿な奴だ。

恐慌状態で狙いも定まらない矢を難なくかわし、物見櫓を駆けあがる。そいつは慌てて転身《てんしん》して逃げようとしたが、すかさずその足を捕まえ、テルヤ自身が飛び降りるようにして、地面へと叩きつけた。

石畳に打ち付けると、ぐしゃり、と面白いように頭がつぶれ、真っ赤な血が噴出した。

半化けの状態だったので、嘴《くちばし》が変な風に曲がって突き出た死体は滑稽だ。あまりに簡単に死ぬのが面白くて、思わず笑い声が出た。

この調子なら制圧もたやすい、とテルヤが仲間達と目を見交わした、次の瞬間だった。

ぐおん、という、風を切るかのような、鈍く重い音がした。

気がついた時、隣で笑っていた仲間の頭は、なくなっていた。

何が起こったか分からない。

だが、一拍置いて、ひゅうう、という細く長い音が聞こえ始め、顔を上げた。

空から、何かが降って来る。

石だ。

空から――大きな石と矢が、雨あられとばかりに降って来るのだ！

「テルヤ、一旦、建物の中へ！」

叫んだ奴の肩に矢が刺さり、呻き声を上げたところを、落ちてきた石が頭を割った。

衝撃で、目玉が飛び出て宙を舞うのを見た。

その横で、四足を使って逃げようとした猿には、真上からの投石が直撃し、体が背中の側に折れ曲がる。

どこに逃げるかなど、悠長に吟味している暇などなかった。

たまたま、近くにあった松の木の陰に飛び込み、枝越しに上を見て愕然《がくぜん》とした。

――さっきまで雲ばかりだった空には、今や、完全に武装した八咫烏達が押し寄せていた。

秩序立った動きで急降下し、石を落とす部隊と、鳥の背中から弓に矢をつがえ、こちらを狙う部隊がある。

その中の一人と目が合った瞬間、テルヤの顔のすぐ横、松の木に矢が突き刺さった。

「くそう！」

あいつらは、禁門の増援に向かったはずだ。一体、いつの間に戻って来た！

今や、あちこちで悲鳴が上がっている。

さっきとは違い、今度は、仲間の悲鳴だった。

「貴様ら、これが見えんのかぁ！」

怒鳴り声にハッとして目を向けると、仲間の一人が、境内に姿を現した。

別働隊として潜入していた仲間が、ひょろりとした、色の白い男を引きずり出して来たのだ。

あれがきっと、金烏代だ。

人質さえ確保できれば、恐いものはない。

しかし、テルヤが安堵の息をつく間もなく、ぎゅん、と嫌な音がした。

「ひやぁあ！」

上空から、勢いよく飛んで来た一本の矢は、金烏代の肩を容赦なく貫いていた。

「痛い、痛いぃ……！」

傷口からは血が出て、金烏代は泣いている。

唖然とした仲間が空を見上げた。

その体に向かい、ざあっと、音を立てて無数の矢が飛んで来た。

金烏代は泣きながら、やめてくれ、やめてくれ、と命乞いしているのに、烏達は、猿を殺すためなら、自らの長《おさ》もろとも射殺して構わないと考えているようだった。

「奴ら、正気か！」

叫んでも、それが上空に届くわけではない。

金烏代を抱えていた仲間は、全身を矢で射抜かれて死んだ。金烏代も流れ矢を受け、体から何本もの矢を生やした状態で、うずくまって震えている。

逃げようとした烏を捕まえ、盾にしようとした者の頭に矢が刺さる。

もと来た道を戻ろうとした者は烏に追いかけられ、上から石を落とされる。

下から石を投げつけて反撃する者の姿もあったが、その一瞬後には、そいつの体は投石と矢を受けてぐちゃぐちゃになっていた。

綺麗に整えられた庭木の前に、湯気の立つ内臓が撒かれ、横たわったまま痙攣《けいれん》する仲間は失禁している。

あたりには、血と、糞尿の匂いが充満していた。

「テルヤ、倉庫だ！」

あそこには武器がある、と叫び、仲間の一人が駆けて行く。

そうだ。あそこには、武器がある。あそこに籠城すれば、あるいは――！

テルヤも、仲間を追い、木と木の間を転がるようにして備蓄倉庫へと向かった。

物陰に隠れ、命からがら、石を避けながら向かう。

同じようにして、まだ動ける連中が集まって来た。

力まかせに扉を叩き壊し、中へと入る。

そして、山と詰まれた箱に取りすがり、力に任せてその蓋を叩き割った。

そして、己の目を疑った。

「何だ、これは……」

ここは、食料と、大量の武器が備蓄されているという触れ込みだったはずだ。

それなのに、箱の中には、何も入っていなかった。

「あああ！　あああああ！」

気が狂《ふ》れたように叫んで、仲間達が箱を叩き割っていく。

「ない、何も！　何も！」

「どういうことだ、テルヤ！」

「ここには、武器があるはずじゃなかったのか！」

そのはずだった。

子ども達に続いて、初めての間諜として山内に入り、ここを調べたのはテルヤだったのだ。

だが、あるのは雑然と積み重ねられた空箱ばかりで、今、自分達に必要なものは、何一つ置かれていなかった。

どういうことだ、くそ烏め、と高い声で罵《ののし》る仲間の声が、酷《ひど》く遠い。

ここに至り、ようやくテルヤは、どうして禁門に向かったはずの烏達が、今、頭上にいるのかを悟ったのだった。

不意に、倉庫の上方から光が差す。

小窓が開き、そこから、いくつもの瓶が投げ込まれた。

瓶は音を立てて床で四散し、油と思《おぼ》しき液体が、そこらじゅうに飛び散った。

「ああ……」

呆然としたまま、テルヤは溜息のような声を漏らした。

さっきと同じ小窓から、今度は火矢が放たれ、一瞬のうちに、テルヤの視界は炎で覆われた。

＊　＊　＊

凌雲山に辿りついた翠寛が見たものは、血染めの参道だった。

そこに住む者は逃げ出した後と見えて、大路にはぴくりとも動かない八咫烏と猿の死体だけが散らばっていた。

金烏代がいるはずの凌雲院からは、黒い煙が上がり、その上空には、おびただしい数の騎兵が集まっている。

「誰かいないか！」

ぎゃあぎゃあと馬の鳴き交わす声を遠くに聞きながら、動けなくなっている怪我人を探しては走り回る。

「いやあ！　来ないでぇぇ」

悲鳴は、大路の脇から聞こえた。

そこがどこかを見て取り、舌打ちする。

天憐院《てんれんいん》――身寄りのない女子どもが集まる寺院にまで、猿が入り込んだのだ。

「糞が！」

悪態をつきながら、寺院の敷地に駆け込む。

ここの兵まで撤退させるなんて、ほとほと狂ってやがる！

悲鳴に向かって走りながら、翠寛は自分が幽閉される契機となった会議を思い出していた。


「凌雲宮を囮《おとり》にしましょう」

雪哉がそう言い放ったのは、彼が正式に参謀役となった直後の会議でのことだった。

禁門を猿に突破された事態を受け、勁草院《けいそういん》と羽林天軍の参謀および在野の兵法家が召集されたのだ。当然、少し前まで全軍の参謀役として目されていた翠寛も、地方から引っ張り出されて来たのだった。

会議が行われたのは、つい数年前、翠寛が雪哉相手に敗北を喫した勁草院の講堂だった。

夜のことだ。

講堂には火が焚かれ、集まった者の顔を不気味に照らし出していた。

見知った顔のほかに、全軍を束ねる大将軍である北家《ほっけ》当主も来ている。兵術の盤上演習に使用されるそこには中央の詳細な地図が置かれ、兵士を模した駒が並べられていた。

雪哉は、演習の際に院士が立つべき場所に陣取り、地図を囲む兵術家の顔をぐるりと見回した。

「凌雲宮の警備をがらあきにして、そこに猿を誘導します」

――警備がいなくなったと見せかけ、猿の奇襲を誘発する。

そうするほかにない、と雪哉は断言した。

「それは――主上《おかみ》もろとも、宮烏《みやがらす》を囮にするということか」

大将軍は動揺したが、雪哉はあくまで淡々としていた。

「貴人のみなさま方も、それが山内を守る礎《いしずえ》になるなら、きっと分かってくださることでしょう」

「しかし」

「我々は、最初から猿の脅威は中央にありと申し上げました。それを無視したのはあちらです。危険性はとっくにご承知のはず」

自らの犠牲の上に平和が訪れるのなら、きっと喜んでくださいますよと微笑まれ、大将軍は閉口した。

参謀会議の意見を取りまとめ、朝議に持って行くのは大将軍こと北の大臣《おとど》の役目だ。

朝廷移管の際、参謀達は凌雲宮の問題点を指摘した。だが、それを上手く生かせず、朝議において他の大臣を説得できなかったのは、彼の責任でもあった。

黙り込んだ祖父に対し、「こうなった以上、今の状況を最大限利用するしかありません」と雪哉は言い切った。

「猿は馬鹿ではない。我々の言葉を解し、人形をとれる。山内にはすでに、猿の間諜《かんちょう》が入り込んでいると考えるべきでしょう」

猿がどこから来るかは分からないのだ。朝廷は出来る限りの調査を行ったが、それにも必ず漏れはある。どんなに力を尽くしても、侵入する側が有利な状況であった。

万が一、市街地の井戸に、毒を投げ込まれでもしたら大惨事だ。

一応、凌雲宮で使われる大きな井戸や厨《くりや》などには警備を置いたが、それが通用するのはせいぜい中央までである。

もし、侵入した猿が地方へ散らばり、いたるところで毒をまかれたら手の打ちようがない。

長引かせずに、猿を降伏させるか——殲滅《せんめつ》したい、と雪哉は主張した。

参謀の一人が「待て」と声を上げた。

「だが我々は、猿の拠点を知らない。もしかしたら山内のように、全く違う異界を持っているやもしれんのだぞ」

結局、どんなに探っても、猿の戦力は分からなかったのだ。

他の参謀から上がった不安にも、しかし雪哉は動じなかった。

「確かに猿どもが、自らの異界を持っている可能性は捨て切れません。もし、あいつらが我々よりもはるかに大規模な戦力を持っているのなら、どっちにしろ、攻め込まれた時点で我々の勝機はない。こちらは、少しでも準備を整えた上で、あちらの力が小さいことを祈るしかありません」

「では」

「――だが、戦力が拮抗しているのだとしたら、こちらの戦略によって勝機は見えてくる」

口を開きかけた他の参謀を遮るように、雪哉は高らかに続けた。

「奴らは、腹を空かせていた。だからこそ、我々の同胞を喰おうとしたのだ。十分な食糧の供給がない可能性が高い」

少なくとも、持久戦は望まないだろうと思われた。

「あっちも、早急に我々を降伏させたいはずです。その上で、山内の食料なり、人身御供《ひとみごくう》なりを要求すれば良いのですから」

それを手っ取り早く行うのに有効なのは、宮烏の人質を取ることだ。

貴人や、その妻子を楯に朝貢を要求すれば、地方貴族達は大人しく言うことを聞かざるを得ない。

「猿も焦っている。穴ぐらから引きずり出すのも、決して不可能な話ではないでしょう」

中央山の地図を広げ、雪哉は一箇所を指し示した。

「地下街から、どのあたりが侵入経路としてきなくさいか、情報を得ています。それなりの代償は払いましたけどね」

めぼしいのは、中央山にある手付かずの山林であるという。

――それはちょうど、凌雲宮と中央山の間であった。

「どうせ、猿の襲撃に対し有効な要塞なんてすぐには出来っこないんです。だったらそれを利用して、凌雲宮さえ取れれば、と思わせればいい」

あえて、敵の策に乗ってやるのだ。

「私が猿ならば、禁門で騒ぎを起こし、中央山に敵の戦力を集めます。そして、警備が手薄になったところを強襲し、凌雲宮を乗っ取る。この状況では、戦力の逐次投入は百害あって一利なしです。切羽詰っているのなら、なりふり構わず全勢力をここに集中させるはずだ」

そこにいた全員を、雪哉はゆっくりと見回した。

「そこを返り討ちに出来れば――我々の勝利となる」

一度飛び立ち、禁門に向かったふりをして、実際は近くで待機する。

猿が凌雲宮めがけて出て来たところで、一斉に石を落とし、矢を射こめばよい。命からがら倉庫にたどりついた猿は、そこで中が空であることに気付いて愕然《がくぜん》とするだろう。

はめられたと気付いた時にはもう遅い。

「あとは、火でも点けて丸焼きにしてやればいい」

静かに言い切った雪哉の雰囲気に呑まれたように、他の参加者達は口を噤んだ。

それぞれ、思案している風を装っているが、皆、難しい顔をした大将軍の出方を窺っているのは明らかだった。

「――私は反対だ」

あまりに危険が大きすぎる、と翠寛は静寂を破って声を上げる。

こんな馬鹿馬鹿しい話を持ち出されて、誰も、何も言わないことが、にわかに信じられなかった。

「お前の策では、凌雲宮にいる非戦闘員、全てに危険が及ぶ」

「ですが、山内全体からすれば、微々たるものでしょう？」

むちゃくちゃだ、と怒鳴った翠寛を、雪哉は微笑の顔の形のまま、目だけは全く笑わずに見据えて来た。

それにこれは最悪の事態を想定した場合です、と雪哉は言う。

「猿が馬鹿で、そこまで知恵がないならば、全てこちらの杞憂《きゆう》に終わる。あくまで万一の策ですよ」

「その『あくまで』の危険性を、私は指摘しているんだ！　天災で弱った民を、この上見殺しにするつもりか。今からでも凌雲宮への移転云々に関係なく、出来る限り中央から人を逃がすことを考えるべきだ」

「それでは、現状に対する有効な策にはなりません」

「だが、襲撃があった時の被害は抑えられる」

「間諜は野放しで？　あなたの言っていることは、どっちつかずの愚案ですよ」

「長期戦を覚悟すればいいだけの話だ。どっちが愚案か良く考えろ」

「それはこちらの台詞《せりふ》です。最初に中央を捨てることを提案し、受け入れられなかったがために、今、会議をしているのではないですか。前提をお忘れにならず、現実的な解決策を出してください」

「現実的な解決策として、中央を捨てることを提案し続けろと私は言っているんだ！」

「だったら、あなたが貴族連中に中央を捨てさせて下さいよ。それが出来ないから、今、話しあっているのだろうが！」

――雪哉と翠寛は、互いに一歩も譲らなかった。

それに決着をつけたのは、北の大臣の鶴の一声であった。

「翠寛の言い分は、よく分かる。わしとて、中央を捨てる方が望ましいと分かっておる」

しかしだ、と大将軍は呻く。

「……それは、朝廷の現実を知らんがゆえの、高望みというものだ。宮烏は、そう簡単には中央を捨てられん。ここは、雪哉の意見を容れよう」

その瞬間、私も賛成です、とあちこちから雪哉に味方する声が上がった。

会議の参加者は、雪哉が出した以上の案はないと判断を下したのだ。

雪哉は、勝ち誇るでもなく、しごく当然といった顔でその勝利を受け入れた。

しかし、翠寛は納得がいかなかった。

ここで自分が折れてしまえばどうなるか分かっていて、到底引くことは出来なかった。

「お前達は、手っ取り早い方法に飛びついているだけだ！　自分が何を言っているか、本気で分かっているのか」

「雪哉の案は、筋が通っている」

「君の意見も一理あるがね……。現状における、最善策はこれしかないだろう」

どこか諦めと同情を帯びた眼差しを向けられ、翠寛は唇を噛んだ。

確かに、雪哉の作戦は、今、この瞬間の選択としては最善に見える。

だが、大多数の会議の参加者は、そこまでの事態にはならないだろうと高《たか》を括《くく》っているところがあった。ここで、この選択の意味を正確に理解しているのは——おそらく、自分と雪哉だけだった。

それなのに、全て分かった上でこいつは、『最善手』として提示して来たのだ。

「ふざけるな。雪哉、考え直せ！」

翠寛は絶叫し、雪哉に詰め寄った。

だが結局、決定は覆《くつがえ》らなかったのだ。

最後まで強硬に反対し続けた翠寛は、機密保持の名目で、幽閉されることに決まった。

これ以上は退席を、と兵達に腕を掴まれ、引きずられながら、翠寛は遠ざかる雪哉の声を聞いた。

「すでに、地方に猿が出るやもという噂が流れています。これを利用して、引き続き、貴族連中を離宮に集めましょう。その上で、武器や食料を大量に凌雲宮に運び込ませたように見せかけるのです。そう――せいぜい、重そうな空箱をね」


「雪哉の馬鹿野郎！」

盛大に毒づきながら、翠寛は天憐院の中へと飛び込む。

障壁が倒され、障子は破れていた。

そして――廊下の奥に――女を捕まえようとしている猿がいる！

即座に抜刀し、勢いをつけて飛び掛かる。

振り返った猿の顔面を狙って斬りつけ、怯《かば》んだところで女を引き剝がす。

猿から目を離さないまま、翠寛は背後に庇った女を怒鳴りつけた。

「何をしている。さっさと外へ！　鳥形《ちょうけい》になって逃げろ」

「でも、子どもが……だっこしながら、飛ぶなんて出来ない！」

抱いているのは、引きつった顔で目を白黒させている赤ん坊だ。

翠寛は舌打ちした。

「こいつを片付けたら、俺が馬になる。早く外へ」

そこまで言って、背後から、猿の大声を聞く。

――もう一匹、建物の奥から猿が出て来たのだ。

「行け！」

母子を庭の方に押しやり、二匹の猿へと向かい合う。

「舐めるなよ、化け物め！」

現役から遠ざかったとはいえ、鍛錬を怠った覚えはない。

二匹の猿は、とにかく人質を取ろうとしているようだった。女を追い、庭へ向かおうとする猿を止めるため、浅く斬りつけては飛び退る。

足止めされて苛立った猿が腕を振り回し、ぶつかった建具が音を立てて壊れた。

「やあ！」

突然、猿の後ろから、この寺院の神官が槍を持って突っ込んで来た。

まだ若い。ほんの少年だ。

一度はその穂先が届いたように見えたが、逆に柄を摑まれて、槍を奪われてしまう。

「駄目だ、逃げろ！」

忠告も虚しく、猿に振り回された槍に吹き飛ばされ、若い神官が壁にぶち当たる。

転がった彼に向けて、猿が手を伸ばした。

――間に合わない。

ひやりとしたその瞬間、神官の前に誰かが飛び込んで来た。

赤く翻《ひるがえ》る上着。

金色の車紋が、きらりと光る。

常人では到底扱えない大太刀が、猿の心臓を一突きにし、返す刀でもう一匹の猿の喉笛を掻き切った。

どう、と重い音を立てて倒れた猿の向こうに見えた男の姿に、翠寛は呆気に取られた。

「よう」

いい格好をしているな、と全くいつもの調子を崩さずに声を掛けて来たこの男。

「路近《みちちか》……」

どうしてここに、とは訊かなかった。路近の背後から次々に駆けつけてくる神官の姿に、ただ舌打ちをする。

「つくづく、あの小僧は頭に来るな！」

＊　＊　＊

長束《なつか》は、何もすることがないまま、じっと戦況の報告を聞いていた。

明鏡院《めいきょういん》の境内には、大きな天幕が張られ、内部には、大将軍玄哉公《げんやこう》を始めとする、参謀本部の幹部達が集まりつつあった。

明鏡院が拠点として選ばれたのは、位置的に、勁草院や招陽宮《しょうようぐう》よりもはるかに凌雲宮に近かったためだ。雪哉が自分に作戦をあらかじめ伝えておいたのも、明鏡院を利用する際に無用のいざこざを避けたいという狙いがあったのかもしれない。

何せ、神域の猿が動いたという知らせがあった時点で、作戦に関わる者は明鏡院に集まることが、こちらに断りもなく決定していたのだった。

長束は複雑な思いで、次々に入ってくる報告に対し、指示を返す雪哉を眺めていた。

「襲撃して来た者の中には、女や、子どもと見られる個体もおります」

「殺せ。一匹たりとも、生かして帰すな」

これは駆除《くじょ》だ、と雪哉は言い切った。

「害虫の卵を憐れむ馬鹿がどこにいる。さっさと根切りにしろ」

は、と踵《きびす》を返す伝令を見送って、「ちょっとお待ちになって」と真赭《ますほ》の薄《すすき》が声をかけてきた。

雪哉はちらりと目を向けるが、その表情には愛想笑いすら浮かんでいなかった。

「どうなさいました？　今は忙しいので、ちょっとお待ち頂ければありがたいのですが」

慇懃無礼《いんぎんぶれい》に言われても、何が起こっているのかを理解したらしい真赭の薄はそれを無視した。

「あなた……わたくし達を、囮にしようとしたのね？」

その声は震えている。

「凌雲宮には、金烏代や大紫の御前《おおむらさきのおまえ》だけでなく、浜木綿《はまゆう》だっているのよ」

「紫苑寺《しおんじ》は、凌雲院とは離れているから、襲撃を受ける可能性は低いですよ」

「そういうことではありませんわ。一体、何を考えているの！」

この人でなし、と叫ばれて、雪哉は溜息をついて、億劫そうに真赭の薄へと向き直る。

「だから？」

真赭の薄に向けられた視線は、この上なく冷淡だった。

「別に、人でなくて結構です。だらだらと戦線を引き延ばし、無駄に犠牲を出す方が愚かというもの」

そうなるくらいなら、いくらでも化け物になりますよ、と雪哉は淡々と言う。

「ありがたいことに、長束様がお手持ちの神兵を出して下さいましたしね。路近殿の指揮で救援が向かっているのですから、そう、悪いことにはなりませんよ」

長束の配下である路近は、立場上は、明鏡院の神官ということになる。路近の手下も同様だった。

長束は、作戦内容を漏らさない代わりに、自身の兵を、神官としての体裁を保ったまま凌雲宮に送り込んでいた。

神官の姿をしていれば、おそらく間諜にも兵力として警戒されないだろうと考えてのことだったが、今思えば、雪哉が長束に作戦内容をあえて漏らしたのは、長束がそう言い出すのを見越していたからとしか思えなかった。

何から何まで、いいように利用されてしまっているが、雪哉の考えも分かる手前、長束から不満だとは言えなかった。

だが、真赭の薄は純粋に、雪哉に向かって怒りをぶつけた。

「一番被害が大きくなるところを、路近の兵に任せたのね……」

雪哉は一切悪びれない。

「いずれにしろ、誰かがしなければならない役割です」

「あなた、血も涙もないの」

食って掛かる真緒の薄を、明留《あける》が諫めようとした。

「姉上。でも、仕方ないのです」

「何が仕方ないというの！」

いいかげん面倒になったのか、雪哉は、両目を不機嫌そうに細めた。

「真緒の薄さま。確かに、物事には順序があります」

戦う前に、戦いを避ける努力をする必要がある。それは事実だ、と雪哉は穏《おだ》やかな口調で続ける。

「そしてあなたは、戦いを避けるための努力をした結果、この事態を回避することが出来なかった。つまり、あなたは負けたのです。戦端が開かれた今、口出しする権利はない」

「それとこれとは話が――」

「ここは我々の戦場だ。女は引っ込んでいろと言っている」

真緒の薄は言葉を失った。

遠巻きに聞いていた大将軍はわずかに目をそらし、他の参謀も、まるで聞こえなかったかのようなそぶりをした。

異様な光景だ、と長束は思う。

だが、長束自身、その異様さを、どうすることも出来ないのだった。

永遠のような一瞬の最中、新たな伝令が駆け込んで来た。

「参謀。準備が整いました」

振り返るとそこには、これから凌雲宮の支援に向かう、勁草院の院生達が並んでいた。

雪哉は、真赭の薄との話などなかったかのような笑顔になり、院生達の前に進み出た。

「皆、よく来てくれた。私からの、君たちへの命令はただ一つだ」

息を吸い、鋭く叫ぶ。

「鏖殺《おうさつ》せよ！　猿の子一匹、生かして帰すな！」

その剣幕に怯んだ少年達に、雪哉は檄《げき》を飛ばす。

「雌《めす》は子を生む。そして、子はいずれ大人になる。いずれも敵だ。害虫一匹に慈悲をかけても、百倍になって仇をなすだけ」

だから、ただ殺せ、と。

「さもなくば、我らが死ぬぞ。我らの友が、我らの母や妻、わが子が喰われるのだ。愛する者を守り、愛する故郷を守り、己と、己の誇りを守るために、そなた達は今、ただただ殺すことが求められている」

我々が正義なのだ、と雪哉ははっきりと口にすると、恐怖の色が見えた少年達の表情は、真剣なものへと変わっていった。

「それでもなお、殺戮に罪業があるというのなら、そなたらの罪は、すべてこの私が引き受けよう！」

少年達の頰は興奮に紅潮し、唇は引き結ばれ、無垢《むく》な瞳は一心に若き参謀へと向かっている。

だから殺せ、と雪哉は怒号を上げる。

「殺せ。ただ殺せ。憂いなく殺せ！　殺した分だけ、そなた達は正しくなると心得よ」

そして、凌雲宮の方角を指差す。

「行け！」

決然とした面持ちで、飛び立っていく院生達の中には、年端も行かないような少年に見える者も、雪哉の弟も含まれている。

それを見送る雪哉の背中には、かつて見えた少年らしさは微塵《みじん》もなかった。

じっとその姿を見つめていた真赭の薄は、ふと、興味を失ったかのように踵《きびす》を返した。

無言のまま、雪哉に背を向けて歩き出す。

思わず、長束は声をかけていた。

「真赭の薄殿。どこへ行く？」

「紫苑寺ですわ」

浜木綿のところへ帰ります、と真赭の薄は淡々と言う。

「きっとこれから、怪我人がどんどん運ばれてくるでしょうから」

中心から少し離れた所にある紫苑寺には、きっと猿は来ていない。

確かに、このまま自分達が勝てば、救護所として使われるだろうが……。

「姉上」

「止めないでね」

姉の袖を摑もうとした明留は、硬い表情に拒絶され、ゆるゆると手を下ろした。

真赭の薄は転身すると、西の空へと飛び立った。

長束と明留は、それをただ見送ることしか出来なかった。

＊　＊　＊

戦端が開かれて二刻としないうちに、戦況は落ち着いた。

囮とした金烏代は、大怪我はしたものの、命に別状はなく、猿による陽動で襲撃を受けた禁門にも、大した被害はなかったと聞く。

それを聞いて、ようやく雪哉が出向いた凌雲山は、血の海となっていた。

大路には猿の死骸が転がったままにされ、神兵や、巻き添えになった八咫烏達の遺体には、莫蓙《ご ざ》が掛けられていた。

だが、それを目にしても、雪哉の中に後悔は起こらなかった。

――自分はすべきことをした。そして、これからもすべきことをするだけだ。

「参謀役。猿の来た足跡から、出入り口も特定いたしました」

報告を受け、軽く頷く。

「ご苦労」

地下街からの情報どおり、やはり、中央山と凌雲山の間に、岩の割れ目のような洞穴があった。

そこから、第二陣が来るかもしれない。

雪哉は、待ち伏せするようにと命令し明鏡院へと戻ったが――それからいくら経っても、一向に音沙汰がない。

しばらくして、兵達の間に戸惑いが広がり始めた。

凌雲宮を襲った猿は、事前に覚悟していたよりも、ずっと少なかった。

まだ来るはずと、その心積もりでいたのに、あまりにも静かである。

もしや、態勢を立て直すために撤退したのかと、現場の判断で、洞穴に偵察の兵を送り込んだ。だが、洞穴の奥をいくら行けども、全く、生き物の気配はしないという。

報告を聞き、ポツリと、雪哉の隣にいた治真《はるま》が呟いた。

「まさか……」


――たった、これだけ？

＊　＊　＊

『英雄《えいゆう》』と共に神域に帰って来た奈月彦《なづきひこ》は、あまりの静けさにたじろいだ。

「……猿と、戦闘になっていたはずでは？」

戸惑う奈月彦の前で、『英雄』の犬が鼻に皺《しわ》を寄せ、低く唸る。

「血の匂いがするな」

行こう。奥に奴はいる、と『英雄』が先導して神域の奥へと向かう。

連れ立って歩いて行くうちに、徐々に、血の匂いが強くなって来た。

その匂いをたどって行き着いた先は、禁門だ。

血の匂いだけでなく、何かが燃えたような悪臭もしている。

開きっぱなしの禁門の、あちらとこちら側――山内側の防塁までの空間には、十数体の、猿の死体が転がっていた。

地面は黒く焦げ付いていたが、その色を塗りつぶすように、まだ酸化もせずに赤い血が、咲き誇る曼珠沙華《まんじゅしゃげ》のごとく広がっている。

そこに、唯一立ったままの影――大猿がいた。

悪趣味な赤と黒に彩られた空間に。

倒れ伏す仲間を、助け起こすでもなく、悼むでもなく、ただじっと見つめている。

「お前は――」

思わず奈月彦が声を出すと、大猿はこちらを振り返った。

「おお、やっと戻って来たか」

待っておったぞ、と、あろうことか、大猿はこちらに笑って見せた。

「これは一体……」

「安心しろ。戦いは、お前達の完勝だ」

いやあ、天晴れ、天晴れ。もう、わしには一兵も残っておらぬわ、と、何故か清々《すがすが》しく大猿は笑う。

「後は、このわしを殺すだけだ」

その笑顔に、『英雄』は眉根を寄せた。

「私は、化け物殺しの『英雄』として此処《ここ》にいる。お前を退治するのは、言われるまでもないことだが……」

何故だ、と『英雄』は呟いた。

「何故、こんなことをした。お前の仲間は——もう、ほとんど残っていなかったのだろう？」

奈月彦は驚倒した。

八咫烏が警戒していた猿の異世界など、最初からなかった。

この暗い洞穴を棲家にして、細々と暮らし、山神に仕えていたのが、大猿の眷属《けんぞく》の全てだったのだ。

『英雄』は心底不思議そうだった。

「八咫烏との、戦力の差は明らかだった。皆殺しにされると、分かりきっていただろう」

自分が化け物殺しの『英雄』である以上、人喰い猿の首を刎《は》ねるのは仕方がない。だがまだ、肉を口にしていない子猿もいたのだ。

「俺は、そちらに手を出すつもりはなかった。ただの猿として、生きていく道は残されていたはずだ。八咫烏に無謀な攻撃をしかけて、みんな死ぬ必要なんかなかったのに……」

しかし、それを聞いた大猿は笑みの種類を変え、わずかに寂しそうに言う。

「……それを言えば、我々はとっくの昔、五百年も前に死んでおりますからな」

今更ですよと言ってから、ふと、視線を奈月彦へと向ける。

「とっくに死んでいた我々が、それでも幽鬼のように今日まで生きてきたのは、今、この時――烏の長《おさ》よ。お前と、一時、話をしたいがためだ」

「私と、話……？」

「ああ、そうだとも。わしは、お前の記憶が、何故戻らないのかを知っている」

息を飲んだ奈月彦の前で、「戻っていないのだろう？」と大猿は悠然と微笑む。

「せいぜい、百年前の記憶が少しばかりのはずだ。それ以前の記憶はさっぱりで、お前は、己が何者かを知らない」

それを、わしが教えてやろうか、と、そう言う大猿の表情は本当に穏かだった。

奈月彦が答えられずにいると、大猿は視線を外し、『英雄』に向かって頭を垂れた。

「新たなる山神よ。今更、逃げも隠れもいたしませぬゆえ、どうか今少しだけ、わしに時間を頂けませんか」

存外に丁寧な口調に、『英雄』はちらりと奈月彦を見ると、無言のまま、大犬にもたれるようにして一歩退いた。

それを、好きにしろという合図だと読み取った大猿は、「ありがたい」と再び頭を下げ、奈月彦へと向き直った。

「なあ。ひとつ、昔話をしようか」

　今よりも、ずっとずっと前――外から、強力な天の神が、降臨めされる前の話だ。


　かつてこの山には、あふれんばかりに神がいた。

　湖にも、村の田畑にも、木々にも、獣にも、風にも、雨にも、雷にも、あらゆる物と事象のすべてに、八百万《やおよろず》の神が存在していた。

　そんな中で、山の主として君臨していたのは、猿と烏だった。

　共に、太陽の眷属だ。

　湖のほとりにささやかな田畑を持つ人間達は、祠《ほこら》を作って二柱の神を奉斎《ほうさい》した。

　どちらか一方に供物を捧げても、一方がへそを曲げて祟りがある。

　だから、祭りをする時は、必ず同じだけ。そういう不文律が出来たのだ。

　同じ山に、神が二柱。

　仲良しというわけではなかったが、それなりにうまくやっていた。

　何せ、ひとつの山を協力して治める必要があるのだ。

　時には喧嘩《けんか》をすることもあったが、いつからということが分からないくらい長く山を守って来たので、両者の間には、到底他者には踏み込めないような、つながりが存在していた。

だがある時、そんな山の状況は、一変した。

——烏の眷属が、大きな力を持った雷神を連れてやって来たのだ。

彼らは、都から、眷属を頼ってこの地に来たのだと言った。

見たことのないような華やかな衣をまとい、唐渡りの叡智を身に付け、牛車《ぎっしゃ》に乗り、馬を引き連れ、麗々しい行列を作ってやって来た。そして、烏と猿に対し、山を譲り、神使《しんし》として自分に仕えろと言ったのだ。

猿は仰天した。

自分達の山だ。そう簡単に、明け渡せるはずがない。

しかし、これまで一緒にこの山を守って来た烏は、雷神とその眷属達を受け入れることに、諸手を挙げて賛成した。

「あ奴はな、山の主であったものを、単なる神使になれと言われたというのに、それのどこが悪いのかと言いおった。何ということはない。奴は、雷神を先導してやって来た雄烏《おがらす》に、ころりと参ってしまったのだ」

都から来た、立派な男神達。

彼らは、自分達に山を明け渡すなら、人の姿を与えようと言った。

「そなたらに言葉を与え、叡智を与え、文明を与えよう、とな」

呆れたことを、と大猿は軽蔑するように言い捨てた。

「奴らにとって、我々は愚かで、何も知らぬ、みすぼらしく卑しい生き物に見えたことだろう。

だが、我らには、我らの言葉があった。我らの叡智があった。我らの文化があった」

それは、長くこの土地に生きてきた、古い古い土地神としての自負と、積み重ねられた知恵の結晶だった。

蜘蛛の糸に垂れる朝露よりも綺羅綺羅しい、衣と宝飾に塗《まみ》れた者には分かるまい。

泥臭く、獣くさく、原始的で温かい営みだ。

彼らにとって無意味に見えたかもしれないそれにも、きちんと意味はあったのだ。

猿には、猿の誇りがあった。

都のものとは違ったかもしれないが、それは確かに、猿にとって、何より価値のあるものだった。

「烏が、それを知らぬはずがない。当然だ。その瞬間まで、奴自身も、我々と同じものを胸に抱いて生きていたのだから」

――しかし烏の長は、あっさりとそれを切り捨てた。

当時、ささやかで、美しく閉じられていた『山内《やまうち》』という異界は、乱暴な都の神によってこじ開けられ、山には都風の朝廷が置かれ、貴族のための邸宅が建てられた。

やわらかく、あたたかな毛並みを持っていた美しい雌《めす》猿には、のっぺりとした皮膚と貧弱な骨格が与えられた。

木の実の生《な》る木々は焼かれ、代わりに稲が植えられて、それを食するようにと言われた。

だが猿は、硬く、味気ない屋敷なんていらなかった。ただ、大きな枝ぶりの木があれば良かった。

ろくに木登りも出来ない体など、ちっとも魅力的ではない。

白く歯ごたえのない米よりも、固く滋味のある胡桃《くるみ》の方が美味かった。

「しかし、そなたは、わしにこう言った」

猿は、奈月彦を真正面から睨みつける。

「『共に山神さまに仕え、誇り高く、稔り多き暮らしを送るのに、一体何が不満なのか』と。心底、不思議そうに抜かしおったわ！」

烏達は、猿から感謝されて当然だと思っていた。

自分達がこの山にいたおかげで、都から、すばらしい神を招くことが出来たのだ。泣いて喜び、猿は烏に感謝するに違いないと、そう信じて疑っていなかった。

「ああ、そうだとも、貴様らはそれで良かろう」

自分の身内がやって来たのだ。屈辱に感じることは何もなかったし、胸を張って、彼らを迎え入れることが出来た。

自分達と猿とは、状況が全く違うのだということに、とうとう烏は気付かなかった。

「烏が望んで神使になるのなら、勝手にするがいい。だが、わしらは縁もゆかりも無い神の使いにされるなど、まっぴらごめんだった。嫌だと、はっきりそう言った」

それの何がいけない、と大猿は語気を荒くする。

「己の大切なものを護りたかった。だから、貴様らと違って抵抗した。そうしたら今度は、都の神々を後ろ楯に、お前は力ずくでわしらを従わせようとしたのだ！」

――お前と戦いたくはないが、私には、仲間を守る義務がある。そちらが我々を害そうとするのなら、手段を選んではいられない。

まるで、自分が被害者になったかのような悲愴な面持ちで、そう言った。

「ふざけおって」

先に手を出したのはお前達のくせに、と大猿は心底忌々《いまいま》しげに吐き捨てる。

そして、力ずくで都の雷神は山神の座につき、烏は、その神使となった。反抗した猿への戒《いまし》めとして、山の奥の異界は、全て烏のものとなった。

都の烏が連れてきた四名の子には領地が与えられ、その開拓が任されたのである。

もともと山にいた烏の長と、都から来た雄烏の間にも、新しく子が生まれた。

「それこそが、貴様らが『宗家《そうけ》』と呼んで有り難がっている、最初の一人だ」

山を明け渡した雌烏の体は、一介の神使としてあっさり寿命を迎え、都の烏も、自然の営みの中へと戻っていった。

そして宗家には、二柱の烏の神性と記憶を受け継ぎ、山内の管理者として、『真の金烏《きんう》』が生まれるようになったのだ。

金烏とは、八咫烏全ての父であり、母でもある。

奈月彦は、小さく喘《あえ》いだ。

――あれは、そういう意味だったのだ。

猿は語り続ける。

「そうして我が眷属は、下働きをさせるために、人の姿にさせられた。衣服を得、人としての言葉を覚え、文字を覚えた。だが、こんな繁栄など、我々は望んでなどいなかった。わしらは猿だ。猿として生きて何が悪い。わしらの誇りは、貴様によって踏みにじられた。その時、確かに我々は一度死に――豊かな奴隷として、甦らされたのだ」

大猿は、奈月彦を睨《にら》む。

「……貴様らのおためごかしの自己満足に、我々が満足し、感謝していると、そなたは本当に思っていたのか?」

知らない。自分は、覚えていない。

怯えたような奈月彦を見て、猿は馬鹿にするように鼻を鳴らした。

「そうだ。お前は忘れた。だが、たとえお前が忘れても、わしらは忘れなかった。一時たりとも」

猿はずっと、報復の機会を窺っていた。

長い長い間、山神に頭を垂れながら、怨みは晴らされることのないまま、蓄積されていった。

そんな数百年の時を経て、ついに、この山にも変化が訪れた。

土地の人間から捧げられた巫女《みこ》は、それまで、玉依姫《たまよりひめ》の器としてきちんと機能していた。だが、玉依姫が、玉依姫でなくなる日が来たのだ。

巫女として捧げられた女は、神に仕える身として生きるよりも、個人として生きることの方が尊いと感じるようになっていた。

神が、人間からの信仰を失い、弱体化しつつある時代がやって来ていた。

その時、大猿は、都から来た神々も、己の正体をなくし始めているのだと知った。

「好機だと思った。これを逃す手はない、と」

そして、大猿はそれを思いついたのだ。

――山神を、神から化け物へと引き摺り下ろし、ひいては八咫烏を、山内もろとも滅ぼすことを。

山神と、玉依姫の不和を助長した。

人の肉を勧めて、山神が化け物となるように仕向けた。

山内に入り浸る烏の信頼を、徐々に失わせることに終始したのだ。

大猿が、何よりも憎く思っていたのは、烏だった。

「裏切ったあいつを、どうしようもない形で壊し、後悔させてやりたかった。そのためには、自分達が滅んでも構わないとすら思っていた」

「どうして、自分の仲間まで……」

堪らず言うと、猿は皮肉に笑う。

「言ったはずだ。我々は、すでに一度死んでいると。それに、我が子のような一族の発展、我が血肉のような仲間の生存よりも、わしにとっては貴様らの吠え面の方が大事だったのだから仕方ない。そしてそれは、我が一族の願いでもある。今更、貴様らにどうこう言われる筋あいはない」

「分からない。私には、何も」

奈月彦は恐ろしかった。

仲間を犠牲にしてでも、復讐しようという猿の気持ちが分からない。

何も覚えておらず、理解出来ないということの方が、人喰いの化け物などよりも、ずっとずっと恐ろしかった。

そんな奈月彦を、大猿はせせら笑う。

「記憶が戻らない？　当然だ。それは、お前が喜んで受け入れ、そして、都合が悪くなった途端に切り捨てた部分だからだ」

――一度捨てた物は、もう二度と戻らない。

「百年前、お前は山神に見切りをつけると同時に、自分の、神使としての役目を放棄した。かつて、山神と共にやって来た部分を、自分から捨ててしまった」

禁門を封印するその瞬間、那律彦《なりつひこ》が「捨てるほかない」と切り放ったもの。

そこには、山神だけでなく、山神に仕える己自身も含まれていたのだ。

「山神であり、八咫烏の長だったあいつは、その座を雷神に明け渡すことによって、一度己の名前を捨てた。そして今度は、その半身として受け入れた、都から来た神の名前すら切り捨てた」

結果として残ったのは、山の主でもなく、都の神でもなく、神の使いでもない部分だ。名前を忘れ、記憶を失い、自分の眷属を守ろうとする意思だけが、残ってしまった。

次々に己を構成する部分を捨てて、捨てて、捨てに捨てて、今になり、いよいよ山内が危うくなって、慌てて残骸《ざんがい》をかき集めて出来たなり損ない。

山内の危機に瀕して、山内に住む、自分の一族をただ守ろうとする部分だけが、中途半端に戻って来てしまった。だから、神としての自我も記憶もなく、ただ管理者としての機能が備わった体だけが生まれたのだ。

限界が来て、最後に振り絞った力の一滴。

「それが、そなたの正体《いい》だ」

初めてお前に会えた時は驚いたぞ、と大猿はくつくつと喉を鳴らす。

「お前は、神としての自我も、かつてわしとこの地を治めていた記憶も、山神に従ってこの地にやって来た記憶も失っていた」

何とまあ、無様で、みじめったらしい姿になったものだ。

「だが、何もかも忘れて、幼子のように途方に暮れるそなたを見るのは楽しかった。自分の身内だけでも残そうと、あさましくこの世に縋《すが》り付いた執着の残骸こそが――今のお前の、正体だ」

貴様は結局、自分の一族のことしか考えていなかった、と急に笑いをおさめ、冷やかな調子となって猿は言い放つ。

「だから、その過程でどうでもいいと思った盟友《わし》も、主も、切り捨てることに躊躇《ためら》いはなかった」

――だったら。

「裏切った者から報復を受けても、貴様は、それを甘んじて受け入れるべきだとは思わんか？」

奈月彦は震えた。ここに来て、ただ震えるほかに、何が出来たというのだろう。

「なあ。自分の罪を、自分にとって不都合な部分をすべて忘れた生き方は、楽しかったか？」

楽だったのは間違いあるまい。その皺寄せが今、来たというだけの話だ。

そう大猿は言いながら、奈月彦に歩み寄ってきた。

「お笑い種《ぐさ》ではある。まさか、何もかも忘れて、自分達だけ山の中に引きこもって、平和を享受していたとはな」

ふん、と大猿は鼻で笑う。

「管理者としてのお前は、山内で万能だったはずだ。だからこそ、一歩外に出た途端、お前は無能になるしかなかった。だが、そうなることを選択したのも、お前自身なのだ」

ゆっくりと、大猿はこちらに近付いてくる。

「お前達が閉じこもり、無邪気に内輪もめし、善良なる者として生活している間、わしらは山神に仕え続けた」

山神の中に不信の種を植え、巫女と憎みあい、八咫烏を忌み嫌い、化け物になるように、丹念に育てていった。

「我らは、お前達を恨み、その復讐だけを胸に抱いて生きて来た。我々はずっと闘って来た。忘れたのは貴様らだけだ！」

大猿は吠えた。

「那律彦は、己一人の中に真実を隠し通し、後の世には何も伝えずに死んでいった。そのおかげで今の八咫烏は、我々の恨みすら忘れ果てた。上手いものよなぁ。一方的な憎悪は力になる。自分達のしたことなど都合よく忘れ果てて、お前達は我々を化け物と恨み、自分が正義だと高らかに叫んでおる」

だが、それも貴様で終わりだ。

「我々の恨みを甘く見るな。我々と共に滅びろ、裏切り者め」

勝ち誇った顔で、大猿は奈月彦を見下した。

その眼差しを受け、奈月彦が痺れた頭で思い出すのは、勁草院《けいそういん》の院生を誘拐して禁門を開くようにと迫った、小猿のことだった。

報復のために山神を化け物にしようとした大猿の企みに、小猿はきっと気付いていた。

そして――なんとかそれを回避しようとしたのだろう。

今になって、神域に戻れ、と叫んでいた小猿の言葉の意味がようやく分かった。

あの時点で、まだ山神は人の肉を口にしてはいなかった。

神域に戻り、山神の神使として、山神が人肉を口にすることを防げば、化け物にはならなかったかもしれない。ぎりぎりではあるが、踏み留まる目はまだあった。

でも、奈月彦はそれに気付かなかった。

うかうかと山内に舞い戻り、山神はついに、御供《ごく》の肉を口にしてしまった。

山内で大地震が起こったその時こそ、人間の肉を口にし、山神が化け物となった決定的な瞬間だったのだ。

そうなるのをわざわざ待って、大猿は奈月彦を神域へと招き入れた。八咫烏がどうあがいても、絶対に手に負えない事態になったのを見計らって。

力なくうな垂れた奈月彦に、そっと、囁《ささや》くような声がかかる。

「だが、まだ道はある……。山内を滅ぼさずに済む方法があると言ったら、どうする……？」

奈月彦は顔を上げた。

禁門の前は、明確な光源がなくても、いつもぼうっと明るい。

鮮血に塗れた地にすっくと立ち、大猿は、心から楽しそうにこちらを見つめていた。

「そりゃあ、今までどおりとまではいかないだろう。でも、少なくとも、八咫烏は守れる方法があることに、気付いているか？」

奈月彦は、ごくりと唾を飲む。

ひどく喉が渇いていた。

元来の――純粋な山神であった頃、猿と共に、山を治めていた頃の名前を取り戻せばいいのだ、と大猿が凄艶に微笑む。

「そして、そしてだ。この世で、お前のかつての名前を記憶している者が、たったひとりだけいるだろう……？」

これほどの喜びはないといった様子で、大猿は満面に笑みを浮かべた。

「そう。この、わしだ！」

奈月彦は凍りついたまま、呆然と猿を見上げた。

「教えてやろうか？」

お前の本当の名前を、と歌うように猿は言う。

「お前は、自分が何者かを真実理解した。わしがそうさせてやった。良かったなあ。今なら、その名前で、山神としての記憶も取り戻せるかもしれんぞ。どうだ、教えて欲しくはないか？」

そう言われて出した奈月彦の声は、今にも消えてしまいそうだった。

「教えて、欲しい……」

「ならば、地面に接吻しろ。全霊を以て許しを請え」

急に冷淡な調子になって、猿は奈月彦に厳しく命令した。

「我々を化け物にしたのはお前だ。めぐりめぐって、自分の民を化け物の餌にしたのは、他ならぬお前なのだ。後悔しているか？　うん？　謝りたいなら謝るがいい。もしかしたらまだ、間に合うかもしれんぞ」

猿はこちらを睨んだまま、高みの見物とばかりに腕を組み、顎を上げた。

静寂が落ちる。

本当に、何も聞こえない。

ただ、自分の息の音だけがうるさい。

――もはや、逡巡することすら、許されない状況になっていた。

震えながら、奈月彦は歩きだす。

何も言わない新しい山神から離れ、一歩一歩、大猿へと歩み寄る。

その、ほんの十数歩が、奈月彦にとっては、果てしなく長い距離に感じられた。

自分の息が冷たい。

足音が、どうにも虚《うつ》ろに反響している。

拷問のような数秒の後、ようやく、大猿の前までやって来た。

周囲には、烏によって惨殺された、猿の死体が転がっている。

そこから流れ出た、血溜まりの中に膝をつく。

顔を上げれば、大猿は、無表情に見下ろしていた。

「……すまなかった」

このとおりだ、と言って、地面へと額ずく。

「私は、あまりにそなた達に対し、不誠実だった。私が、私のせいで、そなたらを化け物にしてしまった」

全て、私の責任だ。

「認める。何もかも。だからどうか――許してほしい」

小さくなって震える奈月彦には、自分を、猿がどういう顔で見下ろしていたか分からない。

だが、しばらくして耳に飛び込んで来たのは、ぼんやりとした大猿の呟きだった。

「ああ……ああ、長かった……」

ここまで来るのに、とてもとても、時間がかかった、と。

奈月彦は顔を上げた。

大猿は涙ぐみ、じっと上を仰いでいた。

その瞳は、何を見つめていたのだろう。

烏と共に、山神として君臨していた頃の記憶か。

裏切られてから、今日までの復讐の記憶か。

はたまた、死んでいった仲間達の記憶か。

猿は、ゆっくりと顔をもとに戻し、奈月彦を見下ろした。

目と目が合う。

そして――にっこりと、無邪気に笑った。

「誰が、許すものか」

これ以上なく、優しい声だった。

「今更笑わせるな、簒奪者《さんだつしゃ》め。略奪者め。わしは貴様らを許さないと誓った。今はとてもとても満足だ。謝罪などいらぬ。ただ、我々を憎悪し、後悔し、絶望し、自分達を憐れみながら、みじめったらしく滅びるがいい」

そして、床に落ちていた死んだ仲間の刀を拾い、勢いよく振り上げた。

「ざまをみろ！」

止める間もなかった。

「だめだ！」

奈月彦の悲鳴も聞かず、そのまま、大猿は己の胸へと刃を突き立てた。

白刃が抜けた瞬間、あまりに美しい赤が噴き出した。

奈月彦が駆け寄り、その傷をふさごうと手を伸ばすも、笑いながらすげなく振り払われる。

そうしているうちにも、大猿の体から命がこぼれていく。

あまりに軽やかな、しゃがれた笑い声は、どんどん高らかに、綺麗な声になっていった。

——その時、不思議なことが起こった。

赤い血がこぼれていくに従い、見る見るうちに、大猿の姿が変化していくのだ。

皺だらけの顔は、つるりとしたばら色に。

毛皮に覆われていた頭部は、つややかな黒髪となっていく。

あははは、と上品に、楽しそうに笑うその人は、若く美しい、女性だった。

だがその姿は、一回の瞬きの間に消えていた。

気がついた時、そこに横たわっていたのは、ただの小さな、木乃伊《ミイラ》のように干からびた猿の死骸だった。

「――この山は、もう終わりだ」

それまで、ずっと静観していた『英雄』が、猿の遺骸を前に座り込む奈月彦に告げる。

「祭祀を続ける者がいなくなった以上、これまでの形で山神は存在することは出来ない。そして、それ以前に存在した古い山神の名前は、たった今、永遠に失われた」

山内は滅ぶしかない。それが十年後か百年後かは分からないが、滅亡は決定してしまった。

過去の自分が、理解出来なかった。

他の何者に忘れられても、自分自身の認識さえ保てれば、その存在は無にならなかったはずだ。それなのに自分は、それすら捨ててしまった。

「どうして……私は忘れてしまったのだろう……」

「それを、あなたが気にする必要は、何もありません」

息を呑んで顔を上げると、開け放たれた禁門の向こう、防塁の陰から人影が現れた。

淡く光る両側の水の反射で、金色の刺繍《ししゅう》がされた、参謀役の懸帯《かけおび》が光っている。

漆黒の羽衣《うえ》を翻し、やわらかな髪を揺らしながら、歩み寄って来たのは雪哉だった。

その背後には明留と長束、青い顔をした神祇大副《じんぎたいふ》もいる。

「雪哉——お前、どうしてここに」

呆然としながら声をかけると、雪哉はちらりと、無感動に周囲の死体に目をやった。

「猿の殲滅《せんめつ》は、私が行いました。天狗から、あなたさまがお戻りになると聞きましたし、こちらに大物が残っているようだったので、掃討のためこちらに参った次第です」

雪哉は、あくまで冷静だった。

「殿下が何を考えているかは、分かるつもりです。でも、それはもう、はるか過去のことです。もはや、誰にも真偽は分かりません。あなた自身の贖罪意識に惑わされて、守るべき民にまで、無用の重責を背負わせたりなさいませぬよう」

「雪哉!」

咎《とが》めるように、奈月彦は叫んだ。

自分が思い出せないだけで、きっとそれはあったのだ。猿のあの怨念こそが、その証《あかし》だった。

しかし、雪哉は蔑《さげす》むように、干からびた大猿の死骸を見下ろした。

「知らしめたいと思うのなら、こいつらはそれを証明して見せるべきだった。目に見える証拠がない以上、信じてやる義理もありはしません」

ふん、と雪哉は鼻を鳴らす。

「あなたが神の力の残骸であったというのなら、摩耗《まもう》した神であるのは猿も同じだ。言っていることがどこまで確かか、知れたものではない」

それから、迷いのない眼差しを若宮に向けた。

「現に、小猿は我々を恨んでいなかった。もしかしたら、感謝だってしていたかもしれない。それを、眷属全てが自分と同じ思いと信じ込んで道連れにするなんて、正気の沙汰とは思えません」

「だが、私は忘れてしまうべきではなかった」

　奈月彦は、苦しい声を出した。

「私は間違いを犯した。罪を犯した。もう、どうやって猿に償《つぐな》ったらいいものか分からない……」

　その言葉に、雪哉は場違いな笑声を漏らした。

「償いをする必要が、どこにあります？」

「だが！」

　それでも反論しようとした奈月彦に、急に、雪哉は顔色を変えた。

「じゃあ殿下は――償いだったから、茂丸が死んだのも仕方なかったと、そう言うおつもりですか！」

　顔を歪め、猿の死骸を指差し、雪哉は叫びだした。

「こいつは、僕の仲間を殺した！　僕の家族を喰おうとしたんだ！　たとえそれが復讐であったとしても、あいつらを許すことなんて出来ないし、皆殺しにしてやったことを後悔なんかしてやらない！」

　謝るなんてもっての外だ、と顔を真っ赤にして絶叫する。

「雪哉――」

「それこそ、あいつらの自業自得なんですよ！　死人に口なしとはまさにこのことだ」

燃えるようなその瞳に、奈月彦は雪哉の心を見た。

認められない。認めたくない――認めるわけにはいかない。

「こいつらは、僕らに後悔させたいと本気で思ったなら、力に訴えるべきではなかったんだ。同じことをしたあいつらに、我々を責める資格なんてあるもんか！」

吠えるように言う雪哉の姿は、不思議と、彼が憎む猿神の姿とよく似ていた。

正当化も大義名分も、結局は後になって作り出される。

そこに、真実なんてものはなかった。

「過去の因縁に囚われて、自分の眷属すらことごとく滅ぼしたあの大猿は、とんでもない大馬鹿だ！」

「雪哉――だが、私はもう、同じ過ちを繰り返したくないのだ」

ハハハ、と雪哉は乾いた声で笑う。

「もう、過ちを犯す相手はいないんです。山内は滅びる。それは変えられない。だからこそ、どれだけマシな滅び方が出来るかが、私達の肩にかかっているんです」

とにかく、猿との因縁は、山内の民には伏せて下さいと、真顔になって雪哉は言う。

「私が、その秘密ごと、あなたを守って差し上げます。だからその口は――永遠につぐんでおくことだ」

あなたは神の残骸であったかもしれないが、それでも、我々の長であることに変わりはないのだから、と、静かに雪哉は宣言する。

「今は、それこそを自覚なさってください」

そう言って踵を返しかけた雪哉は、足下の大猿の遺骸を睨み下ろし、笑った。

「……残念だったな。僕は絶望なんかしない。後悔なんてしない。過去を顧みたりなんて、するもんか」

雪哉の凄絶な笑顔に、ようやく若宮は、博陸侯景樹《はくりくこうえいじゅ》の意図を悟った。

――彼は、雪哉のために、焚書《ふんしょ》を行ったのだ。

＊　＊　＊

夜明けがやって来た。

東の空が明るくなり始めたのを横目に、雪雉《ゆきち》は、そっと額の汗を拭った。

勁草院の院生は凌雲山において、戦の処理を行っていた。

怪我人は救護所へ運び込み、遺体も決められた場所へと移動させる。

転がったままの猿には、家族を殺された里烏《さとがらす》が群がり、泣きながら石を投げたり、蹴りつけたりしていたが、それを止める者はいなかった。

正規の兵は、相変わらず警戒を解かず、いつでも飛び立てる体勢で凌雲宮に待機している。

兄が禁門に向かって、もう、一晩が経つ。

雪哉兄は大丈夫だろうかと中央山の方を見上げると、雲ひとつない朝焼けの空を、黒い一団

――武装した兵達が、ゆっくりとこの山に向かって来る姿を見つけた。

「参謀役だ！」

「雪哉さまが戻って来たぞ！」

にわかに、周囲が騒がしくなる。

緊急事態を知らせる鉦《かね》の音も聞こえず、一団の動きは秩序だって落ち着いている。

あの感じだと、そのまま凌雲院の境内に降りるつもりだろう。

我慢出来ずに、雪雉は他の院生と共に、凌雲院へと走る。その様子に気付いた一般の烏も、一緒になって駆け出した。

境内へと降り立った一行の、先頭にいたのはやはり兄だった。

「殿下はお戻りになったのですか」

「猿は、あとどれだけ残っているのです」

質問攻めにあい、一瞬、ぼんやりと周囲を見回したかのように見えた兄は、すぐに満面の笑みとなった。

「……若宮殿下は、無事お戻りになった。猿の残存勢力は、もうない」

「では……？」

「我々の勝利だ！」

わっと、歓声が上がる。

村雨のような拍手が沸き、中には安堵のあまり、泣いている者もいる。

雪雉も声を上げ、隣の院生と抱き合って喜んだ。

これで、山内は安泰だ。自分達は、山内を守り抜いたのだと誇らしかった。

仲間に促され、雪哉が、凌雲院の階《きざはし》の上に立たされる。

歓喜に沸く八咫烏を見つめてから、雪哉は朗々とした声を上げた。

「諸君。我々は今日、山内の歴史に新たな名を刻んだ」

ちょうど朝の光が差し、雪哉の姿がきらきらと照らし出される。

騒いでいた者も、雪哉の言葉を聞こうとぴたりと口を閉ざした。

「我々は、この戦いで、何よりも大きな犠牲を払った。大切な仲間が、醜悪な猿に無残に殺されてしまった。この傷は――おそらく、永遠に、我々の中に残される。癒えることは、きっとない」

低く押し殺した声に応えるように、かすかに、嗚咽《おえつ》の声が聞こえる。

「だが、我々は勝利した！」

空気中に広がった湿っぽい感傷を打ち払うように、雪哉は力強く宣言する。

「正義が力を得て、我々の血肉となり、悪は永久に駆逐された。この戦いで命を落とした盟友は英霊として、永遠に我らの中に生き続けるだろう」

その日は強く、迷いは微塵も見えなかった。

「八咫烏は、誇り高い民だ。山内はどこよりも美しい故郷だ。私は、自分が八咫烏に生まれ、山内を守れることを、今日ほど喜ばしく思ったことはない」

そして、諸君の力なくして、山内は守れなかった、と雪哉は言う。

「我々が命をかけて守ろうとしなければ、この美しい世界は、猿共によって蹂躙《じゅうりん》されていたことだろう。我々の不断の努力と、己の身を顧みない献身と純粋な愛のある限り、山内は、美しき我らが故郷として存在し続ける。今までも――そして、これからも」

永遠に、滅びることはない。

大きく息を吸い、胸に手を当て、敬礼する。


「山内よ、弥栄《いやさか》なれ！」


雪哉の声に応え、兵達は敬礼し、口々に喜びの声を上げる。

――いやさか、いやさか、いやさか！

美しい光の中、蒼穹《そうきゆう》へと、弾けるような声が吸い込まれていく。

それは、素晴らしい朝だった。

大路にいた八咫烏も、何が起こったのか気付くと笑顔になり、大声で唱和に加わった。

どんどん人が集まり、声は高らかに、大きくなっていく。

人々の歓喜の涙が弾け、光が拡散する。

だがそんな中、雪雉は集まった一般人の中に、ゆっくりと兄に向かって歩いていく姿があることに気付いた。

黒い着物――羽衣のように見えるが、少し、色が変だ。

ずいぶんと小柄だと思ったが、よくよく見れば、それは、自分と同じ頃くらいの少年だった。

何故、彼が気になったのかすぐには分からなかったが、見ているうちに、そうか、と納得がいった。

喜びに沸き、あるいは涙する周囲の中で、彼だけ、やけに表情に乏しかったのだ。

だんだんと、少年は早足になる。

その手元に――きらりと光るものを見て、息を呑む。

「雪哉兄！」

雪雉は叫ぶ。

だが、弥栄の声に、雪雉の悲鳴はかき消された。

廊下を歩み始め、こちらに背を向けた雪哉は気付かない。

そいつが駆け出した。

人ごみを掻き分け、押しのけ、雪哉へと突進していく。

「危ない！」

渦巻くような歓声の中、その動きは、ひどくゆっくりと感じられた。

そいつは、異変に気付いた兵の間を、信じられない敏捷《びんしょう》さでかわしていった。

走るうちに、その顔には皺が寄り、体には茶色い毛が生えていく。

猿だ！

転身《てんしん》しながらも、そいつは両足と左手を使い、地面をほとんど這うような姿勢で、捕まえようとした兵の手を掻い潜った。

跳躍して階《きざはし》に飛びつくと、勢いを殺さぬまま、雪哉へと突進する。

その両手に構えているのは、黒く光る刃物だった。

まっすぐに突き出された凶器。

周囲の者が悲鳴を上げるが、猿の勢いは止まらない。

雪哉は、その時初めて振り返った。

もう駄目だ、と目を見開いた雪雉の前で、しかし、猿の動きが止まった。

――猿の背中から、白く輝く刃が飛び出ている。

目にも留まらぬ早業に、周囲の者も呆気に取られ、一瞬、誰も動けなかった。

雪哉は、自身の太刀を引き抜くと、本当に無造作に猿の胸を貫いたのだった。

顔色一つ変えないどころか――ろくに、そちらを見てもいなかったように思う。

全く危なげのない、実に鮮やかな手並みだった。

猿は呆然と、自分の胸を貫いた白刃と、雪哉とを見比べた。

こぷりと、空気と共に、口から鮮血があふれ出る。

そして、痛みと憎しみに顔を染めると、震える手を雪哉に向かって伸ばした。

雪哉は動かない。

その手が、凶器が、どうあっても雪哉に届かないことに気付くと、猿の顔が、ぐしゃりと絶望に歪んだ。

唇を激しく震わせ、吐息混じりに、か細い声を吐き出す。

「ヨータ……」

――その瞬間、兄の纏《まと》う気配が変わった気がした。

頽《くずお》れる猿の体。

ようやく我に返った兵が雪哉から引き離した時、そいつはすでに死んでいた。

雪哉の太刀が抜け、噴き出した血が階を濡らしていく。

猿の手には、藍色の組紐のついた、黒く透き通った石の小刀が握られていた。

「参謀役、大丈夫ですか！」

お怪我は、と慌てて問いかけるのは治真だ。

しかしそれには答えず、雪哉はじっと、半分人、半分猿の姿のままこと切れた顔を見つめていた。

いても立ってもいられず、雪雉は兄のもとに駆け寄った。

「雪哉兄。大丈夫？」

どうかしたの、と声をかけると、雪哉がこちらを見た。ほんの一瞬、猿と雪雉を見比べるように瞳を揺らした兄は、ややあってひとつ、重い息を吐いた。

「……いや」

何でもない。

「まだ、人形で烏に紛れ込んでいる猿がいるようだな。転身による検査を行おう」

死体と雪雉に背を向けると、雪哉は周囲の兵に指示を出しながら歩き始めた。

兄が、猿を振り返ることは、二度となかった。

終章　こぼれ種

紅葉の時期の空気には、どこか甘い香りが漂っている。

奈月彦《なづきひこ》は、紫苑寺《しおんじ》の縁側に腰掛けながら、ぼうっと薬草園を眺めていた。

涼しい風に誘われて、赤く染まった楓《かえで》の葉が落ちていく。

西日を浴びた葉は、ちかりと光を反射した。

昨晩の秋雨で黒く濡れた土に舞い下りたそれは、畑に、真紅のまだら模様を作っている。

一年前ならば、きっと美しい光景だと思っただろう。

だが、赤と黒のその色は、どうしても奈月彦に、あの夜の禁門《きんもん》を思い起こさせた。

――黒く焦げた地面の上に咲き誇る、黄泉路《よみじ》への道をたどる花のような、血の赤。


猿の襲撃から、まだ、三ヵ月しか経っていないのに、地震がなくなったことで城下の復興も進み、徐々に人が中央に戻って来ていた。

凌雲宮《りょううんぐう》から中央山《ちゅうおうざん》へ、朝廷も機能を戻そうとしている。

参謀達が狙って凌雲宮を猿の囮《おとり》としたことは、結局、表沙汰にならないままだった。

禁門の増援に向かおうとした彼らは、いち早く凌雲宮の異変に気付き、猿を撃退したということになっている。

その指示を出した雪哉《ゆきや》は、希代の参謀として名を上げていた。

雪哉がしたことを知っても、奈月彦は、彼を咎《とが》めることは出来なかった。

それには何の意味もなかったし、彼を参謀役として任命し、田舎でのんびり暮らしたいと言っていた少年をここまで引きずり出したのは、他でもない自分なのだ。

何もかもが、ままならなかった。

今になり、ようやく、若宮《わかみや》の即位も行われることが正式に決定した。金烏代《きんうだい》は無事だったので、形式上は譲位という形になる。

一見して、平和に見える。

新しい、名実を伴った『金烏《きんう》』のもとで、もとに戻れると皆が信じている。

だがその実、この世界は着々と崩れ始め、『真の金烏』の実態は、ただの神の出来損ないなのだった。

『英雄《えいゆう》』が力を貸してくれたおかげで、今のところ、大地震以来のほころびは消えていた。

新しい山神となった彼は、石となってしまった禁門を元に戻し、再び閉ざしてしまった。

若宮がその気になれば開くことは可能だったが、彼の神《かみ》は、八咫烏《やたがらす》とは最低限の付き合いで済ませようという考えのようだった。

八咫烏を呼び出すこともしなければ、こちらから訪ねて行っても、明確な用事がない限り、姿を見せてくれることもない。

彼が、一代限りの神であるとするならば、あとどれくらい、山内《やまうち》は続くのか。

新たな山神までいなくなってしまったら、山内はどうなってしまうのか。

何を考えても、結局はそこに行き着いてしまう。

「ひどい顔をしているな」

そっと、肩に羽織がかけられる。

静かに声を掛けて来たのは、浜木綿《はまゆう》だった。

薄着が多い彼女にしては珍しく、里烏《さとがらす》が着ているような、厚い布地の上着をゆったりと纏《まと》っている。

こちらを心配そうに窺いつつも、彼女自身の顔色は良好だ。

「一体、何を悩んでいるんだい？」

奈月彦は、自分の妻を見上げた後、堪らなくなり、両手で顔を覆った。

「復讐のために一族を滅ぼした猿神は愚か者だ。そして、何もかも忘れた私は、最低の卑怯《ひきょう》者だ……！」

そんな自分が、八咫烏の長《おさ》として君臨する。

酷《ひど》い欺瞞《ぎまん》だった。

無邪気に、自分は真の金烏だからと、何も考えずにいられた頃が、今となってはひどくうらめしい。

「山内はもう、おしまいだ」

「そういう言い方はおやめよ」

「だが、私は忘れてしまうべきではなかった。逃げてはいけなかったのに」

言い訳も謝罪も、記憶がなければ出来ない。忘れてはいけないことを、自分は忘れてしまった。

「私は、金烏失格だ」

奈月彦の隣に座り込んだ浜木綿が、呆《あき》れたように腕を組む。

「確かに、山内は今までどおりにはいかないかもしれない。これから、人形《じんけい》だって取れなくなるかもしれないよ。でも、だからと言って、八咫烏がすべて死に絶えるわけじゃないんだ」

それまでの形でいられなくなったって、民はしぶとく生き続けるだろうよと浜木綿は言う。

「自暴自棄《じぼうじき》になるなよ、奈月彦。お前の世界が滅びて、お前が絶望したところで、何が変わるというわけでもないんだ。己の絶望を過信するな。そんなもの、他人からすればちっぽけなもんなんだから」

そう言ってあっけらかんと笑う浜木綿を、奈月彦はぼんやりと見返した。

「お前は、どうしてそんなに強いのだ……」

猿の目的が何であったかを知っても、浜木綿は顔色を変えず、ただ「そうか」と頷いただけであった。

この力強さはどこから来るのかと心底不思議だったのだが、浜木綿は、それを聞いて苦笑した。

「……私だって、色々と馬鹿をやって、それで学んだことがあったたってだけのことだよ」

顔をお上げ、と優しく言い、浜木綿は奈月彦の顎《あご》に手を添えた。

「八咫烏も山神も、神のままでいようとするからおかしくなるんだ。いいじゃないか、ただの烏になったたって」

「ただの烏……」

私がか、と呟《つぶや》く。

「そうさ。普通の八咫烏はな、お前みたいに、特別な力なんて持っていない。それでも、普通に生きている」

生きていけるものなんだ、と力強く浜木綿は言い切った。

「正直私は、お前が真の金烏だろうが神さまの残骸だろうが、どうでもいいね。少なくともお前は、私の大事な親友で、大事な夫だ」

私にとっては、ただそれだけで充分なんだ、と浜木綿は真摯《しんし》に言う。

「それは、お前にとっての八咫烏も同じだろう。お前は、人形をとれなくなったら、八咫烏を愛さなくなるのか？」

「――いいや」

「じゃあ、いいではないか、滅んでも」

ただ、これまでとは違う形になるというだけの話だ、と言う浜木綿に、奈月彦はぽかんとした。

「……そんな風に、考えてみたことはなかった」

浜木綿は快活に笑う。

「あのな。私は子どものころ、南家《なんけ》で変わり朝顔を育てていたことがあったんだ」

商人や一部の貴族の間では、珍しい色や形の朝顔を育てることを趣味とする者が少なくない。

それも、大貴族である南家への、里烏からの献上品だった。

八重で、繊細な刺繍《ししゅう》のような模様が入っていた。朝焼け色の斑《まだら》で、なんとも言えず可愛らしかった。

だが、変わり朝顔は病気に弱い。

水をちょっとやりすぎただけで根が腐り、カビが生え、親株は全滅してしまった。

がっかりしたが、その後、浜木綿は生まれた屋敷を追われ、山烏《やまがらす》として生活することになったので、朝顔どころの話ではなくなってしまったのだった。

そんなものがあったことすら忘れていた、数年後。

荒れ果てた屋敷に戻った浜木綿は、庭園の一角に、目を見張るように鮮やかな、青い朝顔が咲いているのに気が付いた。

それは、変わり朝顔から零《こぼ》れた種が、原種還りしたものだった。

「それは最初に育てていた朝顔みたいに、特別でも繊細でもなかったが、力強くて美しかったよ」

浜木綿は、外の日差しを見つめた。

「お前は、自分の手で変わり朝顔を腐らせたかもしれない。だが、零れた種が残っている。悲観するのはまだ早い」

変化は悪いことばかりじゃない、と浜木綿は言う。

「私は七つになるまで、鳥形《ちょうけい》になるなんて有り得ないと思っていたんだ。はしたないことだと教わっていたしね。でも実際になってみれば、何てことはなかった」

山鳥として普通に生きられたし、空を飛ぶのは心地よかった。

貴族の姫として邸《やしき》に閉じこもっているのは、狭い鳥かごに捕われるようなものだと知ったのはその時だ。そうしているよりもむしろ、自分の翼で空を飛び回るほうが、ずっと性に合っていた。

「それに――執念深く生きていれば、思わぬところから、解決策が飛び出てくることもある」

ふと、浜木綿は口を閉ざし、指先で頬を掻いた。

それまで、強い目をしていたのが嘘のように、どこか困ったような、照れくささを押し殺すような顔をしている。

「またすぐに駄目になっちまうだろうと思って、黙っていたんだがね……どうやら、もう大丈夫だそうだから、言っちまおう」

珍しく、ちょっとはにかんだ様子の妻を、奈月彦は不審に思った。

「何？」

「夢枕に立った、玉依姫《たまよりひめ》さまからの伝言だ」

——ささやかながら、お前に対する礼だそうだよ。

「は……？」

「そろそろ、産屋《うぶや》にこもる準備をせねばならんな」

きょとんとする夫に、浜木綿は白い歯を見せて笑い、優しい手つきで己の胎《はら》を撫でたのだった。

＊　＊　＊

朝だというのに、もう蟬の鳴き声がしている。

今日も暑くなりそうだとうんざりしながら、明留《あける》は講義が始まる前の時間を狙い、勁草院《けいそういん》の一室を訪ねた。

「今日という今日は来てもらうぞ、雪哉」

文机から上げた雪哉の顔に、内心で明留は臍《ほぞ》を噛《か》んだ。

暗い顔だ。

生まれてこの方、一度も笑ったことがないかのような、荒《すさ》んだ表情をしている。

体調管理はしっかりしているから、体そのものは健康なはずだ。痩せたとか、不調だとかいうわけではない。だがしかし、驚くほどに様変わりしてしまった。

現在、若宮は無事に、金烏陛下として即位した。

相変わらず、全軍の参謀役として勁草院の教官を務めながら、雪哉は金烏陛下の懐刀《ふところがたな》として活躍している。

だが、どうにも目の険が抜けず、新しい配下から恐がられるようになってしまったとは、雪哉の片腕として働く治真《はるま》の言である。確かに、茂丸《しげまる》が亡くなって以来、めっきり笑わなくなったと明留も思う。

何より異常だったのは、雪哉が初夏に孵《かえ》った皇女に対し、一度も挨拶に来ようとしないことだった。


浜木綿が産み落としたのは、姫宮であった。


姫宮は今、紫苑寺にいる。

まずは朝廷の機能を復活させることを優先して欲しいという理由で、浜木綿が未だに紫苑寺を居としているためだ。もちろん、以前よりも護衛は手厚いが、その暮らしぶりは平民のようだった。

それゆえに、親しみをこめて姫宮は、紫苑《しおん》の宮と呼ばれている。

男児ではなかったことで嘆く声はあったものの、誰よりも、金烏陛下が姫の誕生を喜んだ。

本当に、親しい周囲の者が、驚くくらいの喜びようであった。

八咫烏には、誕生に際して三つの祝いごとがある。

母親が卵を産み落とす『卵誕《らんたん》』。

三月の抱卵の後、卵から孵る『啐啄《そったく》』。

そして、初めて人の姿を取る『成人《せいじん》』である。

卵誕は、母体が無事であることを喜び、その後の抱卵に備えて母親を応援する向きが強いが、戸籍に誕生日として記録され、階級を問わずに最も祝われるのは啐啄だ。

八咫烏の赤子が、最も死亡することが多い時期こそが、孵化《ふか》なのである。

うまく殻を割れず、日の光を見ないまま冷たくなってしまう事例はことのほか多く、少し割れた段階で、母親や羽母《うば》が外から手助けしてやるのだが、その手助けが早すぎても、雛《ひな》はあっという間に弱ってしまう。

それを乗り越え、無事に雛が生まれたことを祝うのが、啐啄であった。

だが、貴族の場合は、鳥形姿は恥ずかしいとされるため、父親ですらこの段階で子どもには会うことは叶わない。大体は啐啄の後、三カ月程度で人形を取れるようになってお披露目《ひろめ》となるので、これを盛大に祝うのが成人である。

姫宮は啐啄を迎えるのが早く、無事に成長出来るかと心配されていたが、雛になってからはすくすくと育ち、先日、ようやく人形を取れるようになったのだった。

男児ではないと聞いて肩を落とした長束《なつか》も、実際に顔を見てからは、ころっと態度を一変させ、多過ぎる手土産と共にしょっちゅう尋ねて来るようになっていた。

本来の取り決めならば禁じられているが、市柳《いちりゅう》や千早《ちはや》も、こっそり顔を見に来ており、果ては、今は山内衆《やまうちしゅう》を辞した澄尾《すみお》ですら挨拶に来たのだ。

それなのに、何故か雪哉だけは、三つの慶事に際してきちんと祝いの品を送っておきながら、本人は頑なに姫宮に近付こうとしなかった。

いいかげん連れて来るようにと言いつかって、今日はわざわざ明留が出向いたのである。

「今、陛下が姫宮のもとにおいでになっている。お前もそろそろ挨拶に来いと、陛下のご命令だ」

「いや、俺は……」

「いいから。さっさと来い！」

――まだこいつは、仲間の焦げる匂いが染み付いた、暗い洞穴の奥にいるのだ。

これを言うと、本人には一笑されるだろうけれど、それでも明留は、茂丸が今の雪哉を見たら絶対に悲しむだろうし、心配するだろうと思っていた。

引きずるようにして連れて行った紫苑寺では、部屋の中から、明るい笑い声が漏れ聞こえていた。

それを聞いた瞬間、何故か雪哉の足が止まった。

厳しい顔をしているが、どこか、怯えているかのような表情だった。

「やっぱり、俺はいい」

「ここまで来て何言っている！」

雪哉が参りました、と大声を上げると、中から戸が開かれた。

そこに立っていたのは、紫苑の宮の教育係をつとめている姉だった。

「いいところに来ましたわね。今、姫宮はお目覚めになったところですわ」

「……入っても？」

「もう、怒ったりなんかしませんわ」

ころころと笑った真赭《ますほ》の薄《すすき》は、無言の雪哉を見て、ふと真顔になった。

雪哉も、軽く会釈するだけで、姉の目を見ようとはしなかった。

「――どうぞ、お入り下さい」

姉は余計なことは何も言わず、しかし、穏かな声で雪哉を中へと迎え入れた。

室内は明るかった。

庭に面した側の戸は開かれており、気持ちのよい風が吹き込んでいる。

庶民がするように、軒先には硝子の風鈴が吊るされ、きらきらと涼しげな音を立てていた。

竹細工で編まれた揺籃《ゆりかご》を挟み、金烏陛下とその妻が二人揃って娘をあやしている。それだけならば、到底貴人とは思えず、ただの若い夫婦に見えた。

「お。やっと来たな、薄情者」

浜木綿にからかうように言われ、すみません、と静かに雪哉は答える。

雪哉とは逆に、金烏陛下は娘を得て以来、以前よりも表情が豊かになったというか、普通の八咫烏らしくなったようだと明留は思っていた。

それが、山内や、八咫烏にとって良いことかは分からないけれど、少なくとも明留にとっては、喜ばしいことであった。

「姫宮のご機嫌はいかがです？」

明留が問いかけると、金烏は眉を八の字にした。

「それが、泣かなくて手が掛からない代わりに、全然笑わなくてだな……」

「まあ、顔からして父親似だからな。愛想がないのはお前のせいだよ」

楽しそうに夫婦が言葉を交わす様子を、しかし、雪哉はどうにもしらけた目で見ている。

明留は口を引き結び、雪哉の背中から肩をつかむと、無理やりに揺籃の前に座らせた。

「おいっ」

何をする、と狼狽《ろうばい》する声が思いのほか大きかったせいか、姫宮の目が、しっかりと雪哉の方を向いた。

何度見ても、本当に可愛らしい姫だと、明留は感心する。

つくりたての、大福餅のようにふくふくとした頬をしている。

今まで明留が目にした成人したての赤ん坊は、いずれもどこか鳥っぽく、毛もまばらなことが多かった。だが、姫宮は最初から綺麗な黒髪が生え揃っており、その顔立ちは、身内の贔屓目を差し引いても、とびきり可愛らしかった。

何よりも印象的なのは、うっとりするような、その大きな目だった。

すでに睫毛が生えており、瞬きをする度に、ぱちぱちと音が鳴りそうだ。

浜木綿が父親似と言った通り、顔のつくりは金烏にそっくりだったが、その目元の鮮やかさには、母親の血も感じられた。

こぼれ落ちそうな瞳は、あまりの黒さに、瑠璃《るり》色に輝いて見える。

どんな宝石だって、こんなすばらしい煌《きらめ》きは持っていないだろう。

その目が、そらしようもなくばっちりと、雪哉の目を捉えたのだった。

雪哉は、息を詰めていた。

背中には、緊張感すら漂っている。

だが、姫宮は——これまで、ほとんど笑ったことのなかった姫宮は、本当に、嬉しそうに笑った。

まっさらな笑顔だ。

昇り行く太陽のような、一斉に咲いた花のような、見る者すべてを無条件に、幸せにするような笑い顔だった。

ああっ、笑ったぞ、と金烏が声を上げて喜び、浜木綿が姫の頰を突いた。

「我が娘ながら、この世で一番可愛いと思うぞ……」

「同感だ」

おおまじめに頷いた金烏とひとしきり笑いあった浜木綿は、しかし雪哉の方を見て固まった。

「雪哉……？　お前、どうしたんだ」

呆気に取られたような声につられ、明留も雪哉の顔を見て、仰天した。

雪哉は泣いていた。

ただ呆然と、姫宮を見つめながら、その目からぽろぽろと、透明な涙を溢《こぼ》していた。


どうして自分が泣いているのか、雪哉にはまるで分からなかった。

茂丸が死んだ時ですら泣けなかったのに、でも、目の前の笑顔が尊くて、あまりに綺麗で
――たったそれだけで、自然と涙が出た。

ふと、庭先の花が目に入る。

鮮やかな、深く澄み切った青の朝顔が、朝露をひとつぶ乗せて、陽光の中できらきらと咲き誇っていた。

同じものを見ていたはずなのに、さっきは、そこに花が咲いていることにも、青い色をしていることにも、全く気が付かなかった。

この数秒の間に、まるきり、世界の色が変わってしまったようだった。


ああ、夏だ。

そしてようやく雪哉は、とっくに季節はめぐり、あれから一年が経っていたことを知ったのだった。

装幀　関口信介
装画　苗村さとみ

本書は書き下ろしです

著者プロフィール

阿部智里

（あべ・ちさと）

1991年群馬県生まれ。早稲田大学文化構想学部卒業。
2012年『烏に単は似合わない』で松本清張賞を史上最年少受賞。
14年早稲田大学大学院文学研究科に進学。
デビュー以来、『烏は主を選ばない』『黄金の烏』
『空棺の烏』『玉依姫』を毎年一冊ずつ刊行し、
本作で6冊目となる八咫烏シリーズは累計80万部を越えた。
シリーズ外伝を「オール讀物」にて発表している。

弥栄《いやさか》の烏《からす》

二〇一七年七月三十日　第一刷発行
二〇一七年八月　十　日　第二刷発行

著　者　阿《あ》部《べ》智《ち》里《さと》
発行人　大川繁樹
発行所　株式会社　文藝春秋
〒一〇二―八〇〇八
東京都千代田区紀尾井町三―二三
電話　〇三―三二六五―一二一一
印刷所　萩原印刷
製本所　大口製本
DTP　言語社

◎万一、落丁・乱丁の場合は送料当方負担でお取替えいたします。
小社製作部宛、お送り下さい。定価はカバーに表示してあります。

Printed in Japan
ISBN 978-4-16-390684-3